Joachim Sterz

Omaschlüpferrosa

**Damals war`s
Wie wir ohne Computer,
Smartphones und Internet
ganz analog
erwachsen wurden**

Autor:	Joachim Sterz
Verlag:	Badner-Buch
Text:	Joachim Sterz
Korrekturteam:	Petra Stammberger
	Margrit Heyn
	Michael Wessel
	Jutta-Fix-Sterz
Layout u. Druck:	Data-2-Print / Dieter Piduch
Titelgestaltung:	Dieter Piduch
Bildrechte:	Alle Rechte bei Verlag und Autor

ISBN 978-3-9825957-1-9

Weißt Du noch?

Alle bis etwa 1975 Geborenen haben etwas gemeinsam: Ihre Kinder- und Jugendzeit war noch nicht sehr geprägt von Computern, Handys und Digitalisierung. Sie sind also die letzten Menschen, die noch fast gänzlich analog erwachsen wurden. Es dauerte bis in die 90er Jahre, ehe sich PC und Co. in den Haushalten etabliert hatten – und erst mit dem Aufkommen des Internets startete die digitale Revolution richtig durch. Soll heißen: Erst im Erwachsenenalter fanden PC, Notebooks, Handys, Smartphones, Navis und die weiteren digitalen Helferlein Eingang in das Leben der Vor-1975-Generation. Und wo heute schon Vierjährige routiniert über das Smartphone wischen und genau wissen, wie und wo sie ihre Lieblingsspiele und -filme finden, tun sich etliche aus der vorletzten und allerletzten Analog-Generation mitunter immer noch schwer, dem Handy mehr zu entlocken als die Telefon- und die Fotofunktion. Vielleicht noch ab und zu eine WhatsApp und manchmal ein bisschen Daddeln nach Amazon-Angeboten: Okay, dann hat es sich für viele Vertreter der Schnittstellengeneration aber auch schon.

Schnittstellengeneration? Ja, das sind all diejenigen, die das Ende des rein analogen Zeitalters und den Start der Computerisierung und Digitalisierung erlebten. Inzwischen beherrschen Google, Apple, Facebook, Amazon und sogar KI die Welt und kein Bereich des Lebens ist mehr ohne Computer und Digitalisierung möglich und denkbar. Wer weiß, was da noch alles kommt? Selbstfahrende Autos, vom Computer verfasste Artikel und Pakete per Drohne – das klingt schon reichlich real. Und wer ahnt, was es noch alles an neuen Technologien in Zukunft geben wird? Vielleicht kommt einmal das Wasser per WLAN oder sonstwie aus dem Duschkopf? Wer weiß?

Dieses Buch wirft freilich noch einmal den Blick zurück auf die letzte Phase der analogen Epoche. Es zeigt auf, was alles innerhalb weniger Jahrzehnte verschwunden ist, wie wir in der Vor-Digital-Ära lebten. Es soll aber nicht verklärt von der „guten alten Zeit" die Rede sein, denn längst nicht alles war früher auch gut. Vieles hat sich durch die eingetretene Digitalisierung verändert – auch viele Wertvorstellungen.

Viel Spaß beim Blättern und beim Erinnern. Ich bin ganz sicher, dass das Buch Anlass für viele Gespräche gibt, die immer mit der gleichen Frage beginnen: Weißt Du noch?

Joachim Sterz

Alltagsleben – alles war ganz anders

Die sexuelle Revolution – oder:
Wie laut knallt das Jungfernhäutchen?

Noch heute streiten die Protagonistinnen und Protagonisten darüber, wie revolutionär sie denn tatsächlich war, die *sexuelle Revolution*. Anders als bei der französischen Revolution gibt es für sie kein fixes Datum, denn sie kam schleichend. Seit den 60er Jahren des 20. Jahrhunderts zog – im übertragenen Sinn – frische Luft in viele deutsche Schlafzimmer ein. Ja, manche(r) fand es schon revolutionär, dass das Liebesspiel nun oft nicht mehr im Dunkeln stattfand, sondern dass sich Partnerin und Partner im Licht der Nachttischlampe sogar dabei anschauten... Die Elterngeneration hatte sich so etwas „Unanständiges" oft genug noch nicht vorstellen können.

Doch, es tat sich etwas in Sachen Sexualität, was nach den verklemmten und moralinsauren 50er und 60er Jahren revolutionär schien. Und maßgeblichen Anteil daran hatte ein kleines, rundes, weißes Arzneimittel, kaum größer als einen halben Zentimeter im Durchmesser: Als die *Anti-Baby-Pille* von 1960 an auch in Deutschland in den Verkauf kam (gegen den größten Protest der Kirchen und konservativer Parteien), wich für viele junge Frauen – und auch für ihre Partner – auf einmal die Angst, ob der Geschlechtsakt zu einer ungewollten Schwangerschaft führen würde. Körperliche Liebe war nun endlich erstmals angstfrei möglich. Dass jede Nutzerin der Pille anfangs noch als „Flittchen" gebrandmarkt wurde, gehört in der Rückschau zu den merkwürdigen Begleiterscheinungen der schleichenden Revolution. Die Patriarchen wollten ihre Bastionen noch nicht aufgeben, in denen sie in nahezu allen Lebenslagen herrschten. Dazu gehörte auch noch die Deutungshoheit in den Schlafzimmern.

Das musste auch *Oswalt Kolle* erfahren, als er von 1968 an die Deutschen mit insgesamt acht *Aufklärungsfilmen* und *-büchern* „beglückte". Am Rand: Viele Kerle ließen sich in den Kinos gern von Kolle „aufklären", weil es für den Preis einer Kinokarte günstig in den Filmen jede Menge nackter Busen, Popos und Schenkel zu sehen gab. Immerhin 60 Millionen Zuschauer besuchten die Lichtspielhäuser für die Kolle-Filme. Und in etlichen Haushalten standen Kolles Aufklärungsbücher „*Deine Frau bzw. Dein Mann – das unbekannte Wesen*" in den Regalen. Oft genug versuchten die Eltern die Bücher mit den „unanständigen" Abbildungen vor den Kindern zu verstecken. Oft genug jedoch ohne Erfolg, wie viele Heranwachsende von damals noch heute augenzwinkernd bestätigen.

Als Revoluzzer durfte sich Oswalt Kolle, der von Haus aus weder Aufklärer noch Mediziner oder Psychologe, sondern Journalist war, in jedem Fall fühlen. Das belegt schon das überlieferte Bonmot, als er sich mit einem Moral-Zensor der Freiwilligen Selbstkontrolle der Filmwirtschaft (FSK) über die Freigabe einer Szene in einem seiner Filme stritt: „Herr Kolle, Sie wollen wohl die ganze Welt auf den Kopf stellen. Jetzt soll sogar die Frau oben liegen..."

Ja, das sollte und wollte sie fürderhin.

Revolutionen haben es freilich an sich, dass oft auch über das Ziel hinausgeschossen wird. So führte die sexuelle Revolution nicht einfach nur zu mehr Freizügigkeit in den Betten; auf einmal artete sie aus in eine regelrechte *Sexwelle* in den Zeitschriften. Ab Mitte er 60er Jahre und noch mehr in den 70ern schienen sich die Illustrierten mit nackter Haut auf ihren Titeln überbieten zu wollen. Ob „Quick", „Stern", „Neue Revue", „Praline" oder sogar der vermeintlich politische „Spiegel": Nackt, nackter, am nacktesten war die Devise in den Verlagshäusern. Und die 1968 gegründete Sex-Postille *St. Pauli Nachrichten* trieb die ganze Entwicklung auf die Spitze und benannte in einer Rubrik ganz unverblümt, um was es ging: „Seid nett aufeinander."

Dass die „St. Pauli Nachrichten" neben nackten Brüsten und Popos durchaus auch spannende Politikgeschichten und klassische Boulevardberichterstattung lieferten, ist weitgehend vergessen (und vielen Lesern – oder sollte man besser sagen Anschauern? – war das auch reichlich egal (bekanntlich kaufen ja auch heute noch viele Männer den „Playboy" ausschließlich wegen seiner ausgezeichneten Interviews…). Zudem war das Schmuddelblatt „St. Pauli Nachrichten" das Karrieresprungbrett für so bekannte seriöse Journalisten wie Stefan Aust, den späteren „Spiegel"-Chefredakteur, oder den Publizisten Henryk M. Broder. Dank der eindeutig sexorientierten Ausrichtung explodierte die Auflage vom Start mit 10.000 Exemplaren schnell auf über eine Million. Kaum ein männlicher Teen oder Twen in den 70ern, der die Rammel- und Vögel-Postille nicht mit hochrotem Gesicht am Kiosk kaufte (oder dafür den großen Bruder vorschickte). Es war übrigens ein geschickter Schachzug der Macher, die „St. Pauli Nachrichten" bald als Tageszeitung herauszubringen: Diese konnten nach dem seinerzeit gültigen Presserecht nicht so schnell als jugendgefährdende Schriften indiziert und verboten werden wie ein Magazin…

Sex sells – das merkte man damals auch schnell bei der *Jugendzeitschrift „Bravo"*. Nicht nur deren lebensgroße Starschnitte schmückten die Kinderzimmer, auch die Berichte über Popstars und Sternchen kamen gut an – auf den Schulhöfen wurden bald auch die Tipps von *Dr. Jochen Sommer* durchgehechelt. Der von der „Bravo"-Redaktion frei erfundene Doktor beantwortete alle möglichen (im wahrsten Sinn des Wortes) Fragen zur

Sexualität und wurde so schnell zu einer der wichtigsten Bezugspersonen für Heranwachsende in Westdeutschland. „Was uns bewegt" hieß der unverdächtige Titel der Kolumne in der Zeitschrift. Für viele Eltern war der „Bravo"-Inhalt indessen nichts anderes als unanständiger Schweinekram. Wehe, wenn man zuhause mit solch einem Heftchen erwischt wurde – dann setzte es etwas. Die Antworten in der Dr.-Sommer-Kolumne kamen übrigens von einem echten Doktor. Der hieß zwar nicht Jochen Sommer, sondern Martin Goldstein und war im richtigen Leben Psychotherapeut in Düsseldorf.

Im Internetzeitalter, in dem heute jeder zweite 14-jährige Junge und jedes dritte gleichaltrige Mädchen einräumt, schon einmal Pornos im Netz angeguckt zu haben, mutet es skurril an, mit welchen Fragen sich die Jugendlichen vor zwei, drei Generationen an Dr. Sommer und die „Bravo" wandten: „Kann man vom Küssen schwanger werden?", fragte beispielsweise die zwölfjährige Linda. Und der 15-jährige Lukas zeigte sich höchst interessiert: „Verwendet das Mädchen nach dem ersten Mal einen größeren Tampon?" Den 15-jährigen Stephan plagte derweil auch eine existentielle Sorge: „Ich habe Angst, dass ich feststecke, wenn meine Freundin beim ersten Mal einen Scheidenkrampf bekommt." Ob und wie das Problem gelöst wurde, ist indessen nicht überliefert. Vielleicht war die Freundin ja ganz locker drauf...

Mit diesem immensen Problem wandte sich der 13-jährige Jan an Dr. Sommer: „Seit längerer Zeit habe ich gelbliche Pickel am Penis. Kann das vielleicht davon kommen, dass ich fast täglich onaniere?" In die Top-Ten der schönsten Dr.-Sommer-Fragen gehört unbedingt auch diese: „Kann man mit einem Gewicht den Penis verlängern?" Fast möchte man(n) da wie Radio Eriwan antworten: „Im Prinzip schon..." Geduldig ging Dr. Sommer/Goldstein auch auf diese Frage eines Mädchens ein: „Ich bin elf

Jahre alt und habe noch nicht mit einem Jungen geschlafen. Ist das normal?" Ob sich Elfjährige diese Frage auch heute noch so stellen?

In der Hitparade der absonderlichen Fragen an Doktor Sommer hat freilich die des damals 14-jährigen Markus das Zeug, auf Platz eins zu landen: „Ich möchte bald zum ersten Mal mit meiner Freundin schlafen. Sie hat mir gesagt, dass dabei das Jungfernhäutchen platzt. Nun habe ich Angst, dass meine Eltern durch den Knall wach werden und uns erwischen." Kein Wunder, dass seit diesem Beitrag so mancher bis heute bei jedem Knall aufschreckt und sich fragt, wo gerade wieder ein Mädchen defloriert wird…

Und waren die Fragen noch so abwegig: Viele Jugendlichen liebten die Rubrik und verschlangen die Ratschläge von Dr. Sommer. Kein Wunder, dass „Bravo" in Spitzenzeiten in den Siebzigern bis zu 1,6 Millionen Exemplare verkaufte. Woche für Woche wohlgemerkt. Heute ist die Jugendpostille freilich nur noch ein dürftiger Schatten einstiger Größe. Gerade mal knapp 57.000 Hefte gingen im zweiten Quartal 2023 vierzehntäglich noch über den Tresen. Innerhalb von acht Jahren war die Auflage um sage und schreibe 116.000 Exemplare geschrumpft. Im ersten Quartal 2013 lag diese noch bei mehr als 246.300 Exemplaren. Immerhin: Um die Aufklärung der jungen Deutschen haben sich „Bravo" und Dr. Sommer zweifelsohne verdient gemacht, auch wenn die Sexual-Fragen der Jugendlichen längst aus einem Team von mehreren Experten verschiedener Fachgebiete beantwortet werden.

Und die Sexwelle? Die flachte nach der Hoch-Zeit zur Mitte der 70er Jahre langsam wieder ab, ehe sie in den 80er Jahren mit dem Aufkommen privater Fernsehsender einen zweiten Höhepunkt erreichte. Ob *„Tutti-Frutti"* oder die Frage-und-Antwort-Spielchen von *Erika Berger*: Erotik war „in" auf den privaten TV-Kanälen. Da wurde nun munter schon nachmittags drauflos getalkt über Erektionsprobleme, über die diversen Stellungen beim Liebesakt und über Seitensprünge aller Art. Nichts schien mehr tabu zu sein. Wie ein Jahrzehnt zuvor die Illustriertenmacher hatten auch die Fernsehverantwortlichen begriffen: Sex sells.

Keine Frage: Das Thema Sexualität wird heute viel selbstverständlicher behandelt als noch vor 30, 40, 50 Jahren. Irgendwie beruhigend ist es aber trotzdem, dass auch für die meisten heutigen Heranwachsenden der mechanische Sex nicht das Höchste der Gefühle ist, sondern die traute Zweisamkeit. Das ganz kleine persönliche Glück. Da hat sich über viele Generationen kaum etwas geändert. Die Einstellung zu anderen Dingen hat sich indes grundlegend geändert. Viel mehr sexuelle Praktiken und Veranlagungen werden heute gesellschaftlich akzeptiert. Dass bis 1994 noch Homosexuelle wegen Unzucht verurteilt wurden, möchte man heute kaum noch glauben. Bis zum Ende der Analogzeit war der §175 (landläufig der *„Schwulenparagraph")* des Strafgesetzbuches für viele Homosexuelle indessen bittere Realität.

Wieviel schöner war da ein anderer Slogan, der mit der Diskussion um den Vietnamkrieg aus den USA auch nach Deutschland kam und die Liebe neu definierte: *Make love not war.*

Auch eine Art Revolution.

Schulmädchen-Reports:
Sie waren jung und brauchten das Geld...

Mal ehrlich: Wenn in den 70er Jahren überwiegend angejahrte Männer in den Kinos die *Schulmädchen-Reports* anschauten, ging es ihnen weniger um Aufklärung, sondern vielmehr darum, nackte Busen, Schenkel, Hintern und andere weibliche erogene Zonen zu sehen. Dass sich da der eine oder andere aufgeilte, darf man getrost annehmen.

Pseudojournalistisch aufgemacht, sorgte zunächst das Buch „Der Schulmädchenreport" von 1970 für Furore. Autor Gunther Hunold, der sich damals schon jahrelang mit Sex-Themen beschäftigt hatte, veröffentlichte in seinem Werk angebliche Interviews mit zwölf Mädchen und jungen Frauen im Alter von 14 bis 20 Jahren. In dem 157 Fragen umfassenden Katalog ging es um die angeblichen Ansichten der Mädels zur *Sexualität* und zur *Sexualmoral* der Zeit. Körperlichkeit war Anfangs der Siebziger noch immer etwas, was von der Elterngeneration und von zahlreichen Moralaposteln (nicht nur in der Kirche) mit „pfui" und „bääh" abgehandelt wurde. Richtig durch die Decke ging der Schulmädchen-Report freilich erst durch die gleichnamige Filmreihe. Produzent Wolf C. Hartwig machte damit zweifelsohne das Geschäft seines Lebens, als er sich die Filmrechte für die Schulmädchen-Reports sicherte. Unglaublich: Mehr als 100 Millionen Kinogänger weltweit interessierten sich für die nackten Pseudo-Tatsachen „made in Germany". 13 Schulmädchen-Reports kamen zwischen 1970 und 1980 auf die Leinwände. Ebenfalls kaum zu glauben: die Rammel- und Schmuddel-Filmreihe gilt bis heute als die erfolgreichste deutsche Filmproduktion aller Zeiten.

Schon damals galt: Mit Sex klingelt die Kasse. Für manche später bekannten und durchaus renommierten Schauspielerinnen und Schauspieler waren die Schulmädchen-Reports sogar ein Karriere-Sprungbrett – auch wenn der eine oder die andere das später gern verschwieg und nichts mehr davon wissen wollte. Friedrich von Thun fungierte in den ersten Filmen der angeblichen Dokumentation als „Reporter". Auch Jutta Speidel, Ingrid Steeger, Heiner Lauterbach, Cleo Kretschmer, Sascha Hehn, Lisa Fitz und Annemarie Wendel findet man in den Besetzungslisten für die Pseudo-Aufklärungs-Reports. Sie waren halt meist jung und brauchten das Geld... Die Titel der einzelnen Filme waren stets reißerisch. Angefangen von „Was Eltern nicht für möglich halten" (Teil 1), über „Was Eltern den Schlaf raubt" (Teil 2) bis „Vergiss beim Sex die Liebe nicht" (Teil 13) – die schlüpfrigen Altmännerphantasien wurden stets auf Touren gebracht und bestens aufgeilend in Bild und Wort bedient.

Gunther Hunold, der Erfinder der Schulmädchen-Reports, machte mit dem Projekt übrigens auch den größten Fehler seines Lebens: Weil er nicht so recht an den Erfolg der Filme glaubte, verzichtete er auf eine prozentuale Beteiligung an den Filmerlösen und verscherbelte die Filmrechte für eine Einmalzahlung von vergleichsweise bescheidenen 30.000 D-Mark. Viele Millionen verdienten dann andere.

Blöd gelaufen.

Dia-Abende: Buntbilder
aus Rimini und „Tschianti"

Wer erinnert sich nicht mit Schrecken an die langatmigen und langweiligen *Dia-Abende* bei Onkel Karl-Heinz und Tante Erika? Die hatten nach dem Urlaub an der italienischen Adria (Karl-Heinz: „Endlich haben die Italiener mal gelernt, anständigen deutschen Kaffee zu kochen") zum kollektiven Bestaunen ihrer Bilder eingeladen. Es war immer das gleiche Ritual: Vor der Glotze wurde die Leinwand aufgeklappt, hinten an der rustikaleichenen Schrankwand wurde der Diaprojektor positioniert. Onkel Karl-Heinz war hochmodern: Er hatte sich extra bei *Foto Porst* einen speziellen Ständer für den Projektor (so eine Art analoger Beamer...) gekauft. Bevor dann endlich die Schau begann und das Wohnzimmer verdunkelt wurde, baute Tante Erika auf dem altdeutschen Eichentisch mit den eingelassenen beigen Kacheln noch eine Batterie von *Goldfischli*, Salzstängeln, Käsewürfeln und Cräckern auf. Für die Kinder gab es Bluna aus der braun-geriffelten Glasflasche und für die Jugendlichen („aber nur ausnahmsweise!") sogar eine Afri-Cola. Für die Alten standen etliche Bierflaschen bereit und – als Ausdruck der Weltläufigkeit von Erika und Karl-Heinz – auch eine bauchige Flasche mit Bastüberzug und Drahtgitter: „Echter Tschianti aus Italien", verkündete Tante Erika mit größtmöglichem Stolz und kennerischem Pseudo-Italienisch. „Oh, der schmeckt ja mal herrlich süß", begeisterte sich Cousine Brigitte sofort.

Und endlich legte Onkel-Karl-Heinz mit seinem Vortrag los. „Alles Buntbilder", hoffte er auf Applaus, der aber nie erfolgte. Klack, klack, beförderte der Projektor ein Dia nach dem anderen auf die Leinwand: der Opel-Kadett am Reschenpass, der Opel-Kadett am Gardasee („die Itaker können allesamt nicht Auto fahren"), der Opel-Kadett in Ravenna, der Opel-Kadett in Cervia und – endlich – der Opel-Kadett in Rimini. Dort angekommen, folgten Buntbilder von Tante Erika am Strand, von Tante Erika im Hotel und von Tante Erika im Ristorante: „Prima Würstel und Sauerkraut haben die dieses Jahr da." Zu jeder Aufnahme folgten zudem wichtige Angaben über Aufnahmezeiten und die Schwierigkeiten bei der richtigen Belichtung der Filme von Onkel Karl-Heinz. Als ob das jemand wissen wollte.

Gähn, gefühlte drei Stunden und hunderte Bilder später ging es auf den Rückweg: der Opel Kadett wieder in Ravenna, der Opel-Kadett in Südtirol: „Da sprechen sie ja wenigstens anständig Deutsch, warum eigentlich nicht überall in Italien?", sinnierte der Hausherr.

Ein Glück, dass die analoge Fototechnik und die klassischen langweiligen Diaabende nun der Vergangenheit angehören.

Da klingelt die Nachbarin: „Wollt Ihr nicht morgen zu uns rüberkommen, wir wollen Euch mit dem Beamer die Fotos von unserer neuen Digitalkamera von unserem Rom-Trip zeigen. Es gibt auch prima süßen Tschianti."

„Vergissmeinnicht…": Schwüre der ewigen Treue im Poesiealbum

„Rosen, Tulpen, Nelken, alle Blumen welken…" Oder: „Edel sei der Mensch, hilfreich und gut". In der Analogzeit hatte tatsächlich jedes Mädchen noch ein *Poesiealbum*. Meist war es quadratisch, praktisch, gut mit einem Kunstledereinband. Üblicherweise wurden Klassenkamerad(inn)en, Lehrer und Verwandte eingeladen, sich mit mehr oder minder sinnreichen Sprüchen (siehe oben) darin zu verewigen. Für die Eingeladenen war Schönschrift angesagt. Es war Ehrensache, dass man das Poesiealbum in der schönst möglichen Klaue bestückte. Im Schreibwarengeschäft – ja, das gab es damals auch noch an fast jedem Ort – konnte man obendrein für ein paar Pfennige passende Glanzbilder kaufen, mit denen die Ecken der Seite verziert wurden, Klar, man schwor sich im Poesiealbum ewige Freundschaft und Treue – es war quasi ein Vorläufer der mindestens ebenso verlogenen Eheversprechen. Doch längst sind die Gabis, Juttas, Birgits, Petras oder Monikas von anno dunnemals vergessen. Wir haben uns allesamt als treulose Tomaten geoutet. Auch die klassischen Poesiealben starben weitgehend einen schleichenden Tod: Sie wurden abgelöst durch die so genannten Freundschaftsbücher, in denen man nun persönliche Daten („mein Lieblingsfilm", „mein Lieblingsgericht") in vorgegebene Felder eintragen kann.

Die Poesiesprüche von einst sind aber in die Tiefen des Gedächtnisses eingebrannt. Und so kann fast jeder auch noch nach Jahrzehnten die ganzen mehr oder minder sinnvollen Verse daherbeten: „...alle Blumen welken, nur die eine Blume nicht, und die heißt Vergissmeinnicht." Und ein Spruch sollte sich tatsächlich als Wahrheit entpuppen: „Liebe Helga, sei doch schlau, werde niemals Ehefrau. Vor der Ehe kriegst du Rosen, in der Ehe flickst du Hosen."

So, das hat sie nun von ihrer Ehe, die Helga.

Auf der Wäscheleine: Marzipanrosa und Pfirsichrot

Investigative Recherche im Bekanntenkreis der letzten analogen Generation: Was hing eigentlich früher auf den Wäscheleinen? Die heute weit verbreiteten Wäschetrockner hatten ihren Siegeszug ja noch nicht angetreten – und so konnte man in Nachbars Garten oder auf der Wäscheleine im Hinterhof bewundern, was Herr Meier oder Frau Schulze so alles im Kleiderschrank liegen und hängen hatten. Datenschutz machte da noch niemand geltend; denn das Wort war noch gar nicht erfunden. Überraschendes Ergebnis der kleinen Umfrage: Fast alle, Männlein wie Weiblein, berichteten übereinstimmend, dass man bis zum Ende der Analogzeit häufig neben den obligatorischen Schießer-Feinripp-Unterhemden oft noch längere

Unterhosen auf den Leinen sah. Die Modelle der Damen schienen in ganz Deutschland eine Einheitsfarbe zu haben. Welche? Omaschlüpferrosa natürlich. Die kann man auch höchst wissenschaftlich beschreiben: Die Großmutter-Buxen hatten meist Variationen aus den RAL-Farben 0107035 (Babyrosa), 0308520 (Pfirsichrot), 028020 (Marzipanrosa), 0108520 (Inkarnatrosé) oder 050802 (Krapporange). Und wenn sie schon öfter gewaschen worden waren, neigten sie eher zu den RAL-Tönen 0209010 (Muschelweiß), 030010 (Hochzeitsrosa) oder 308510 (Softeisrosé). Welche dieser Farben dereinst das Liebesleben von Oma und Opa angeregt haben oder sich vollends als Liebestöter entpuppten, konnte in der nichtrepräsentativen Umfrage indessen nicht geklärt werden. Mit der Farbbezeichnung „Omaschlüpferrosa" konnten die befragten Analog-Fossile aber alle sofort etwas anfangen – „auch wenn das für ganz schlimmes Kopfkino sorgt", wie eine Bekannte erklärte.

Und noch etwas für Klugscheißer: Die Abkürzung RAL steht übrigens für „Reichsausschuss für Lieferbedingungen". 1925 gründeten die deutsche Privatwirtschaft und die damalige deutsche Regierung den Ausschuss mit dem Ziel, technische Lieferbedingungen zu vereinheitlichen und zu vereinfachen. Heute kennt man RAL vor allem für die mehr als 2.500 unterschiedlichen definierten Farbtöne. Omaschlüpferrosa ist freilich keine anerkannte RAL-Farbe.

Noch nicht!

Als die Flüsse noch bunt waren: Umweltverschmutzung im großen Stil

Nein, das Wort Umweltschutz war noch nicht sehr verbreitet in den 60er und 70er Jahren. Vielmehr gab es *Um-*

weltverschmutzung im großen Stil. Da bedarf es nur einer Erinnerung an die Schule: Auf dem Weg dorthin war täglich auch ein Fluss zu queren, an dessen Oberlauf einige Papierfabriken angesiedelt waren. Ein Blick von der Brücke – und man wusste sofort, mit welcher Farbe die Kartons dort gerade eingefärbt und ausgeliefert wurden: Mal schäumte der Fluss grün, mal lila, mal rot, mal neongelb. Und gestunken hat das Gewässer obendrein wie eine Chemiefabrik, dass einem schlecht wurde. Die Produktionsrückstände wurden vor Jahrzehnten einfach noch skrupellos in den Fluss eingeleitet. Ob da Fische starben (falls es überhaupt noch welche gab) oder ob man damit Menschen gefährdete, interessierte niemanden. Heute würde man die verantwortlichen Manager für diesen *Umweltfrevel* sofort verhaften und jahrelang einsperren. Kein Mensch sprach vor den 80er Jahren davon, dass Autoabgase gereinigt werden sollten. Aus dem Auspuffrohr im Heck wurde alles schwarzwolkig rausgeblasen, was auf die Bronchien ging und Wiesen vorzeitig gelb werden ließ. Naturschutz war etwas für absonderliche Waldschrate und Weicheier, aber nichts für die breite Masse.

Die Zeit für grünes Umweltbewusstsein und Umweltschutz war in den 60ern und 70ern einfach noch nicht reif.

Muttis Glücklichmacher an allen Tagen: Frauengold

Wenn Mutti sich in der 60er und 70er Jahren einen hinter die Binde kippen wollte, konnte sie das getrost unter dem Deckmäntelchen der Gesundheit tun. *„Frauengold"* hieß der Zaubertrank aus Flensburg, der rezeptfrei in Drogerien, Apotheken und Reformhäusern verkauft wurde. Dass Mutti nach dem Genuss von Frauengold glasig und glücklich guckte, lag aber vor allem am Hauptbestandteil: Alkohol. Immerhin 16,5 Prozent Alk hatte die Plörre und reiche damit schon an die Likörklasse heran. Den Frauen wurde vermittelt, dass Frauengold auch gegen Menstruationsschmerzen helfen könnte, ausgeglichen mache und gute Laune schaffe. Schließlich warb man mit dem Slogan: „Frauengold schafft Wohlbehagen, wohlgemerkt an allen Tagen." Auch als Schlafmittel wurde der Saft beworben. Dumm nur, dass Frauengold auch jede Menge Aristolochiasäure enthielt, die bald als nierenschädigend und krebserregend entlarvt wurde. So kam es, wie es kommen musste: 1981 wurde „Mother's little helper" Frauengold vom Bundesgesundheitsministerium verboten. Seither muss Mutti wieder ganz profan zur Likörflasche greifen, wenn sie sich zudröhnen und Vati ertragen will.

Mit Karl May unter einer Decke – Leseratten im Kinderzimmer

„Um 8 gehst Du ins Bett und machst das Licht aus!" Je nach Alter des Nachwuchses und nach Jahreszeit konnte die Zeitvorgabe auch 7 oder 9 lauten. Aber wer war um diese Zeit schon müde und wollte oder konnte gleich einschlafen? Niemand. So war völlig klar: *Gelesen* wird dann halt *unter der Bettdecke*. Um nicht aufzufallen, wurde natürlich das Licht im Kinderzimmer gelöscht. Aber dann... Ob *Karl May* oder *Enid Blyton*: Aus keiner Statistik geht hervor, wie viele Schmöker unter der stickigen Decke verschlungen wurden. Es waren Millionen. Komisch nur, dass dann die Batterien der einzigen Taschenlampe im Haus immer leer waren, wenn man sie wirklich mal brauchte.

Die Batterien taugten halt einfach nichts in der Analogzeit...

Die große Zeit der Tageszeitungen: Als Nachrichten noch seriös waren

Nein, sie sind nicht tot – aber seit dem Aufkommen von digitalen Medien sind *Tageszeitungen* definitiv auf einem absteigenden Ast. Die Auflagen befinden sich – von wenigen Ausnahmen abgesehen – im Sinkflug. Bei den einen steiler, bei den anderen sanfter. Kein Wunder: In der Analogzeit hatten die Tageszeitungen quasi das Monopol, wenn es um die Verbreitung lokaler oder regionaler Nachrichten ging (die überregionalen Neuheiten brachten vor allem Fernsehen und Radio ins Haus). Doch seit nun jeder selbst Nachrichten aller Art in Sekundenschnelle in die Welt schicken kann, ist es um die Vorrangstellung der Zeitungen geschehen.

Die Lesegewohnheiten haben sich innerhalb von nur einer Generation völlig gewandelt: Kaum einer der Digital Natives greift heute morgens noch zur Printausgabe der Tageszeitung, wenn es um lokale oder regionale Neuheiten geht. Onlinedienste (auch die der Zeitungen) bieten dies schneller und aktueller als das bedruckte Papier. So liegt heute oft das Tablet oder das Handy auf dem Frühstückstisch, wenn es um die Nachrichtenversorgung geht.

Auch wirtschaftlich hat das Internet die Verlage in die Zange genommen – klassische Anzeigenmärkte haben sich weitgehend von den Zeitungen ins Netz verlagert. Die meisten Jobs und Immobilien werden heute online gefunden – früher eine feste Anzeigendomäne der Zeitungen. Der gedruckte Automarkt ist nur noch ein trauriger Rest im Vergleich zur Analogzeit. Nur bei den Todesanzeigen konnten sich die Zeitungen (noch) einen hohen Marktanteil sichern – kein Wunder bei der überdurchschnittlich alten Leserschaft.

Das Nachrichtengeschäft ist zwar schneller und vielfältiger geworden, aber definitiv nicht professioneller. Schließlich kann heute jeder mit seinem Handy eigene „Nachrichten" in die Welt hinausposaunen. Fake News sind ein Ausdruck, der erst im Digitalzeitalter entstand. Im Internet wird längst nicht mehr zwischen Nachricht und Meinung unterschieden. „Influencer" tummeln sich nun auf dem Terrain und machen mehr oder weniger Werbung ohne kritische Distanz für das, was ihnen gefällt (oder wofür sie gesponsert werden). Das war und ist bei den Tageszeitungen anders: Ausgebildete Journalisten checken Nachrichten üblicherweise auf ihren Wahrheitsgehalt und auf ihre Seriosität hin, bevor sie sie veröffentlichen.

Und so ist der Autor dieser Zeilen auch heute noch ein erklärter Fan der Zeitungen und für journalistische Professionalität und wird es auch bleiben. Bei aller Vielfalt im Netz: Es geht doch nichts über ein schönes Frühstück mit Kaffee und Croissants und dem Rascheln und dem Geruch einer druckfrischen Zeitung.

Der Marlboro-Mann raucht und reitet nicht mehr

Es gibt immer noch Menschen, die den alten Zeiten nachtrauern, als noch überall geraucht wurde. Ob in Behörden, im Restaurant, auf der Urlaubsfahrt im VW-Käfer und sogar auf den Schulhöfen: In der Analogzeit wurde gepafft, was das Zeug hielt. Klagen von Nichtrauchern? Die wurden geflissentlich ignoriert – denn das waren ja nicht ernstzunehmende Weicheier. Ein richtiger Mann war man erst, wenn man cool wie der Marlboro Man oder wie Lucky Luke mit einer Fluppe im Mundwinkel herumlief, aus allen Poren nach Rauch stank und dicke Schwaden in die Welt pustete. Ob da Kinder auf der Rückbank im Auto saßen und eingenebelt wurden, scherte die wenigsten –

schließlich hatte man als Kind ja selbst die Rauchschwaden inhalieren müssen. Alle wussten, was ein Raucherbein ist, doch kaum ein Raucher zog im Analogzeitalter Konsequenzen aus der offensichtlichen *Gesundheitsbedrohung*. Wer sich heute TV-Talkshows aus dieser Epoche anschaut, glaubt kaum, wie hemmungslos da in den Studios Zigaretten und Zigarren gezückt wurden. Rumstinken galt als schick.

Rauchen wurde ja auch von allerhöchster Stelle vorgelebt. Bundeskanzler Helmut Schmidt war – unbeabsichtigt – in den achtziger Jahren die beste Werbeikone für die Tabakindustrie. Er rauchte seine Mentholzigaretten zu jeder Tages- und Nachtzeit und auch an Orten, die schon damals für Raucher eigentlich tabu waren.

Selbstverständlich gab es in der Analogzeit auch noch *Raucherabteile in den Zügen* der Eisenbahn. Sogar in den Flugzeugen durfte die Luft noch verpestet werden. Und wohl jeder Analogmensch weiß noch, wie die Klamotten gestunken haben, wenn man mit der Bahn fuhr, auf dem Flur einer Behörde warten musste oder aus einer Kneipe kam. Paffen war in den 60er und 70er Jahren noch absolut positiv belegt, und so verwundert es nicht, dass selbst Kinder in die Tabak-Werbespots mit einbezogen wurden und Muttis Stinkerei über den grünen Klee lobten.

Das Blatt wendete sich erst, als 1975 zunächst die *TV- und Radiowerbung für Tabakwaren verboten* wurde. Umfassend geächtet ist der blaue Dunst im öffentlichen Leben indessen erst seit 2007. Seither sind die Kippen auch aus den Restaurants verbannt. Das Gepaffe hat die Analogzeit also bis zu deren Ende beherrscht.

Ja, es hat sich viel geändert seither. Es gibt nicht mehr gefühlt an jeder Straßenecke einen Zigarettenautomaten, und die Glimmstängel sind durch staatliche Sanktionen auch deutlich teurer geworden. Der *Marl-*

boro-Mann reitet längst nicht mehr, das *HB-Männchen* geht nicht mehr in die Luft, und an Bahnhöfen ist das Rauchen nur noch in eng definierten Zonen geduldet. Doch obwohl seit 2007 Zigarettenpäckchen mit unappetitlichen Fotos versehen sind und Slogans ausdrücklich vor den Gefahren des Paffens warnen, gibt es nach wie vor mehr als eine Milliarde Raucher weltweit. Diese schreckt es auch nicht ab, dass statistisch gesehen alle acht Sekunden ein Mensch an den Folgen des Rauchens stirbt.

Übrigens, auch Wayne McLaren, einer der Darsteller des berühmten Marlboro-Manns, starb 1992 an den Folgen von Lungenkrebs, nachdem er täglich mehrere Päckchen Zigaretten geraucht hatte. Seine überlieferten letzten Worte: „Passt auf die Kinder auf. Tabak tötet Euch. Ich bin der lebende Beweis."

Auch drei anderen Marlboro-Männern brachten die Kippen den Tod. Und deshalb achtet unser Nachbar darauf, dass er nur Zigarettenpackungen kauft, auf denen vor Gebärmutterkrebs gewarnt wird: „Da kann mir als Mann ja nichts passieren…"

Party in den Siebzigern
mit Käseigel und Gurkenkrokodilen

Ein kurzer Blick zurück auf die Party-Klassiker in der Analogzeit – und schon wird es tierisch: Kaum ein Fest verging, auf dem nicht ein *Mettigel* serviert wurde. Der war ganz einfach zuzubereiten: Sehr feingehackte Zwiebeln wurden mit Schweinemett, etwas Petersilie, Salz und Pfeffer zu einem Teig verknetet. Für die Igel-Stachel-Optik sorgten Zwiebelstückchen auf dem Rücken des geformten Stacheltiers. Mund, Nase und Augen konnten aus Pfefferkörnern gestaltet werden.

Der „Kollege" des Mettigels war (und ist) der *Käseigel*. Dessen Körper konnte aus einer halbierten Melone oder aus einem Weißkohl bestehen. Dazu benötigte man etliche Zahnstocher, auf denen Käsewürfel und Trauben platziert wurden. Die Fress-Zoologie auf den Partybüffets machte schließlich noch das *Gurkenkrokodil* perfekt.

Und wenn wir schon bei den Klassikern der kalten Büffets der Analogzeit sind: *Fliegenpilzeier* durften auch nicht fehlen. Die waren nicht giftig und leicht herzustellen. Als Stiel diente ein hart gekochtes Ei. Der rote Deckel wurde aus einer Tomate gebastelt. Und die obligatorischen weißen Fliegenpilzpunkte auf dem Hut wurden mit Mayonnaise gestaltet. Die Fliegenpilze waren ein schöner Kontrast zu den ebenfalls weit verbreiteten *Schinkenröllchen*, die je nach Gusto mit Gürkchen, Bohnen, Mandarinen, Spargel oder Ei gefüllt wurden. Fingerfood sagte freilich niemand zu den leckeren Kleinigkeiten.

Frauen: Mehr Rechte für die Hälfte der Menschheit

Irritiert fragte so mancher Mann, was das denn sollte, als 1975 zum *„das Jahr der Frau"* deklariert wurde und darauf sogar noch die von der UNO propagierte *„Dekade der Frau"* folgte. In der Analogzeit war der vermeintlich kleine Unterschied zwischen den Geschlechtern noch ganz schön groß. Definitiv mehr als 15 Zentimeter. Frauen hatten bis in die analoge Endzeit hinein noch längst nicht die Rechte, die den Männern zustanden (oder sollte man richtiger sagen: die sich die Männer nahmen?).

Beispiele gefällig? Bis 1958 hatte der Mann grundsätzlich kraft Gesetzes das letzte Wort in einer Ehe. Er konnte so auch selbstverständlich über das Vermögen verfügen, das die Frau bei der Heirat mit einbrachte. Es sollte noch bis 1979 dauern, bis auch die männlichen Vorrechte bei der Kindererziehung aus den Gesetzestexten gestrichen wurden. Die Frauen durften bis 1977 nur dann berufstätig werden, wenn dies „mit ihren *Pflichten in Ehe und Familie*" vereinbar war. Im Zweifelsfall befanden darüber – natürlich – Männer. Erst seit dem *Gesetz zur Reform des Ehe- und Familienrechts* der sozialliberalen Koalition, das am 1. Juli 1977 in Kraft trat, gibt es in der Ehe keine gesetzlich vorgeschriebenen geschlechtsspezifischen Aufgaben mehr. Mann und Frau mussten fortan aufeinander und auf die Familie Rücksicht nehmen. Zumindest auf dem Papier. Und nun wurde auch nicht mehr der Name des Mannes automatisch der Familienname. Es waren von nun an Doppelnamen möglich. Vor allem Frauen nutzten diese Möglichkeit und behielten so einen Teil ihrer Persönlichkeit und Identität.

Gerichte konnten auch noch darüber befinden, ob eine Frau als „*unbescholten*" galt konnte. Bis 1980 wurden sogar noch Urteile gefällt, die Frauen „*Kranzgeld*" zusprachen oder nicht, wenn sie von einem Verlobten verlassen worden waren und es vorher zum Geschlechtsverkehr gekommen war. Noch 1967 hatte das Amtsgericht Düsseldorf übrigens geurteilt, dass einer „reifen", im Berufsleben stehenden Frau grundsätzlich kein „Kranzgeld" zustehen könne. Man will es kaum glauben, dass der entsprechende Paragraph erst 1998 gestrichen wurde.

Ja, die Moralvorstellungen waren noch reichlich krude in der Analogzeit. Lange Jahre konnte sogar der Ehemann das Arbeitsverhältnis seiner Frau kündigen – ohne deren Zustimmung wohlgemerkt. Und bis spät in die Analogzeit hinein war es Ehefrauen auch verwehrt, ein eigenes Bankkonto ohne Zustimmung des Göttergatten zu eröffnen.

Kaum zu glauben: Es gab sogar Regelungen, dass Lehrerinnen aus dem Beruf ausscheiden mussten, wenn sie es wagten zu heiraten.

Offene Diskriminierungen sind seit Anbeginn es Digitalzeitalters deutlich weniger geworden, aber ganz aus der Welt sind sie immer noch nicht, wie die weit verbreitete schlechtere Bezahlung von Frauen deutlich beweist. Und die weibliche Hälfte der Menschheit (die genaugenommen sogar etwas größer ist als die männliche) ist bis heute längst nicht adäquat in den Parlamenten oder im Management von Unternehmen vertreten.

Und widerspricht jemand, dass vor allem noch einige Männer den alten Geschlechterrollen nachtrauern? Wie wäre es, mal wieder ein „Jahr der Frau" auszurufen?

Rollschuhe mit Eisenrollen – so schwer wie Dampfloks

Inzwischen sind *Rollschuhe* ja hipp: es gibt sie in allen Modefarben mit Leichtlaufrädern und Stoppern. Üblich ist längst, dass Schuhe und Rollen miteinander fest verbunden sind. Eine Hoch-Zeit erlebten die Rollen auch schon einmal in der Analogzeit. In den 60er und 70er Jahren hatte gefühlt jedes Mädchen und jeder Junge ein Paar. Doch die sahen noch etwas anders aus als ihre modernen Nachfolger. Es waren Eisengestelle mit roten Rollen. Die fühlten sich schwer an wie eine Dampflok und lärmten auch so, dass sich regelmäßig die Nachbarn beschwerten.

Immerhin: Man konnte die klobigen Dinger unter fast jeden Schuh schnallen. Lederriemen sorgten für halbwegs festen Halt. Man konnte sie in der Länge verstellen, und so wuchsen sie ein paar Jahre mit. Die Rollschuhmarke *Hudora* (= *HU*go *DO*rnseif *RA*devormwald) war durchaus ein Begriff unter den Heranwachsenden. Die lärmigen Rolleisen wurden in den späten 70er Jahren weitgehend durch die nun populäreren *Inlineskater* abgelöst. Die hatten nicht mehr die klassische 2+2-Räder-Anordnung wie die Anschnall-Rollschuhe - die vier Laufrollen lagen nun hintereinander und ermöglichten bis dahin ungeahnte Geschwindigkeiten. Das obligatorische „Krk-Krk" eines analogen Eisen-Rollschuhs konnten die Renn-Skater aber nicht mehr bieten.

Die Knie konnte man sich aber auch damit noch aufschlagen.

Prinzessinnen sowie Cowboys und Indianer mit viel Bumms

Haben es die heutigen Kinder und Jugendlichen einfacher, wenn sie an Karneval, *Fastnacht* oder Fasching die Auswahl zwischen unendlich vielen Kostümen haben? In der Analogzeit ging es da noch etwas bescheidener zu. Kaum ein Junge, der nicht irgendwann auch mal ein *Cowboy* war. John Wayne im Miniaturformat mit breitkrempigem Hut und natürlich mit Revolver im Holster. Oder ein Indianer: Wer viele Federn auf dem Kopf hatte, war natürlich Häuptling; mit nur einer Feder gehörte man zum Rothaut-Fußvolk. Die Friedensbewegung gab es in den 60er und 70er Jahren noch nicht – also wurde kräftig geballert; die Spielzeugwaffen waren auch noch überall akzeptiert. Sogar die örtliche Bankfiliale durfte man mit dem Ballermann betreten. Angst vor den Fakewaffen hatte eigentlich niemand. Harmlos waren die einfachen *Knallblättchenrollen* für die Cowboyrevolver, die man auch mit dem Hammer oder einem Stein zum Lärmen bringen konnte. Die *Magazinringe* sorgten freilich schon für deutlich mehr und lauten Bumms.

Die Mädchen wurden von den Kerlen auch als Cowgirls und als Indianerinnen akzeptiert. Die meisten Mädels lebten indessen an den närrischen Tagen ihren Traum als *Prinzessin* aus.

Kein Mensch hätte es im Analogzeitalter freilich als kulturelle Aneignung angesehen, wenn man sich mit einem Pseudo-Sombrero in der närrischen Jahreszeit zum Mexikaner oder mit Federschmuck in einen Indianer verwandelte. Diese kleinliche Betrachtungsweise kam erst viel später in Digitalzeiten auf.

„Geschenksendung, keine Handelsware": Weihnachtspost aus der „Zone"

Wohl jeder, der in der Analogzeit Verwandtschaft in der DDR hatte, konnte in der Weihnachtszeit fast sicher sein, dass *Pakete mit typischen ostdeutschen Produkten* vom Postboten gebracht wurden (so wie im Gegenzug auch die Westdeutschen immer brav Sendungen mit Kaffee, Fertigsuppen, Kaba, Tosca-Parfüm oder Feinstrumpfhosen gen Osten schickten). Ob hin oder her: Die Pakete trugen immer den gleichen Vermerk: *„Geschenksendung – keine Handelsware"*. Das musste für den DDR-Zoll sein. Trotzdem reiste auch stets die Ungewissheit mit, ob die Sendung geöffnet und der Inhalt in Gänze ankommen würde. Die DDR-Grenzer waren berühmt und berüchtigt dafür, die Pakete zu inspizieren. Und wehe, sie fanden darin eine westdeutsche Illustrierte oder einen im Osten so begehrten Warenhauskatalog: Dann war nicht nur das Paket „futsch", sondern die Bekannten konnten auch noch mächtig Ärger bekommen. Man geht übrigens davon aus, dass die Ost-Grenzer allein in den letzten vier Jahren des Bestehens der DDR auch weit über 30 Millionen D-Mark an Bargeld aus Päckchen und Paketen fischten. Laut Statistik hatte jedes Paket von West nach Ost in den 80ern einen Wert von 197 DDR-Mark. Der westdeutsche Staat zeigte sich generös, denn für jedes Paket in die „Zone" durfte man bei der Steuererklärung 40 Mark von der Steuerlast abziehen.

Im Gegenzug konnte man ziemlich sicher sein, dass die DDR-Standardwaren den ostdeutschen Zoll passieren konnten. Und so landeten regelmäßig *Dresdner Christstollen, Räuchermännchen* und andere *Erzgebirgsschnitzereien* auf bundesdeutschen Gabentischen.

Vom Siegeszug der Brathendl – „Heute gehen wir in den Wienerwald"

„Heute bleibt die Küche kalt, wir gehen in den *Wienerwald* " – jedes Kind im Land kannte diesen Slogan seit den 50er Jahren. Die Wienerwald-Kette war in der Analogzeit die größte Restaurantkette in Deutschland und Österreich (McDonald's und Co. gab es ja noch nicht). In der Hoch-Zeit in der 70er Jahren arbeiteten fast 30.000 Mitarbeiter in rund 1.600 Filialen weltweit. Das Erfolgsrezept: Es gab vor allen Grillhähnchen und rustikale Küche zu erschwinglichen Preisen. Firmengründer Friedrich Jahn war ein Schlitzohr vor dem Herrn und ein Liebling der Boulevardpresse. Doch weil er seinen rasanten Aufstieg (und Größenwahn?) vor allem auf Pump aufbaute, wurde Wienerwald immer öfter auch Thema auf den Wirtschaftsseiten der Gazetten: Sage und schreibe dreimal ging Wienerwald im Lauf der Firmengeschichte in Insolvenz. Doch das Unternehmen entpuppte sich auch immer wieder als Stehaufmännchen und kehrte bis heute – freilich in viel kleinerem Maßstab als einst – stets zurück auf den Markt. Die Älteren freuen sich auch heute noch ab und zu auf die Brathendl, denn: „Heute bleibt die Küche kalt…"

Fast ausgestorbene Höflichkeitsbezeigungen: Knicks und Diener

Fragt man Frauen, die noch im Analogzeitalter groß wurden, bestätigen fast alle, dass sie ihn noch machen mussten, wenn Besuch kam oder wenn man zu Onkel Alois und Tante Käthe fuhr: den „*Knicks*". Und unisono bestätigen fast alle, dass diese ehemalige Höflichkeitsgeste binnen einer Generation fast gänzlich aus dem Alltag verschwunden ist. Eltern halten ihre Tochter heute nur noch äußerst selten an, einen Knicks zu machen. In den 60ern und 70ern war diese Form der Etikette aber durchaus noch üblich. Heute wird der Knicks eigentlich nur noch in höfischen Kreisen gepflegt. So gibt es genaue Regeln, wie und wann Frauen knicksen müssen, wenn sie mit Mitgliedern des englischen Königshofes zusammentreffen. Bis 2003 wurde übrigens auch von den Wimbledon-Siegerinnen erwartet, dass sie vor der königlichen Loge knicksten. Den Buben von einst erging es aber auch nicht anders. Das männliche Gegenstück zum Knicks, der „*Diener*" ist in den vergangenen Jahrzehnten ebenfalls weitgehend auf der Strecke geblieben. Am Ende einer Theatervorstellung und in der Liturgie der katholischen und der orthodoxen Kirche sieht man die rituale Verbeugung freilich noch.

„Ankomme Freitag den 13.": Telegramme als analoge Mails

Wann haben Sie zuletzt ein *Telegramm* erhalten? Seit Ende 2022 ganz bestimmt nicht mehr, denn da stellte die Deutsche Post dieses Angebot innerhalb Deutschlands wegen mangelnder Nutzung ein. Kein Wunder: Im Zeitalter von Smartphones, Glasfasernetzen, WhatsApp und 5G bereitet es heute normalerweise kein Problem mehr, jemanden schnell zu erreichen. Das war vor ein, zwei Generationen noch ganz anders – schließlich hatten noch nicht alle Haushalte ein (Festnetz-)Telefon, und Handys und Smartphones hatten noch nicht ihren Siegeszug angetreten. Da blieb oft nur der Weg, ein Telegramm auf dem Postamt aufzugeben. Die Post versprach, die Nachricht innerhalb von zwei Stunden (nachts innerhalb von vier Stunden) dem Empfänger zuzustellen. Übermittelt wurden die kurzen Texte im speziellen wortsparenden *Telegrammstil* per Fernschreiber und dann von besonders fixen *Telegrammboten* zum Empfänger gebracht. Sparen war angesagt, denn bei den Telegrammen musste man für jedes übermittelte Wort teuer bezahlen. In Sachen Telegramm-Tempo war die Deutsche Post in der digitalen Endzeit des Angebots übrigens sogar langsamer als in der Analogzeit, denn es wurde nur noch die Zustellung am gleichen Tag versprochen.

Wer heute von Telegramm spricht, meint in der Regel den kostenlosen Instant-Messaging-Dienst Telegram. Bei der Facebook-Konkurrenz können Chats verschlüsselt als „geheime Chats" geführt werden. Im Juni 2022 gab es weltweit schon mehr als 700 Millionen aktive Telegram-Nutzer.

Reinhard Mey hat indessen den klassischen Telegrammen ein musikalisches Denkmal gesetzt. Wer den allerschönsten Telegramm-Song deutscher Sprache hören will, sollte auf Youtube unbedingt einmal „Ankomme Freitag, den 13." aufrufen.

Als das Volk mit bunten Reifen und Ringen wackelte

Wenn heute von *Hula-Hoop* die Rede ist, geht es vor allem um Work Outs und um weniger Kilos auf der Hüfte. Doch als die leichten Hula-Hoop-Reifen Anfang der 60er

Jahre in die Kinder- und Teenagerzimmer einzogen, waren sie einfach nur angesagte Spielzeuge. Natürlich kamen sie aus den USA wie so vieles in der Nachkriegszeit. Auch Mutti griff gern zu den bunten Reifen und mühte sich, damit ein paar Wohlstandskilos wegzutrainieren. Für die Kinder – meistens Mädchen – war es indes ein herrliches Spiel, herauszufinden, wie lange der Hula-Hoop-Reifen um dem Bauch kreisen konnte. Etliche Millionen Holz- und Kunststoffreifen wurden allein in Deutschland verkauft.

Sogar in die deutschen Kinos hatten es die bunten Ringe geschafft: Als die Modewelle über den Atlantik schwappte, standen Cornelia Froboess und Rex Gildo gleich im Streifen „*Hula-Hopp Conny*" vor der Kamera. Aus dem englischen Hoop war ein deutsches Hopp geworden – und Rex Gildo nannte sich noch Alexander Gildo.

Aber das ist schon wieder eine andere Geschichte…

Omas Küche:
Als der Kühlschrank noch ein Luxusgut war

Muttis Küche sah in der Analogzeit noch deutlich anders aus als heute – der Maschineneinsatz hatte den Mittelpunkt vieler Haushalte noch nicht erreicht. Einen großen Fortschritt bedeutete es für die Nachkriegsgeneration, wenn ein *Kühlschrank* oder ein moderner *Elektroherd* oder *Gasherd* in die Küche einzogen. Von amerikanischen Verhältnissen war Westdeutschland aber noch in den 70er Jahren weit entfernt, denn in den USA war bereits 1937 ein Kühlschrank in jedem zweiten Haushalt Standard. In Deutschland wurden freilich noch in den 60ern in vielen Häusern Herde mit Holz und Kohle angeheizt, wie man sie nun nur noch aus Museen kennt. Überhaupt war in der Küche noch viel mehr *Handarbeit* angesagt. Die Babyboomer-Jahrgänge kennen noch die manuellen *Kaffee-mühlen*, die zwischen die Knie geklemmt wurden – und dann wurde gekurbelt. Im Handbetrieb wurden vielerorts auch noch die *Mohnmühle* und der *Fleischwolf* betätigt. Mutti schnitt von Hand aus Kartoffeln auch noch die „schicken" Pommes frites, die seit den 70er Jahren auf immer mehr Tellern landeten. Den Begriff Convenience Food kannte man in der Analogzeit noch nicht – von *Fertigsuppen, Brühwürfeln* und *Fertigsaucen* einmal abgesehen. Und Dosen-Ravioli, die in Deutschland erstmals 1958 auf den Markt kamen, waren ganz sicher keine kulinarische Offenbarung in der Analogzeit.

Erst in den 80er Jahren waren *Geschirrspülmaschinen* für viele so bezahlbar geworden, dass sie in immer mehr Haushalten auftauchten. Zuvor waren sie noch mit dem Etikett „Luxus" versehen. *Abwasch von Hand* war noch üblich in den allermeisten Küchen. Womit? Natürlich mit Spüli, das bald zum Synonym für Geschirrspülmittel wurde und als solches heute auch so im Duden steht. Spülen und Herde wurden oft noch mit *Vim-* oder *Ata-Scheuerpulver* gereinigt. Und zum Händewaschen lag oft noch ein Stück *Kernseife* bereit.

In den heute in die Wohnlandschaften moderner Wohnungen integrierten Kochzeilen mit smarten Geräten aller Art kann man sich das kaum noch vorstellen.

Sternhagelvoll ans Steuer – saufen auf Teufel komm raus

Keine erfundene, sondern eine wahre Geschichte: Wenn der Polizeipräsident einer bekannten badischen Kurstadt in den 70er Jahren vom Stammtisch nach Hause fahren wollte, rief er auf dem Revier an und sogleich kamen zwei Streifenwagen angefahren. Der eine setzte sich vor das Auto des Herrn Präsidenten, die andere Streife folgte dahinter. So fuhr das Spezial-Sandwich durch die Stadt. Am Steuer des Privatwagens saß der präsidiale Oberpolizist. Der war zwar nach seinem Stammtisch mit den Honoratioren im „Krokodil" sternhagelvoll wie eine Haubitze, aber kein Streifenpolizist hätte es gewagt, seinen Vorgesetzten ins Röhrchen pusten zu lassen und buchstäblich aus dem Verkehr zu ziehen, obwohl das eigentlich zwingend notwendig gewesen wäre. Ohne Zweifel: Der Umgang mit Alkohol war in der Analogzeit viel sorgloser als heute. Es war üblich und weitgehend gesellschaftlicher Konsens, sich auch nach dem Genuss von etlichen Gläsern Wein, Schnaps oder Bier noch ans Lenkrad zu setzen („Ich kann ja noch fahren"). Den verantwortungslosen Umgang mit Alkohol dokumentiert leider auch die Statistik der Toten im Straßenverkehr deutlich. So starben in Deutschland 1970 noch 21.332 Menschen im Straßenverkehr: 19.193 in der alten Bundesrepublik und 2.139 in der damaligen DDR. Ein trauriger Höchststand. Zum Glück ging die Ziffer anschließend kontinuierlich nach unten. 2021 hatte die Zahl der Verkehrstoten im wiedervereinten Deutschland den tiefsten Stand seit mehr als 60 Jahren erreicht. Exakt 2562 Menschen kamen 2021 bei Verkehrsunfällen ums Leben; immerhin noch sieben Menschen pro Tag im Schnitt. So betrachtet, war die ungezügelte Sauferei kein Ruhmesblatt für die Analogzeit, denn der Alkohol war sehr häufig auch Ursache für schwere und schwerste Unfälle. Zur Freude ist aber trotzdem kein Anlass, denn jederVekkehrstote ist immer noch einer zu viel.

Lebertran und Co. – warum wir so fröhlich sind

Wetten, dass Sie die eingetragene Hörmarke mit der Nummer 39.976.655 und der Tonfolge dis, fis und h sofort wiedererkennen, auch wenn Sie sie jahrzehntelang nicht gehört haben? Wenn jetzt auch noch Bälger „Saanoostooool" grölen, weiß fast jeder, was da akustisch beworben wurde: eine dickflüssige Sirup-Pampe in einer grünen dreieckigen Glasflasche. Je nach Ausprägung der Geschmacksnerven war das ein Alptraum oder ein Höhepunkt im Kinderleben in der Analogzeit. Angeblich sollte der dicke Sanostol-Saft mit seinen Vitaminen den Nachwuchs vor Erkältungen schützen und Abwehrkräfte stärken (was heute von Experten bezweifelt wird). Ein weiteres Relikt aus analogen Kinderzeiten ist daneben der Rotbäckchen-Saft. Viele haben immer noch die Etiketten mit dem kleinen blonden Mädchen samt blauem Kopftuch vor Augen und Kinder, die in der Kino- und frühen TV-Werbung „Mutti, Rotbäckchen" bettelten. Besseres Lernen sollte *Rotbäckchen* befördern. Schmeckten *Sanostol* und Rotbäckchen noch halbwegs süß, so war *Lebertran* das größte Schreckensgespenst für Kinder – der schmeckte eigentlich immer nur bääh. Aber man erzählte uns von kleinauf, dass die tranige, fettige Plörre mit dem Fischgeruch das Wachstum befördern sollte. So wachte immer ein Elternteil unerbittlich am Bett, bis der tägliche Löffel Lebertran auch heruntergeschluckt war.

Auch wenn ich das mit dem Wachstum immer bezweifelt habe, so weiß ich nun doch, warum wir Analog-Menschen so fröhlich sind: Eine norwegische Studie hat nämlich ergeben, dass Lebertran-Schlucker weniger zu Depressionen neigen als andere Menschen... Also: Leute, trinkt Lebertran.

Schrecken der Alten:
Hippies, die fummeln und gammeln

Laut Duden ist „*fummeln*" ja ein schwaches Verb. Was für ein Quatsch. Für uns Heranwachsende in der Analogzeit war es freilich eines der stärksten und schönsten Worte überhaupt. Ja, in den 60er, 70er und 80er Jahren wurde noch mächtig gefummelt. Bei der Freundin oder beim Freund gab es unter dem Pulli oder dem T-Shirt oder gar noch tiefer schließlich die spannendsten Sachen zu entdecken und die mussten halt mal befummelt werden. In die Mitte der Gesellschaft brachte der Film „*Zur Sache Schätzchen*" das Wort fummeln. Als Martin fummelte Werner Enke schwer an Barbara (Uschi Glas) herum und erläuterte ihr den tieferen und philosophischen Sinn des Fummelns. Auch in anderer Hinsicht prägte die noch schwarzweiß gedrehte Komödie von May Spils den deutschen Sprachschatz: die „*Dumpfbacke*" machte der Film ebenso populär wie den Spruch „*Es wird böse enden*".

Und noch so ein zeittypisches Wort für die späten 60er: *gammeln*. Die ältere Kriegsgeneration tat die zunehmend aufmüpfigen Teens und Twens gern als *Gammler* ab und setzte sie sofort mit arbeitsscheuem Gesindel gleich. Wer keinen Faconschnitt, Anzug und Krawatte oder Kostüm trug, war aus Sicht der Älteren ein Gammler. Die passten nicht zu den spießigen Normen der 60er Jahre. Und mit ihren langen Haaren und unkonventionellen Klamotten begehrten Gammler nicht nur äußerlich auf, sondern hatten eine gänzlich andere Lebenseinstellung als ihre Eltern. „Gammeln ist das Lieblingswort der Generation", wusste 1968 die Zeitschrift Twen.

Inzwischen ist auch der Begriff gammeln selbst längst in die Jahre gekommen, und so manch ehemaliger Gammler ist längst selbst zum langweiligen Spießer oder – noch besser – in der Sprache der Jugendlichen – zu Gammelfleisch mutiert. Viele denken aber noch gern an die Zeit der Aufmüpfigkeit zurück, als man mit provozierendem Nichtstun, langen Haaren, Parka und lauter Musik gegen die Altvorderen aufbegehrte.

Und diese Textzeile kannte in den späten 60ern jeder Heranwachsende: „If you're going to San Francisco be sure to wear some flowers in your hair." *„San Francisco"* von Scott McKenzie, das war *die* Hymne der *Hippiebewegung*. Und die Stadt an der kalifornischen Westküste war das Zentrum der *Blumenkinder*, die mit ihrer Friedlichkeit die Welt ein bisschen besser machen wollten. Die Welt war seinerzeit noch geprägt vom *Vietnam-Krieg* und von den aufkommenden Studentenrevolten in vielen Ländern. Die Hippies setzten Friedlichkeit gegen die Konflikte und gegen das verkrustete Denken der Elterngeneration. Irgendwie waren sie so wohl auch die Mitbegründer der Friedensbewegung. „Make love not war" lautete das Motto der Jahre, denen die Hippies mit ihren bunten Klamotten, den Blumen in den Haaren und ihrer leicht anarchistischen Lebenseinstellung das Gepräge gaben. Das Lieblingsfahrzeug vieler Hippies war der *VW-Bus T1* mit der geteilten Frontscheibe, der oft genug bunt bemalt über die Straßen rollte. Zur Wahrheit gehört aber auch, dass etliche Hippies auch Drogen schluckten, rauchten und in die Venen spritzten und dies in vielen Songs auch noch glorifizierten.

Immerhin: Zum Nachdenken haben die Blumenkinder angeregt und damit für manche Veränderung in der spießigen Gesellschaft gesorgt.

Der hing in vielen Badezimmern – der Siegeszug des Allibert

„Ihr habt aber einen schicken *Allibert*". Das Lob konnte man durchaus zwischen den 60er und den 90er Jahren ernten, denn einen Allibert gab es in zahlreichen Haushalten. Der Firmenname des französischen Unternehmens avancierte zum Synonym für *Badezimmerschränke* schlechthin. Allibert hatte eine einfache und geniale Idee und kombinierte den Kosmetik- und Zahnpastaschrank mit einem Spiegel auf der Front. Diese Idee setzte sich schnell durch und eroberte die Badezimmer der Bundesrepublik in Windeseile. Zwar zog sich die Firma Allibert später jahrelang vom deutschen Markt zurück, die Produkte der Marke sind aber inzwischen wieder zu haben. Typische Alliberts gibt es aus Kunststoff in allen Popfarben, aber auch aus Holz in allen möglichen denkbaren Designs. Und so hört man auch heute wieder: „Ihr habt aber einen schicken Allibert."

Quietschbunte Rollen im Haar: Wie Mutti den Postboten empfing

Und wenn wir uns schon im Badezimmer aufhalten: Hier lagerte Mutti auch stets ihre *Lockenwickler*. Für die Kids waren das auch herrliche Spielzeuge, denn es gab die Rollen aus Kunststoff und aus Metall; sie waren quietschbunt und unterschiedlich lang. Mit etwas Phantasie ließen sich damit die tollsten Gebilde zaubern. In regelmäßigen Abständen drehte sich Mutti die Lockenwickler in die Haare, um die Dauer- oder Wasserwelle wieder in Form zu bringen. Und wenn es genau zu diesem Zeitpunkt an der Haustür klingelte? Dann marschierte Mutti halt mit ihren bunten Haarrollen im Bademantel zur Tür. Warum auch nicht? Das machten doch schließlich alle so.

Typisch Analogzeit: Mit ihrer Rollenpracht begab sich Mutti unter die *Trockenhaube*. Anfangs war das noch ein Standmodell, das aussah wie eine Glocke aus der Marienkirche. Später ging Mutti mit der Zeit und stolzierte mit einer tragbaren Trockenhaube durch das Wohnzimmer.

Die Kinder freute es, denn sie wussten ja, dass es anschließend wieder genügend Spielmaterial an bunten Lockenwicklerrollen gab. Und außerdem konnte Mutti ja unter der Trockenhaube nur schlecht hören…

Drill und Disziplin im Kindergarten: Schwester Obalda und die Scham

Hiermit setze ich den Ordensschwestern Sebalda und Obalda (ja, die Namen der Nonnen lauteten wirklich so) ein Denkmal. Denn was es heute wohl nirgendwo mehr im Land geben dürfte, erlebten wir noch in den letzten 50er und den frühen 60er Jahren: Unser *Kindergarten* im Städtchen wurde tatsächlich noch von *katholischen Ordensschwestern* geleitet. Mit dabei: die Schwestern Sebalda und Obalda, die für uns Kinder in ihrem Nonnenhabit wie überdimensionale Pinguine aussahen. Es war völlig klar, dass die immer höflich mit „Schwester" angeredet wurden. Und niemand wäre auf die Idee gekommen, die zivilen Erzieherinnen (die sich noch brav Kindergärtnerinnen nannten) mit dem Vornamen anzusprechen oder etwa nur „Frau Müller" zu sagen. Nein, das waren selbstverständlich *„Tante"* Hildegard und „Tante" Edeltraud für uns. Die Disziplin spielte – typisch für die Zeit – auch noch eine große Rolle im Kindergarten. Wer aus der Reihe tanzte, bekam von den „Tanten" und Schwestern unerbittlich einen Klaps oder gar eine Ohrfeige. Ganz gleich, ob Bub oder Mädel.

Und ich weiß auch noch, wie ich als Fünfjähriger bei den Nonnen ordentlich das Schämen lernte. Ich wurde von Schwester Obalda unerbittlich zum Schämen in die Ecke gestellt, weil ich mit der Bastelschere einem Mädchen in den Rock geschnitten hatte. Da stand ich nun mit abgewandtem Kopf und angelegten Händen an der Hosennaht, glotzte die perlweiße Wand an, schämte mich eine halbe Stunde lang was das Zeug hielt und sinnierte, dass es sonst doch immer hieß: „Für das Leben lernen wir..."

Komisch: Später heulten die Mädchen nicht mehr, wenn ich mich an ihren Röcken zu schaffen machte...

Heizen in der Analogzeit:
Wenn der Kohlenmann zweimal klingelte

Wann hatten sich eigentlich komfortable Zentralheizungen flächendeckend durchgesetzt? In der Schwarz-Weiß-Epoche jedenfalls noch nicht. Zu den Kindheitserinnerungen gehört, dass fast jedes Haus noch einen *Kohlenkeller* hatte. Da konnte man sich wunderbar verstecken und andere Spielchen ausüben. Zudem hatte die Kohle auch einen ganz eigenen, staubigen, trockenen Geruch. Auch die eingelagerten Brennstoffe sind der aktuellen Generation fast gänzlich unbekannt: beispielsweise *Nuss-* oder *Eierkohle*. Die ovalen Dinger sahen aus wie schwarze Ostereier. Andere Hausbesitzer schworen auf *Koks* zum Heizen. Und wieder andere ließen sich *Briketts* bringen. Falls die Brennstoffe nicht einfach lose vor dem Haus abgekippt wurden, brachte der *Kohlenmann* (auch so ein ausgestorbener Beruf) Kohlen, Briketts oder Koks in Zentnersäcken in den Keller. Oder man holte die Brennstoffe mit dem Leiterwagen selbst beim Kohlenhändler ab; das gab dann einen Preisnachlass. Der *Zentner* (also 50 Kilogramm) war ein im Alltag noch so ein geläufiges Maß wie das *Pfund* (ein halbes Kilogramm). In den Rechenaufgaben der Volksschüler wurde selbstverständlich noch mit diesen Einheiten gerechnet. Wer in den 60er Jahren bereits eine Ölheizung vorweisen konnte, galt als besonders modern. Denn mit dem damals noch billigen *Heizöl* ließ sich der Ofen schnell starten. Die Ausdünstung des Öls war oft aber in der gesamten Wohnung zu riechen, denn eine automatische Zuleitung vom Tank hatten längst nicht alle Häuser. Stattdessen hieß es: Mit der Kanne runter in den Keller und Heizöl aus dem Tank zapfen. Dass beim Einfüllen in den Ofen dann ab und zu was daneben tropfte und es im Wohnzimmer wie in der Autowerkstatt stank, war üblich. Und so mancher Liter Heizöl landete wohl auch im Tank des Mercedes 180 oder des Ford Taunus. Das war zwar schon immer illegal, aber Heizöl war halt auch schon immer deutlich billiger als Diesel… Zu den Fähigkeiten, die vielen Kindern in der Analogzeit noch vermittelt wurden, gehörte auch, wie man einen Ofen anheizt – ganz gleich, ob mit Holz und Kohlen oder mit Heizöl. Einfach nur am Thermostat drehen und hoffen, dass die Stube schnell warm wurde, das war einst die absolute Ausnahme. Wer es kuschelig warm haben wollte, musste erst einmal ordentlich schleppen.

Vor der Krankenversicherungskarte: zum Doktor nur mit grünem Schein

Wer zum Doktor will, braucht einen *Krankenschein*! Dies war ein ehernes Gesetz bis zum Ende der Analogzeit in der alten Bundesrepublik. Erst 1995 wurden Krankenversicherungskarten eingeführt, die das alte System ablösten. So ist vielen noch im Gedächtnis, wie das früher war: Einmal im Jahr schickte einem die Krankenkasse ein Heftchen mit vier hellgrünen Krankenscheinen im DIN-A-5-Format zum Ausreißen zu – einen für jedes Quartal. Das Gleiche galt auch für Zahnbehandlungen: In den speziellen Krankenscheinen für Zahnärzte war auch das Zahnschema aufgedruckt – so konnte der Doktor leicht seine Leistungen mit der Kasse abrechnen. Klar, ein Besuch beim Arzt ist heute mit der kleinen Scheckkarte komfortabler geworden – aber irgendwie bleibt das unterschwellige Gefühl, dass man zu alten Krankenschein-Zeiten schneller einen Arzttermin bekam und noch etwas persönlicher vom Doktor behandelt wurde.

Nicht nur Spaß in den Ferien: militärischer Drill im Kinderheim

Viel verbreiteter als heute waren dereinst *Ferien im Kinderheim*. Für die Eltern war es praktisch und angenehm, Filia oder Filius während der großen Ferien in ein Heim abzuschieben. Und relativ billig war es auch. Vor allem karitative und kirchliche Träger sorgten für ein breites Angebot. Die kleinen Gäste dieser Ferienform merkten sehr schnell, dass die Kriegszeit noch nicht lange vorüber war, denn in vielen Heimen herrschten militärischer Drill und eiserne Pflicht. Empathie und Spaß für die Kinder? Das passte irgendwie nicht in die Zeit. Stattdessen war Zwang in vielen Heimen das oberste Gebot. Das fing in den Ferienheimen schon nach dem Aufstehen an: Dann ging es ohne Widerspruch zum gemeinsamen Waschen (natürlich kalt!) und zum Zähneputzen. Wieder zurück im Gemeinschaftsschlafsaal, hieß es dann unter strenger Aufsicht: Betten machen. Schlimmer als später bei der Bundeswehr oder der NVA wurden Jungs und Mädels getriezt, Laken und Kissen extrem glatt und penibel gerade auszurichten. Nach den Spielstunden am Vormittag folgte das gemeinsame Mittagessen. Vielen klingelt es noch heute im Ohr: „Es wird alles aufgegessen!" Ob der Fraß schmeckte oder man sich schier übergeben musste (was im Heim oft genug vorkam), interessierte die Aufpasser(innen) nicht. Disziplin ging vor. Natürlich musste man auch am täglichen Mittagsschlaf teilnehmen – Müdigkeit hin oder her. Klar, dass in den kirchlichen Einrichtungen auch vor den Mahlzeiten und vor dem Schlafengehen gebetet wurde. Großes Einsehen hatte der liebe Gott mit den jungen Gästen aber trotzdem nicht, denn wer nachts vor Aufregung ins Metallbett pullerte, fing sich –selbstverständlich – morgens auch noch eine Ohrfeige ein. So sind Kinderheimaufenthalte für viele ein Alptraum geblieben. Nicht alles in der vermeintlich „guten alten Zeit" war auch wirklich gut.

Im Tante-Emma-Laden gab es nichts, was es nicht gab

Frau Rothenburger und ihrer Schwester sei Dank. Auch heute noch. Denn die beiden betrieben etwas, das heute liebevoll *Tante-Emma-Laden* genannt wird. Dabei hieß keine der beiden Emma. Agnes und Erna hießen sie, falls ich mich richtig erinnere. Die Verkaufsfläche ihres Ladens war kaum größer als heute ein gutbürgerliches Wohnzimmer: 40, vielleicht 50 Quadratmeter. Doch der Laden der beiden ältlichen Schwestern war eine Institution im Viertel, in dem man alles und noch viel mehr bekommen konnte als heute in einem modernen durchgestylten Edeka- oder Rewe-Markt. Zwar nicht in der Auswahl, die wir heute kennen und wohl auch erwarten – aber wen scherte das schon in den 60er bis noch in die 80er Jahre, ob es acht Zahnpastasorten oder 17 unterschiedliche Joghurts gibt? Reis und Nudeln wurden noch in offenen Gebinden verkauft. Ökologie der frühen Jahre. Das Schönste für uns Kinder war indes die *Verkaufstheke*, hinter der Frau Rothenburger jeden freundlich begrüßte. Ein akustisches Signal wurde ausgelöst, wenn man die Ladentür öffnete – das klang dann so ähnlich wie Didi Hallervordens legendäres „Palim-Palim". Wenn sie nicht ohnehin schon im Laden waren, eilten die Schwestern nach dem Signal mal eben aus der benachbarten Wohnung rüber.

Magisch zogen uns Kinder immer die großen Glasbehälter an, in denen die Rothenburger-Schwestern feilboten, was das Herz begehrte: *Bonbons im Einzelverkauf*. Abgerechnet wurde in Pfennigbeträgen. Natürlich hatten sie in ihren Gläsern auch *„Weiße Mäuse"* – Weichgummifiguren, denen man immer zuerst den Kopf abbiss. Auch kleine *Waffeln* gingen so über die Ladentheke und wurden in Papiertütchen eingepackt. Oder die zuckersüßen *Colafläschchen*, die man gern mit in die Schule nahm. Das galt auch für die *Brausestäbchen* oder die kleinen Tütchen mit Brausepulver. Mit Spucke aufgelöst war die *Ahoi-Brause* beliebter als geschmierte Stullen in der großen Pause. Ein *Mohrenkopf* kostete zehn Pfennig; und wenn man mal 50 Pfennig von Onkel Herbert übrig hatte, konnte man sich sogar heimlich mal eine Flasche *Afri-Cola* kaufen, ja, die mit den psychedelischen Nonnen. Mutti war natürlich auch Dauerkundin bei Rothenburgers, konnte sie doch dort *anschreiben lassen*. Bezahlt wurde immer dann, wenn Vati wieder mal seine *Lohntüte* voll nach Hause gebracht hatte und nicht vorher in einem Wirtshaus versumpft war. Zur Not warteten die Ladenbesitzerinnen auch noch eine weitere Woche auf den Kontoausgleich. Das Viertel Butter fiel bei fast jedem Einkauf an; die gute Jacobs Krönung freilich nur, wenn es die häusliche Kasse hergab. Und für Vati hatte Mutti auch immer eine Packung *Handelsgold* im Einkaufskorb. Mit den stinkenden Zigarren aus der gelben Packung verpestete der Olle regelmäßig das Wohnzimmer. Rauchfreie Zonen waren lediglich das Schlafzimmer und das Kinderzimmer. Ewig lange hatten auch die *Streichhölzer* den gleichen Fünf-Pfennig-Tarif pro Packung: die blauen „*Welthölzer*" genauso wie die gelbe „*Haushaltsware*". Was heute auch unvorstellbar ist: Zigaretten wurden bei den Rothenburger-Schwestern sogar noch einzeln verkauft – so wie übrigens auch am Bahnhofskiosk.

Der kleine Laden war obendrein Nachrichtenbörse für das Quartier: Hier erfuhr man, wer gerade mit wem – und, vor allem, warum. Gern machten die Hausfrauen deshalb ihre Treff-Termine bei den Rothenburger-Damen aus. Und wenn die mal mitbekamen, dass der kleine Kunde wieder eine Mathearbeit verhauen hatte und eine Fünf im Heft stand, griffen sie in den Glasbehälter und trösteten den Versager mit ein paar Bonbons oder Keksen. Selbstverständlich ohne Berechnung. Vor der Theke, die wirklich noch so aussah wie ein nostalgischer Kinder-Kaufladen, waren die großen Omo- und Dash-Trommeln aufgebaut, auf denen Kinder gern auch spielerisch trommeln durften. Wenn Mutti eingekauft hatte, erhielt sie auch stets *Rabattmarken*, die der Junior zu Hause mit Vergnügen anleckte und in ein kleines Heftchen einklebte. Hatte man über die Wochen für 50 Mark geshoppt (diesen Ausdruck gebrauchte in der Analogzeit niemand), zahlten einem die Rothenburger-Schwestern 1,50 Mark in bar aus. Manchmal belohnte sich Mutti dafür mit einem Stück Seife oder es gab sogar eine Tafel Schokolade für alle.

Noch so eine Erinnerung an die Analogepoche: die *Milch wurde offen verkauft*. Wir gingen mit der Aluminiumkanne zu den Rothenburgers – die pumpten dann mit der Handkurbel den gewünschten halben oder ganzen Liter Milch in die Kanne. Auf dem Heimweg war dann angewandte Physik angesagt, denn wirklich jedes Kind schleuderte die *Milchkanne* mindestens einmal in großem Bogen herum – die Loopingwirkung und die Zentrifugalkräfte wollten doch erforscht werden. Stimmte es tatsächlich, dass die Milch auf dem Kopf stehen konnte ohne auszulaufen? Mit dem richtigen Schwung klappte das auch in 99 Prozent der Versuche. Und im restlichen einen Prozent? Naja, da floss die Milch halt – platsch – auf den Gehsteig – und man musste noch einmal den Weg zu den Verkaufsschwestern antreten. Die pumpten dann eben ohne Berechnung noch einmal bereitwillig Milch in die Kanne – freilich mit der Ermahnung, auf dem Heimweg bitteschön keine weiteren physikalischen Experimente mehr zu wagen.

Auch das Thema Ladenzeit wurde in der Analogzeit bei den Rothenburger-Schwestern sehr flexibel gehandhabt: Wenn es Vati kurz vor 7 am Abend auffiel, dass er keine Flasche Bier mehr hatte, wurde halt der Filius noch einmal losgeschickt. Der klingelte brav an der Haustür von Rothenburgers und bekam problemlos und mit einem Lächeln von Agnes oder Erna den Nachschub. Sogar sonntags durfte man bimmeln, wenn Not am Mann oder an der Frau war. Dann ging eine der Schwestern vom Wohnzimmer in den danebenliegenden Laden und holte den gewünschten Artikel.

Wie immer wurde auch dann angeschrieben. Versuchen Sie das heute doch mal bei Aldi, Lidl, Penny, Norma, Rewe oder Edeka.

Die Deutschen wurden sportlich – Trimmen im Dienst der Gesundheit

Und auf einmal waren wir alle sportlich... In den 70er Jahren kam in Deutschland die *Trimm-Dich-Bewegung* auf. Klare Botschaft: Wir alle sollten etwas mehr für die Fitness und damit für die Gesundheit tun. Folglich schossen überall im Land *Trimm-Dich-Pfade* aus dem Boden. Hier konnte man an Stangen Klimmzüge üben oder im Wald über Baumstämme springen. Den Höhepunkt hatte die Bewegung Ende der 70er Jahre erreicht. Danach ließ die Begeisterung deutlich nach.

Inzwischen feiern die Trimm-Dich-Pfade aber wieder eine Renaissance und werden vielerorts wieder hergerichtet oder sogar neu angelegt. Und mancher Oldie erinnert sich derweil, wie das früher so war mit dem Trimmen: erst eine Runde laufen und dann genüsslich eine rauchen... Alles im Dienst der Gesundheit.

Von der Empathie eines „echten" von Hand geschriebenen Briefes

Es ist immer die gleiche verwunderte Reaktion, wenn man mal einen handschriftlichen Brief verschickt: „So etwas habe ich ja schon lange nicht mehr erhalten", ist dann eine sehr häufig gehörte Entgegnung. Was jahrhundertelang das Selbstverständlichste auf der Welt war, wenn man mit jemandem kommunizieren wollte, trägt inzwischen das Etikett „äußerst selten". Handgeschriebene Briefe sind im digitalen Zeitalter weitgehend ausgestorben.

Dabei ist es die besondere Qualität, die einen *handgeschriebenen Brief* auszeichnet: Das Wissen, dass sich jemand hingesetzt und Zeit genommen hat, um mit der ganz persönlichen Note der eigenen Handschrift die Gedanken dem Adressaten zu widmen. Klar, das kann prinzipiell auch eine Mail, eine WhatsApp oder eine SMS leisten – aber die Empathie, die ein „echter" Brief vermittelt, ist um ein Vielfaches höher. Auch kein elektronisches Emoji kann diese Wirkung erzielen. So wie die persönlichen Briefe inzwischen eine Rarität sind, so sind auch die *Postkarten* ziemlich auf der Strecke geblieben. Zwar wurde in der Vergangenheit nur selten wirklich Geistreiches auf den Karten vermittelt, aber sie waren doch immer ein bunter Farbklecks, der vom Wochenendtrip in den Schwarzwald oder vom Sommerurlaub an der Ostsee kündete. Heute leisten dies WhatsApp, Facebook und Instagram mit Bildanhängen.

Aber die digitalen Medien haben einen entscheidenden Nachteil: Man kann sie nicht wie Briefe in einer Kiste aufheben oder wie Postkarten als nette Erinnerungen an den Kühlschrank oder die Klotür pinnen. Und weil das so ist, haben Pfiffige inzwischen ein tolle Idee entwickelt: Man kann per App digital Grüße übermitteln, die dann an Freunde oder Verwandte als „echte" Postkarte zugestellt werden.

Es geht halt doch nichts über vermeintlich Totgesagte.

Drehen am Zauberwürfel: 43 Trilliarden Ansichtsmöglichkeiten

Wie lange braucht man, um einen beliebig verstellten *Zauberwürfel* mit neun Kacheln auf jeder Seite wieder in die Grundstellung zu bringen? Der aktuelle Weltrekord liegt bei unglaublichen vier Sekunden. Als *Rubiks Cube* – benannt nach dem ungarischen Erfinder Ernö Rubik – 1974 auf den Markt kam, verzweifelten indessen erst einmal viele von uns vor den schier unendlichen

Lösungsmöglichkeiten mit Viertel- und Halbdrehungen. Der Zauberwürfel war wohl das bekannteste Spielzeug der 80er Jahre. Kein Wunder, dass er auch als „Spielzeug des Jahres" ausgezeichnet wurde. Nettes Detail: Ursprünglich wollte Erfinder Rubik mit seinen Würfeln nur das geometrische Denken von Jugendlichen fördern. Kurios auch, dass die Zauberwürfel anfangs nur in Geschenkläden, aber nicht in Spielzeuggeschäften verkauft werden durften. Mit seiner genialen Erfindung forderte Ernö Rubik auch die Mathematiker zu allerhand Berechnungen heraus: Kaum zu glauben, dass es demnach 43 Trilliarden unterschiedliche mögliche Bilder auf dem Würfel mit neun Feldern pro Seite gibt. Es gibt niemanden auf der Welt, der alle jemals gesehen hat. Auch die so genannte „Gottes Zahl" hängt mit dem Zauberwürfel zusammen und beschreibt die am weitesten von der Ausgangsstellung entfernten Wege. Besondere Freaks nahmen und nehmen sich Rubiks Würfel sogar mit verbundenen Augen an. In etwas mehr als 15 Sekunden schafft es der Beste, „blind" den Zauberwürfel in die richtige Position zu bringen.

Viel kreativer war da freilich schon in den 80-er Jahren mein Cousin: Nach stundenlangen Fehlversuchen beklebte er den vermaledeiten Würfel einfach an allen Seiten mit der gewünschten Farbe.

Aufgabe gelöst! Kreativ muss man halt sein.

Unser Winnetou war der Beste – trotz Wildwest in Jugoslawien

Mal ehrlich: Wieviel Wiederholungen der *Winnetou-Filme* haben wir inzwischen gesehen? Und wissen wir nicht alle ganz genau, wie Pierre Brice mit seinem edlen Rappen Iltschi ins Bild ritt, wie Lex Barker sich in den Arm schnitt, um die ewige Blutsbrüderschaft mit dem Häuptling zu begründen, und wie Marie Versini als Nscho-tschi sanft lächelte?

Da konnten die Amis noch so tolle Filme mit John Wayne und Co. drehen und reklamieren, dass der Wilde Westen bei ihnen zuhause sei – aber *„unser"* Winnetou war (und ist?) einfach der größte Westernheld aller Zeiten. Zwar war er nur ein phantasiereiches Hirngespinst des Sachsen Karl May, der niemals im richtigen amerikanischen Indianderland war. Doch die Winnetou-Verfilmungen zogen wirklich alle in der analogen Epoche in den Bann. Niemand störte sich daran, dass die Filme im seinerzeit noch in Gänze bestehenden Jugoslawien gedreht wurden und die Plitwitzer Seen und Krka–Wasserfälle als USA-Kulisse herhalten mussten. Die Kinos waren von 1963 an wochenlang bis auf den letzten Platz ausverkauft, wenn wieder ein neuer Winnetou-Streifen angesagt war. Einen solchen Boom hatte es für eine Filmreihe seither nie wieder gegeben.

Karl Mays Figuren haben immer wieder das Publikum fasziniert, auch wenn Wirklichkeit und Fiktion nicht immer passten. Ein großer Karl-May-Fan war offensichtlich auch Mays Schriftstellerkollege Carl Zuckmayer. Denn wie nannte der seine Tochter? Richtig – Winnetou.

Die Drohung mit dem Zuchthaus: vom einstigen Strafvollzug

„Wenn du so weitermachst, landest du noch im Zuchthaus." Die erzieherischen Prognosen von Tante Käthe waren immer sehr motivierend... Sie sollte aber nicht Recht behalten: Der Autor landete nicht im *Zuchthaus*, ja noch nicht einmal im Gefängnis. Mit dem Zuchthaus hätte er sich auch sehr beeilen müssen, denn es wurde in Deutschland bereits 1969 abgeschafft – auch wenn es sich im Sprachgebrauch vereinzelt bis heute gehalten hat. Für böse Buben und Mädchen gibt es seither nur noch Freiheitsstrafen, die in Justizvollzugsanstalten abgesessen werden müssen. Die Zuchthausstrafe war bis 1969 die strengste Form der Inhaftierung; sie wurde üblicherweise bei Kapitalverbrechen verhängt. Aber auch Wucher, schwere Kuppelei und Meineid konnten damit geahndet werden. Obendrein gab es für die Zuchthäusler oft noch eine Nebenstrafe: den *Verlust der bürgerlichen Ehrenrechte*. Dies bedeutete vor allem, dass sie nicht an Wahlen teilnehmen durften. Auch als Ortsangabe hat sich das Zuchthaus durchaus noch gehalten: Wer in Bruchsal, Bautzen, Waldheim, Brandenburg oder Rheinbach auf der Straße Passanten danach fragt, wird garantiert von den Einheimischen an die nahe Justizvollzugsanstalt verwiesen.

Große Ära der Versandhäuser: Als Amazon noch Otto Neckermann hieß

Liebe Spätergeborene, es gab eine Zeit (und die ist noch gar nicht so lange her), in der man nicht rund um die Uhr alles und noch viel mehr einfach bei Amazon online ordern konnte. Doch es gab etwas, worauf die gesamte Nation zweimal im Jahr spitzte: die *Kataloge* der großen *Versandhäuser*. Unser Amazon hieß in der Analogzeit also *Quelle, Neckermann* oder *Otto*. Die bunten, bis zu tausend Seiten starken und kiloschweren Wälzer zeigten alles, was es auch in den großen Kaufhäusern gab: vom Büstenhalter bis zum Moped, vom Spielzeugauto bis zum Fertighaus. Sage und schreibe zehn Millionen Kataloge brachte der Frankfurter Neckermann-Versand 1990 nach der deutschen Wiedervereinigung unters Volk. Aus und vorbei; denn der Versandhandel wurde indessen gleich von zwei Seiten in die Zange genommen: zunächst von den immer mehr auf der grünen Wiese entstehenden Fachmärkten und zum anderen durch das sich rasant ausbreitende Internet und den aufkeimenden Onlinehandel. Mit Quelle und Neckermann sind zwei einst riesige Versandhändler nach Firmenpleiten nur noch Geschichte. Lediglich Otto stellte sich zukunftsweisend auf die neue Zeit ein und zählt nun selbst zu den größten Onlinehändlern im Land. Und die einst verbreiteten Kataloge werden inzwischen als Raritäten bei Ebay gehandelt. Schade irgendwie, denn mit den *Versandhauskatalogen* sind auch pubertäre Erinnerungen verbunden: Auf den Wäscheseiten konnte man/frau heimlich schöne, leichtbekleidete Models des anderen Geschlechts bewundern.

Den letzten gedruckten Versandhauskatalog gab Otto übrigens 2018 heraus. Der Onlinehandel hatte dem klassischen Versandhandel endgültig den Garaus gemacht.

Böse Sprache: Sarotti-Mohr, Krüppel und Zigeunerschnitzel

Die einen nannten ihn *Wackelmohr*, die anderen *Nickneger*. Heute wissen wir, dass wir mit den Begriffen gegen die Political Correctness verstoßen hatten. Doch wer wusste in der Analogzeit denn überhaupt, was das ist, *Political Correctness*? Niemand. Wir aßen – ohne groß darüber nachzudenken und zu räsonieren – natürlich *Mohrenköpfe* und *Negerküsse* und nicht etwa Schaumküsse. Und wir bestellten in der Wirtschaft problemlos *Zigeunerschnitzel* und nicht etwa Balkan- oder Paprikaschnitzel. Ja, sogar *Judenfürze* gab es noch in der Alltagssprache und im Laden zu kaufen: Es waren kleine Silvesterknaller, die später als *Ladykracher* bezeichnet wurden. Inzwischen ist auch dieser Begriff längst wieder – und zu Recht – verschwunden, war doch auch er zutiefst sexistisch belegt. Studierende waren noch *Studenten*; ein Azubi war noch ein *Lehrling*. Ein schwarzer oder brauner Mensch war für uns kein Dunkelhäutiger, sondern einfach ein *Neger* oder gar ein *Mohr*. Im Tante-Emma-Laden wurde auch noch *Negergeld* verkauft – süße Münzen aus Lakritz. Den Begriff „N-Wort" hörten wir erst viel, viel später in der Digitalzeit.

Ganz ohne Skrupel nannten die Älteren einen offensichtlich Körperbehinderten auch noch *Krüppel*. Und es löste auch keinerlei Shitstorm aus, wenn wir mit Genugtuung berichteten, dass uns etwas einen *„inneren Reichsparteitag"* bereitet hätte. Niemand hätte uns ob des allgemein verbreiteten Wortgebrauchs mit einem Nazi gleichgesetzt. Selbstverständlich sprachen wir von *Eskimos* und nicht von Inuit, obwohl diese selbst gar kein Aufheben um die vermeintlich diskriminierende Bezeichnung machen. Pippi Langstrumpf durfte noch mit größter Selbstverständlichkeit erzählen, dass ihr Vater ein *Negerkönig* sei.

Ja, die Sprache war noch böse in der Analogzeit und entlarvend. Und zwar dahingehend, dass wir sie kaum hinterfragten. Auch das *„Fräulein"* war bis zum Ende der Analogzeit noch fast in aller Munde, so wie auch die *Friseuse*, die noch nicht respektvoll Friseurin genannt wurde. Jede unverheiratete Frau wurde Fräulein genannt, ganz gleich, wie alt sie war. Das galt auch für die weiblichen Bedienungen in den Wirtschaften, „Fräulein, bezahlen bitte", hörte man überall in den Gasthäusern. Erst in den 80er Jahren wurde das Fräulein zunehmend aus dem Wortschatz zurückgedrängt. Heute weint wohl keine erwachsene Frau dem Begriff mehr eine Träne nach – und das Frollein hört man höchstens noch flapsig, wenn die eigene Tochter zur Räson gerufen werden soll. Wenigstens eins hatten wir in der Analogzeit schon anders gemacht als die Weltkriegsgeneration davor: Wir sprachen nicht mehr von „dem Russen", „dem Engländer", von „dem Franzmann" oder gar dem „Polacken", wenn wir pauschal die ausländischen Nachbarn meinten. Übrigens scheiterte in den 60ern die Initiative, das vermeintlich militaristische Süßgebäck *Granatsplitter* in Bärenhaufen umzubenennen. Das bombig gutschmeckende Gebäck gibt es immer noch beim Bäcker.

Doch zurück zum Wackelmohr, der fand sich lange noch in der Adventszeit in vielen katholischen Kirchen in der Krippe. Da stand die Figur eines kleinen schwarzen Jungen. Wenn man in seinem Rücken oder am Kopf einen Spendengroschen in den Schlitz einwarf, begann er mit den Kopf zu wackeln – ein kleiner, harmloser Spaß für Groß und Klein. So wie der Wackelmohr selbstverständlich war, so selbstverständlich forderte auch der Pfarrer von der Kanzel noch zur Kollekte für arme *Heidenkinder* und *Negerkinder* auf. Ohne Schlimmes zu denken, hörten wir noch das Märchen von Schneewittchen und den sieben *Zwergen*, obwohl ja auch dies eigentlich zutiefst verletzend war und man doch eigentlich von kleinwüchsigen Menschen hätte sprechen müssen.

Es wurde auch nicht gegendert. Das Wort gab es nämlich gar nicht. Von Binnen-Is (OberbürgermeisterIn), Binnen-Unterstrichen Verkäufer_in) und Binnen-Doppelpunkten (Schüler:Innen) ganz zu schweigen. Hätte man so etwas in einem Aufsatz gewagt, hätte der/die Lehrer:In das dick rot unterstrichen. Setzen, sechs!

Sprache entlarvt Epochen – und das gilt auch für die späte Analogzeit. Wir haben da zweifelsohne gesündigt – freilich ohne bösen Vorsatz. Auch liebgewordene Relikte sind durch den inzwischen sorgsameren Umgang mit der Sprache auf der Strecke geblieben – etwa der früher allseits beliebte *Sarotti-Mohr*. In Berlin wurde jahrelang darüber diskutiert, der U-Bahn-Station Mohrenstraße einen neuen Namen zu geben, denn Mohren, die von Mauren abgeleitet wurden, waren nicht mehr en vogue. Schließlich: Kann man eigentlich noch *Studentenfutter* kaufen? Oder heißt das inzwischen Lebensmittel für Studierende? Und ist nicht auch der *Altweibersommer* zutiefst diskriminierend? Vorschläge, wie man diese herbstliche Jahreszeit gender- und sonstwie gerecht titulieren sollte, werden gern und mit Interesse entgegengenommen – eine Freundin schlug als zulässige Alternative zum Altweibersommer dies vor: „Femininer Naturzustand ohne Menstruationshintergrund." Ob sich das allgemein durchsetzt?

Und was mache ich eigentlich im Zeitalter der korrekten Sprache nun eigentlich mit meiner *Krüppelkiefer* im Garten?

Slinky rannte über zahlreiche Treppen – Physik mit Spaßfaktor

Sie waren die absoluten Renner in den 70er und 80er Jahren, und sie waren in etlichen Jugendzimmern zu finden: Spiralen, die wie von Zauberhand die Treppe hinunterliefen, nachdem man sie einmal angeschubst hatte. Zunächst kamen sie als einfarbige Metallschraubenfedern in die Läden; später waren sie auch in Regenbogen- und Neonfarben ein beliebtes Spielzeug.

Als die *Spiraltreppenläufer* – so der eigentliche Name – in den 70er Jahren ihren Durchbruch in Deutschland hatten, waren sie eigentlich schon ein alter Hut. Denn bereits 1945 hatten Betty und Richard James aus Philadelphia die *Hops-Federn* auf den Markt gebracht. Sie sollten die beiden und ihre Nachkommen auch reich machen, denn sie wurden bis heute mehr als 250 Millionen Mal verkauft. Slinky heißt das Ding, das die Treppen herunterläuft, offiziell. Sogar die NASA experimentierte mit den Treppenläufern in der Schwerelosigkeit des Space-Shuttles. Wer es genau wissen möchte, wie ein Slinky funktioniert: Einmal angestoßen, überträgt es seine Energie in einer Longitudinalwelle.

Da sage noch mal einer, Physik könne keinen Spaß machen.

Postleitzahlen: Warum auf einmal fünf Trümpf waren

„Vergissmeinnicht" war in der Analogzeit nicht nur eine populäre Fernsehsendung mit Peter Frankenfeld, sondern auch ein ebenso bekannter Werbeslogan, als 1962 die *Postleitzahlen* in Westdeutschland eingeführt wurden. Zunächst waren sie noch ein- bis vierstellig, ehe sie 1974 allesamt in das *vierstellige Schema* gepresst und gegebenenfalls mit Nullen aufgefüllt wurden. Aus 1 Berlin wurde so 1000 Berlin. Auch die DDR zog 1965 nach und führte ebenfalls vierstellige Post-Ziffern ein. So gab es zeitweise die gleichen Postleitzahlen hüben wie drüben. 7500 stand im Westen für Karlsruhe, im Osten für Cottbus. Als die beiden deutschen Staaten 1990 fusionierten, erwiesen sich die parallelen Postleitzahlen-Systeme als problematisch, denn die Ziffer 2300 konnte nun gleichermaßen Stralsund oder auch Kiel bedeuten. Ein W oder O vor der Postleitzahl löste kurzzeitig das Problem. Zum Ende der Analogzeit gab es dann aber 1993 noch einmal eine weitere PLZ-Reform. Seither gelten in ganz Deutschland *fünfstellige Postleitzahlen*. Die Kampagne dafür startete mit dem merkwürdigen (Pseudo-)Reim „Fünf ist Trümpf". Einen teuren Bestseller bescherte die Reform der Post auch noch: Das Postleitzahlenbuch mit seinen mehr als 30.000 Einträgen wurde über 40 Millionen Mal aufgelegt und an alle Haushalte in Deutschland verteilt.

Alltag mit Ladenöffnungszeiten:
Wie überlebten wir nach Halbsieben?

Mal eben was bei Amazon oder bei Zalando bestellt? Wenn es sein muss auch nachts um Halbdrei? Oder spätabends noch im Supermarkt einkaufen? Was heute so selbstverständlich erscheint, war in der analogen Epoche noch undenkbar (es sei denn, man füllte um diese Zeit die Bestellkarte eines Versandhauses aus). Das Alltagsleben war geprägt von engen und strengen *Ladenöffnungszeiten*, die gesetzlich geregelt waren. Morgens von 8 Uhr an öffneten sich die Ladentüren, bei Bäckereien sogar schon um 6 Uhr. Über Mittag war dann Einkaufspause – viele Geschäfte machten von 12.30 oder 13 Uhr bis um 14.30 Uhr dicht. In den Innenstädten wurde es ruhig. Gegen Abend war dann aber Beeilung angesagt, wollte man noch etwas bekommen, denn spätestens um 18.30 Uhr hieß es definitiv: Ladenschluss. Wer auch nur eine Minute zu spät kam, stand vor verschlossener Tür. Samstags hieß es in der Regel bereits um 14 Uhr: Feierabend! Es sei denn, es handelte sich um den *„langen Samstag"*, den ersten in jedem Monat – dann konnte man „sogar" bis um 18 Uhr einkaufen.

Bis 1989 war die Geschäftswelt so für die Deutschen eine feste Größe; erst danach setzte eine Liberalisierung ein – es wurde der „lange Donnerstag" eingeführt – ein so genannter Dienstleistungsabend, an dem die Geschäfte bis 20.30 Uhr geöffnet sein konnten. 1996 wurde die Freiheit noch ein bisschen größer, als Geschäfte ihre Öffnungszeiten zwischen 6 und 20 Uhr frei bestimmen konnten. Von 2003 an gab es mehr Einkaufsfreiheit auch am Wochenende, denn der obligatorische Ladenschluss lag nun am Samstag nicht mehr bei 16, sondern bei 20 Uhr. Bundesweite Regelungen sind inzwischen weitgehend aufgehoben – inzwischen können Einzelhandelsgeschäfte theoretisch fast überall rund um die Uhr, mindestens aber von 6 bis 22 Uhr öffnen. Der Späteinkauf im Supermarkt ist vielerorts gang und gäbe.

Manchmal fragt man sich schon, wie man eigentlich überleben konnte, wenn um Halbsieben schon alles dicht war.

Standardwarnung in Treppenhäusern: „Vorsicht, frisch gebohnert"

In vielen Treppenhäusern gab es in der Analogepoche noch Schilder mit Bändern, die bei Bedarf schnell aufgehängt werden konnten: „Vorsicht, frisch gebohnert". Während die Schilder hingen, stieg einem der scharfe Geruch des Bohnerwachses in die Nase. Und wenn es geregnet hatte, musste man höllisch aufpassen, nicht auf der Wachsschicht (die Schweizer nennen sie Bodenwichse) auszurutschen. Inzwischen sind die Bohner-Schilder fast ausgestorben und damit ist auch die Diskussion müßig, ob sich das Bohnerwachs von der französischen Stadt Beaune ableitet oder vom niederdeutschen bohnen, was polieren bedeutete. Egal: *Bohnerwachs* wird immer mit der Jugendzeit verbunden bleiben. Mit den typischen dicken Bohnerwachstuben, deren Inhalt man auf Dielen oder Treppenstufen ausdrückte, und den schweren gusseisernen *Blockern*. Dazu gab es den undefinierbaren Geruch, der die Nase zusammenzog.

Wochenend-Rituale: Autowaschen, Badewanne, Bundesliga und Kirchgang

Wir haben sie alle gemocht wie eine tagelang geöffnete Fischdose. Dennoch fanden sich Tante Gerda und Onkel Wolfgang und deren fette Tochter Heidi, meine dämliche, kleine Cousine, an jedem Sonntag in der Analogzeit zum obligatorischen *Verwandtenbesuch* ein. Und weil alles so war wie immer, musste natürlich auch der obligatorische *Sonntagsspaziergang* sein. Sehen und gesehen werden hieß anscheinend das Motto. Selbstverständlich handelten die Erwachsenen im Gespräch ab, was sich seit dem vergangenen Wochenende im Bekanntenkreis so alles getan hatte: „Hast Du gehört, dass Frau Altberger schon wieder einen neuen Hausfreund hat?", fragte Tante Gerda. Nein, hatte Mutti noch nicht, guckte nun aber umso interessierter und spitzte die Ohren: „Wer ist es? Kenne ich den?" Und ob sie den Vergleich mit Papa nach 15-jähriger monotoner Ehe vor dem geistigen Auge hatte, als Mutti auch noch nachschob „Sieht er gut aus?", lässt sich nach Jahrzehnten höchstens noch spekulieren. Die ganze Moral und Unmoral der Nachbarschaft wurde beim gemeinsamen Spaziergang durch das Neubaugebiet von den Damen durchgehechelt, wobei es eigentlich mehr um Letzteres ging. Die Männer hatten derweil ganz andere, viel profanere Themen: „Der VfB hat ja gestern wieder mal beschissen gegen die Borussia gespielt." Und: „Kennst Du jemanden, der mir billig die Terrasse fliesen kann?" Onkel Wolfgang versprach sich umzuhören: „Ich glaube, ich kann Dir da einen Jugo besorgen. Ich frag den Josip morgen mal. Der ist gut und billig. Und ja, beim VfB spielen die allerletzten Heinis. Ich würde hundertmal besser kicken. Aber nein, die setzen ja nur noch Ausländer ein." Die dämliche Cousine Heidi nervte mich derweil damit, dass sie eine neue *Petra-Puppe* bekommen hätte, also so einen deutschen Billig-Barbie-Verschnitt. „Die ist soo süß", flötete das Trampel verzückt, „die hat so lange schlanke Beine, einen großen Busen und soo tolle Haare." „Nimm Dir ein Beispiel an ihr, Du Schwabbel", sagte ich rustikal zu der kleinen Heidi und lächelte gestresst. Sie fing an zu plärren: „Mama, der hat gesagt, ich bin ein Schwabbel." Merkte die dusslige Kuh (sorry, ich habe zu viel „Ekel Alfred" geguckt) denn gar nicht, dass und wie sie mich nervte? Nein, tat sie nicht – wie ihre nervige Mutter war auch sie so sensibel wie ein Backstein.

Nach der Belüftungsrunde ging es wie immer sonntags zum gedeckten Tisch ins Wohnzimmer. Natürlich mit Muttis Ermahnung (auch wie immer): „Zieht die Schuhe aus." Die *Häkeldecke* auf dem Wohnzimmertisch war einer ordentlichen Tischdecke gewichen. Da saßen wir nun gelangweilt und doch irgendwie in gespannt-gefräßiger Erwartungshaltung, ob Muttis *selbst gebackene Kuchen* auch dieses Mal wieder mit Bravour die 10.000-Kalorien-Grenze auf der nach oben offenen Süße-Cremetorten-Skala durchbrechen würden. Sie taten es – ebenfalls wie immer.

Zur festen Sonntagsroutine gehörte natürlich auch das gemeinsame *Kaffeetrinken mit der Verwandtschaft* (für die Kinder gab es *Kaba* oder *Nesquick*). Dafür war Mutti schon am Vortag stundenlang in der Küche gestanden, um zu backen, was das Zeug hielt. „Du, ich habe bei Doktor Oetker ein neues Rezept für eine Doboschtorte entdeckt", fachsimpelte Mutti nun mit Tante Gerda. „Ehrlich? Das musst du mir unbedingt abschreiben", zeigte die sich aufgeschlossen. Abschreiben? Mal eben eine Kopie machen oder das Rezept mit dem Handy abfotografieren? Das war definitiv keine Option in der Analogzeit. „Klar mache ich das bis nächsten Sonntag", versprach Mutti. So standen die beiden Damen in der Küche, um den Filterkaffee aufzubrühen. Auf der Kanne stand selbstverständlich ein *Melitta-Kaffeefilter* aus massivem Porzellan. Eine Prise Salz kam auch noch in die Filtertüte zum frisch gemahlenen Kaffee. „Schmeckt so besser", wusste Mutti. Und klar, die Kanne wurde auch noch mit einem zeittypischen Utensil bestückt: einem *Tropfenfänger*. Das war ein kleines *Schaumstoffröllchen am Ausguss*, das das Nachtropfen verhindern sollte. Selbstverständlich wurde beim Verwandtenbesuch auch immer das „gute" *Silberbesteck*

aufgelegt und das „gute" Sonntagsgeschirr hingestellt –
man unterschied viel deutlicher als heute bei allem zwischen Werktagen und dem Wochenende. Überhaupt sahen viele Küchen in der Analogzeit noch anders aus als heute. Die waren nicht durchgestylt mit Normmöbeln sowie Hightech-Kühl- und -Kochgeräten. Gerade in Altbauten fanden sich oft noch *massive Spülsteine*. Und wohl jeder aus der Analoggeneration hat noch die klassischen *Küchenbüffets* in Erinnerung, die noch Einschubfächer für Reis, Nudeln und Grieß aufwiesen. Erst von den 70er Jahren an vollzog sich der Wandel hin zu aneinander gereihten Küchenelementen.

Wie immer artete der Verwandtenbesuch zur Tortenschlacht aus. Mutti hatte für jeden Gast eine Torte in petto. „So könnt ihr von jeder Sorte mal was probieren", lautete ihre eigenartige mathematische Logik. Neben der zehnschichtigen Doboschtorte hatte sie eine Käsesahnetorte gebacken („mit viiiel *Stroh-Rum*"), dazu einen Frankfurter Kranz mit dicker Buttercreme und zahlreichen gerösteten Mandelsplittern. Obendrein gab es zwei Obstkuchen, eine Sachertorte und zuguterletzt eine Linzer Torte: „Die zählt ja nicht, das ist ja nur ein trockener Kuchen", reagierte Mutti auf den Hinweis, dass das ja wohl mehr als genug Backwerk wäre. Kaum zu glauben: Tatsächlich hatte jeder von uns quasi seinen eigenen Privatkuchen.

Merkwürdig erscheint es im Rückblick, dass der Wohnzimmertisch (höhenverstellbar per Kurbel, mit lackiertem Nussbaumfurnier) der sonntäglichen Tortenorgie standhielt und nicht unter der riesigen Last zusammenbrach. So war das große Kuchen-Fressen quasi das Vorvorfinale, bevor die bucklige Verwandtschaft endlich wieder den Rückzug antrat. Zur Erholung setzten sich alle erst einmal vor den Fernseher, wo sonntagnachmittags regelmäßig Hoss, Little Joe, Adam und Vater Cartwright auf ihrer *Bonanza* über die Mattscheibe flimmerten. Anschließend schaltete Vati um aufs Erste, wo *Ernst Huberty* mit seinem betonierten Linealscheitel im Maßanzug die *Sportschau* zelebrierte. „Der VfB hat gestern eine unterirdische Leistung abgeliefert", wusste Huberty. „Stimmt", sagte Vati, „darauf brauche ich einen Schnapss". Natürlich brauchte auch Onkel Wolfgang einen. Und noch einen. Und noch einen. Und… „Die Kerle saufen schon wieder", bemerkte Tante Gerda kühl. „Los, wir gehen jetzt", raunzte sie ihren Göttergatten gegen Halbacht an, „du musst morgen um Halbsechs wieder raus". Onkel Wolfgang lallte irgendwas Unverständliches, das wohl heißen sollte: „Also dann bis nächsten Sonntag wieder bei Euch." Meine fette kleine Cousine machte noch einen braven Knicks, nestelte an ihren Kniestrümpfen und versprach mir, am nächsten Sontag ihre blöde Petra-Puppe zum gemeinsamen Spielen mitzubringen. Diese dusslige Kuh!

„Furchtbar, diese Verwandtschaft", stöhnte Mutti, als die Tür endlich zu war. Doch dann blickte sie schon wieder im pragmatischen Arbeitsmodus nach vorn: „Was soll ich am nächsten Samstag backen?"

Dabei hatte das Wochenende doch schon begonnen wie immer. Nach der Schule (ja, die mussten wir seinerzeit samstags noch ertragen) und dem Mittagessen kam Punkt eins der üblichen Routine: Straße kehren. „Was werden denn die Leute sagen, wenn die nicht ordentlich sauber ist?", sinnierte Vati. „*Was werden die Leute sagen…*" – ein Satz, der sich zutiefst eingegraben hat und der die krude Moral in der späten Analogzeit entlarvt. Also musste der Junior unerbittlich raus an den Besen. Kinderarbeit? Das war für unsere Altvorderen ein Fremdwort. Dass die Kids mitzuhelfen hatten, war so klar wie Tante Gerdas Kloßbrühe. Wir kuschten wie uns befohlen und freuten uns, wenn Vati gnädigerweise auch dazu kam, um ein bisschen den Besen zu schwingen (wahrscheinlich wollte er von „den Leuten" gesehen werden).

Es war die Vorbereitung für den nächsten Höhepunkt im Samstagsprogramm: Jetzt fing Vati an, den Käfer zu schrubben. *Autowaschen* war samstags klassischer Männersport im Quartier. *VW-Käfer* contra *Opel-Kadett, Ford Capri* gegen *Audi 80*. Immer lautete der imaginäre Wettbewerb: Wer hat die sauberste Karre? Die Männer ließen *Meister Proper* wie einen Waisenknaben aussehen. „Ach, wenn er doch im Haus beim Putzen auch nur einmal solch eine Energie an den Tag legen würde", meinte Mutti ungläubig staunend hinter der Scheibe. Doch der Herr Nachbar übertraf in seiner Putzwut sogar noch Vati – der wedelte seinen *Opel Commodore* nämlich nach dem Nasswaschgang noch zärtlich mit dem *Straußenfederwedel* ab. Ob das viele Autowaschwasser eventuell die Umwelt belasten würde, scherte niemanden. Deutsche Provinz in den 70er Jahren.

Der Junior wurden zwischendurch in die Kirche geschickt: *Beichten* bei Pfarrer Berger. Ob es eine Sünde war, die fette, kleine Cousine eine „dumme Kuh" zu nennen, überlegte der Junior und fragte den Gottesmann. War es, befand der Pfarrer im Beichtstuhl und verdonnerte Junior prompt zu fünf Ave-Maria und drei Vaterunser als Reue. Gesagt, getan und runtergeleiert. Halleluja, nun war man wieder sündenfrei und war dazu noch einmal ordentlich durchgesegnet. Junior hatte einen neuen Katholen-TÜV. Bis zur nächsten Woche sollte das fürs Seelenheil ja wohl reichen.

Vati hatte derweil zuhause begonnen, den *Badeofen anzuheizen*. Im Gegensatz zu einigen Nachbarn hatten wir noch keinen modernen *Gasboiler*, sondern einen hohen, schlanken, weißen Badezimmerofen, der aussah, wie ein übriggebliebener Torpedo aus U 23 der Kriegsmarine. Der wurde mit Holz und Kohle angeheizt wie eine Dampflok; und rauchig wie am Bahnhof roch es auch im Badezimmer.

Mindestens eine Stunde brauchte es, um das Badewasser auf eine halbwegs angenehme Temperatur zu bringen. Die emaillierte *Badewanne* mit dem hohen runden Rand und den vier Füßen wäre heute ein Retro-Designstück. Was man vom Rest des typischen 60er-Jahre-Bades nicht behaupten konnte. Die Toilette hatte – wie überall noch – einen schwarzen Sitz und einen Deckel, der so schwarz war, wie das seinerzeitige Parteiprogramm der CDU. Die Reihenfolge des samstäglichen Badens war in den meisten Familien identisch: Erst ging Vati in die Wanne, dann Mutti, dann der Junior, klar, dass im Ofen zwischendurch wieder nachgelegt werden musste – wir waren schließlich noch im Dampflokzeitalter. Und wenn gespart werden musste, blieb eben eine benutzte Wasserfüllung für den nächsten in der Reihe in der Wanne. Es wurde klaglos hingenommen.

Frisch gebadet, wohlriechend und geduscht folgte die nächste Samstagroutine: Es ging aufs Sofa vor den Fernseher. Erst *Sportschau* mit der Bundesliga, dann *Hitparade* mit *Dieter Thomas Heck*. Wir mussten doch wissen, ob Manuela oder Siw Malmquist im monatlichen Schlagerwettbewerb die Nase vorn hatte. Nachdem *Karl-Heinz Köpcke* dann stocksteif die *Tagesschau* wie eine amtliche Kreml-Verlautbarung zelebriert hatte, hofften alle auf eine nette Fernsehshow oder eine Komödie aus dem *Ohnsorg-Theater* oder einen alten Heimatschinken.

Hatte *Hans-Joachim Kulenkampff* im Ersten wie üblich bei „*Einer wird gewinnen*" heillos überzogen, wurde selbstverständlich noch auf das Zweite umgeschaltet. Hier warteten wir samstagabends auf das *Aktuelle Sportstudio*. Bevorzugt mit den Moderatoren Wim Thoelke, Harry Valerien, Rainer Günzler oder Dieter Kürten. Das „*Wort zum Sonntag*" mit Pfarrer Sommerauer oder Jörg Kuhn nutzte Vati derweil regelmäßig zum Gang an den Kühlschrank, um eine weitere

Flasche Bier zu holen. „Pfaffengewäsch", lautete sein Kommentar.

Trotz der Pfaffenskepsis am Samstag ging es am Sonntag dann dennoch regelmäßig in die Kirche, („was würden denn sonst die Leute sagen…"). Pfarrer Berger guckte während der Predigt immer meinen Klassenkumpel so komisch lächelnd und verklärt an… Klar, dass sich meine Eltern am Sonntag immer fein machten und auch mich in saubere *Sonntagsklamotten* steckten. Vati trug seinen Anzug und hatte sich sogar eine Krawatte um den Hals gebunden. Mutti liebte ihre *Sonntagskostüme* mit den Pepitamustern.

Doch kaum waren wir wieder zuhause, verschwand Mutti in der Küche. Das Kostüm wich der Schürze. *Sonntagsbraten* war das Zauberwort. Bevorzugt war das ein Schweinebraten mit allem Drum und Dran. Bei Tante Gerda gab es stattdessen fast immer nur Rindsrouladen. Warum? „Die esst Ihr doch immer so gerne." Kunststück: Wir kannten von ihr ja auch nichts anderes.

Nach dem Braten entschwand Mutti erneut in die Küche, um klar Schiff zu machen und von Hand abzuspülen. Spülmaschine? Fehlanzeige. Die war in der Analogzeit noch reiner Luxus und in den wenigsten Haushalten vorhanden. Viel Zeit zum Durchatmen blieb aber auch dann nicht, denn wir wussten ja, was jeden Sonntag passierte. Und tatsächlich: Pünktlich um drei klingelte es und sie standen wieder vor der Tür: Tante Gerda, Onkel Wolfgang und die fette kleine Cousine Heidi.

PS. Die kleine Heidi hat übrigens später Karriere gemacht und war als Topmodel auf allen möglichen Zeitschriften-Covern zu sehen. Und wem hat sie das zu verdanken? Mir natürlich, denn hätte ich ihr nicht gesagt, dass sie entschwabbeln soll, wäre das nie etwas geworden.

Jugendvorstellung im Kino:
Rendezvous mit Zorro für eine Mark

Kam am Sonntagnachmittag ausnahmsweise mal nicht die bucklige Verwandtschaft zum Besuch, durfte sich Junior auf das wahre Wochenendhighlight freuen: das *Kino*. Schließlich stand noch längst nicht in jedem Haushalt ein Fernseher. Für Kinder und Jugendliche gab es bereits in den 60ern und 70ern in den Kinos spezielle Programme am Nachmittag. Es waren zumeist die C- und D-Movies, die so schlecht und in der Handlung so einfach gestrickt waren, dass sie – zu Recht – längst vergessen sind. Schon am Anfang der Woche hatte der Besitzer des Kinos Szenenfotos des Films im Schaukasten ausgestellt, so konnte man immer schon ein bisschen erahnen, was einen erwarten würde: Zorro, Westernhelden oder Dick und Doof. Noch bevor sich das Farbfernsehen immer mehr durchsetzte, guckten wir im Lichtspieltempel im zweiten Rang bunte Cowboyfilme aus Amerika an; wir fieberten mit, wie Zorro mit seiner schwarzen Maske (war der ein verkappter Panzerknacker?) den Rächer der Enterbten mimte und wie Dick und Doof alle Dämlichkeitsklischees bedienten. Bevor der *Hauptfilm* startete, ging es im großen Kinosaal aber noch etwas anders zu als heute: Es gab nicht eine halbe Stunde lang wie heute Vorschauen auf die nächsten Filme und Werbung für den örtlichen Fliesenleger. Unser Kino begann tatsächlich noch mit der *Wochenschau*. Zehn Minuten lang flimmerten schwarz-weiß in der *Neuen Deutschen Wochenschau* die Nachrichten aus Politik, Sport und der Gesellschaftswelt über die Leinwand. Bis 1977 war das übrigens ein Standard in vielen deutschen Kinos. Auch die *Vorfilme* sind ein klassisches Relikt aus der analogen Epoche und heute fast verschwunden. In den Jugendvorstellungen wurden meistens viertelstündige Märchenfilme gezeigt. Auch sie waren herrlich harmlos und oft von einer naiven Machart. Uns war es egal – für die eine Mark Eintritt war jede Form von Unterhaltung willkommen. Je mehr, desto besser.

Alpenveilchen und Gummibäume – die Alptraumgeschenke

Neulich habe ich eine investigative Recherche im Gartencenter betrieben: Gibt es eigentlich noch *Alpenveilchen*? Fast nicht mehr. „Die will doch niemand mehr", erklärte der Verkäufer. Dabei waren sie mit ihren Artverwandten, den *Usambaraveilchen*, die klassischen Mitbringsel schlechthin in der Analogzeit. Sollte das Topfpflanzengeschenk etwas teurer ausfallen, durfte es auch ein *Gummibaum* sein. Mutti hatte Geburtstag? Selbstverständlich gab es einen Alpenveilchen-Blumenstock von den Nachbarn. Besuch bei Tante Gertrud in Darmstadt? Definitiv war ein Veilchen im Gepäck (ob es das von den Nachbarn war? Keine Ahnung – aber auszuschließen ist es nicht...). Auch zur Kommunion und zur Konfirmation gab es ein Alptraumgeschenk für Jungen und Mädchen: einen Blumentopf mit grüner Manschette mit Alpenveilchen oder Usambaraveilchen. Das Schlimmste aber: Man musste als wohlerzogenes Kind (ja, das waren wir!) auch noch gute Miene zum bösen Spiel machen und uns artig bei den Schenkern bedanken. Also trugen wir einen Teller mit Muttis selbstgebackenem Kuchen zur Nachbarin und sagten brav unser Sprüchlein auf: „Vielen Dank Frau Nickert, Ihr Alpenveilchen war wirklich das allerallerschönste Geschenk von allen."

Zum Glück und zum eigenen Seelenheil konnten wir ja ein paar Tage später wieder bei Pfarrer Berger beichten: „Ich habe gelogen."

Mit Stadtplan und Karte: Wie wir nach Neustadt am Rübenberge kamen

Haben Sie in jüngster Zeit mal einen Jugendlichen gesehen, der sich mit einem *Stadtplan* durch eine ihm fremde Kommune bewegt? Wohl kaum. Im Zeitalter von Google Maps, Google Earth und Navi-Apps ist es auch nicht mehr notwendig und üblich, sich mit bedrucktem Papier im Ort zu orientieren. Ein Knopfdruck oder einmal übers Display gewischt – und schon weiß man, wo man gerade ist und wo das gewünschte Ziel ist. Zudem erhält man in den Programmen mehr oder minder überflüssige Hinweise, was es in der Umgebung alles gibt – vom Yoga-Studio bis zum nächsten Dönerstand. Man muss sich heute ja noch nicht einmal mehr merken, wo man das Auto abgestellt hat: Einmal die passende App aktiviert, und schon führt einen das Smartphone auf dem schnellsten Weg dahin zurück. So sind die Stadtplannutzer inzwischen selten geworden – von den ganz großen Metropolen vielleicht einmal abgesehen. Ähnliches gilt inzwischen auch für die Orientierung auf der Straße: Wer im Analogzeitalter unterwegs war, konnte nicht auf Navigationssysteme zurückgreifen. Die üblichen Hilfsmittel waren *Straßenkarten* oder die *Autoatlanten*. Zur Reiseplanung sind diese analogen Fossile noch immer den Navis überlegen, weil man doch im wesentlich größeren Maßstab sieht, wie die gewünschte Route aussieht und welche Alternativen es gibt. Widerspricht jemand, wenn hier behauptet wird, dass die Geografiekenntnisse in Analogzeiten allgemein besser ausgeprägt waren, weil man sich schon in der Planungsphase einer Reise Gedanken machen musste, wie man von A nach B kommt? Heute genügt es, das Ziel ins Navigationsgerät einzutippen – und schon ist nach einigen Sekunden die gewünschte Route klar.

Ein bisschen Orientierung schadet aber trotzdem nicht,

denn sonst kann es passieren, dass man nicht wie ge-
wünscht in Neustadt an der Weinstraße landet, sondern
in Neustadt am Rübenberge. Das soll alles schon passiert
sein. In der Analogzeit aber viel, viel seltener als heute im
Zeitalter der zahlreichen digitalen Helferlein.

Die politische Ordnung in der Analogzeit: im Zeichen der Volksparteien

Nichts beschreibt den Niedergang einer ehemaligen
Volkspartei dramatischer als eine kleine Meldung von
Spiegel Online vom 23. August 2019 wenige Tage vor der
Landtagswahl in Sachsen: „Nimmt die SPD die Fünf-Prozent-Hürde?" Tatsächlich war die SPD in einigen Bundesländern inzwischen im einstelligen Bereich angekommen.
Doch auch da, wo sie – noch – zweistellige Werte aufweist,
ist sie nur ein Schatten einstiger Größe. Ja, CDU und SPD
waren tatsächlich einmal große Volksparteien mit Wahl-
ergebnissen von mehr als 40 Prozent – auch wenn die Bedeutung immer mehr abnahm. In der Analogzeit war das
Parteiensystem in der alten Bundesrepublik bis Anfang
der 80er Jahre festgefügt. Da gab es die beiden großen
Volksparteien: die „Schwarzen" mit CDU und CSU, und die
„Roten" mit der SPD. Dazu gesellten sich noch die kleine-
ren „Gelben" mit der FDP. Dieses jahrzehntelang gültige
Modell wurde erstmals 1980 mit dem Einzug der Grünen
in den Bundestag aufgebrochen. Und seither ist die politische Konkurrenz, die vor allem den früheren „Platzhir-
schen" SPD und CDU zusetzt, noch vielfältiger geworden:
Linke, Freie Wähler, Piraten und die AfD kamen erst in der
Nach-Analog-Zeit auf.

Übrigens: Die SPD hat bei der Sachsen-Landtagswahl
2019 sicher die Fünf-Prozent-Hürde genommen. Mit
souveränen 7,7 Prozent...

Super-8-Filme hielten Erinnerungen fest:
Als Vati Regisseur war

Einmal Filmstar sein... Wovon so viele träumten – die *Super-8-Filme* machten das ab Mitte der 60er Jahre möglich. Mit ihnen landete man zwar nicht auf der großen Kinoleinwand, für das heimische Wohnzimmer reichten die Streifen aber allemal. 18 Einzelbilder pro Sekunde warf der Projektor laut ratternd auf die Leinwand, als die manchmal auch ein weißes Bettlaken zum Einsatz kam. Mit den seinerzeit handelsüblichen 15-Meter-*Filmkassetten* konnte man bis zu 3.20 Minuten am Stück aufnehmen. Bis die Videorekorder die analoge Filmerei ablösten, entstanden vor allem *Stummfilme*, denn Ton konnte man nur auf einem parallel mitlaufenden Tonband oder Kassettenrecorder aufnehmen – zu kompliziert und zu aufwendig für die allermeisten Super-8-Filmer. Dennoch haben Millionen Filmrollen überlebt, auf denen man die immer gleichen Familienszenen sieht: strahlende Kinder bei der Bescherung, die Tochter bei den ersten Fahrversuchen auf dem Dreirad oder Onkel Wolfgang beim Zuprosten mit dem Sektglas mit Mutti. Immer wieder agierte Vati in Personalunion als Kameramann und Regisseur gleichzeitig. Unvergessen sind seine fortlaufenden Anweisungen: „Lach doch mal!"

Ein Trost, dass man die Order heute nicht mehr hört, wenn man die Uraltstreifen digitalisiert.

Fast ausgestorben:
Waschbrett, Schleudern und Teppichklopfer

Heute gibt es selbst in der Junggesellenwohnung üblicherweise eine Waschmaschine. Und die Kaufkriterien sind neben der Energieeffizienz die Füllmenge und die Umdrehungen beim Schleudergang. In den 60er und 70er Jahren war die maschinelle Hilfe indes für viele noch unerschwinglich. Vielerorts wurde in den Häusern in der noch vorhandenen *Waschküche* der Kessel angeheizt. Die Wäsche wurde feste geschrubbt. Dazu kam tatsächlich noch das *Waschbrett* zum Einsatz, ein Utensil, das Spätgeborene höchstens noch einer Jazzband zuschreiben. Richtiger Luxus waren schon die separat aufgestellten *Wäscheschleudern*, mit denen man die Trocknung etwas beschleunigen konnte. Klassische Waschküchen gibt es kaum noch, sie sind zu Maschinensälen mit übereinander stehenden Waschmaschinen und Trocknern mutiert.

Und wo gibt es heute eigentlich noch *Teppichstangen*? Wir kannten sie noch, weil man sie auch wunderbar als Fußballtore beim *Bolzen im Hof* oder für Turnübungen nutzen konnte. Auch die *Teppichklopfer*, mit denen man Läufer und Teppiche regelmäßig traktierte, sind quasi aus dem Alltagsleben verschwunden. Dyson & Co. haben sie überflüssig gemacht.

Und zum Versohlen des Hosenbodens der Kinder werden die Klopfer – hoffentlich – auch nicht mehr herangezogen.

Toast Hawaii und Co.:
Vom Kochlegastheniker für Kochlegastheniker

Auf den Speisekarten ist er weitgehend verschwunden, aber in den 60er bis in die 90er Jahre war er noch allgegenwärtig in den Gaststätten und auch in den Studentenwohnheimen: der *Toast Hawaii*. Herstellen konnte ihn wirklich jeder noch so große Kochlegastheniker: Auf eine angeröstete Toastbrotscheibe kam eine Scheibe gekochter oder roher Schinken. Auf diese dann wiederum eine Scheibe Dosenananas, die schließlich noch mit einer Scheibe Schmelzkäse überbacken wurde. Gekrönt wurde das Werk von einer Cocktailkirsche. Deutschlands erster *Fernsehkoch Clemens Wilmenrod* (der eigentlich gar nicht kochen konnte) machte den Toast Hawaii in den 50er Jahren populär. Weil er schnell und einfach realisiert werden konnte, trat der Hawaii-Toast einen ungeahnten Siegeszug an. Döner, Burger und Co. haben ihn inzwischen aber zurückgedrängt. Wilmenrod war auch darüber hinaus noch weiter kreativ: Er erfand so tolle Gerichte wie das Arabische Reiterfleisch, was nichts anderes war als eine Mischung aus Hackfleisch, Gewürzgurken, Meerrettich, Schmand, Tomatenmark, kleingehackten Äpfeln und Eiern. Für die Deutschen klang das in den Wirtschaftsaufbaujahren nach dem Zweiten Weltkrieg äußerst exotisch.

Merke: Schon vor zwei, drei Generationen kam es beim Essen nicht auf den Inhalt an, sondern nur auf den wohlklingenden Namen.

Harmlose und preiswerte Mitbringsel: Katzenzungen

Jaja, ich weiß: *Katzenzungen* kann man auch heute noch kaufen. Aber ihre große Zeit hatten die Schokoladenstäbchen eher in der Analogzeit. Die sahen irgendwie edler und teurer aus als eine normale Tafel Schokolade, auch wenn der Inhalt nichts anderes darstellte. Es war einfach nur in spezielle Form gebrachte Vollmilch- oder Zartbitterschokolade. Nomen est omen: Die Stangen erinnerten in ihrer Form ein bisschen an die Zungen von Pussi und anderen Stubentigern. Außerdem gab es ja soo süße Kätzchen auf dem Cover zu sehen – Katzenzungen waren quasi die Vorläufer der heute weit verbreiteten Katzenvideos. Nette, relativ günstige Mitbringsel waren die Katzenzungen schon immer und stehen damit in einer Reihe mit Alpenveilchen und Gummibäumen.

Haarige Angelegenheiten beim Friseur: „Einmal halblang, bitte"

Wenn es früher im Kindesalter zum *Haareschneiden* ging, legte Herr Brunner immer ein Brett auf die Lehnen des klassisch-schwarzen Friseurstuhls. Dann hieß es klettern. So hatte auch der kleine Proband das richtige Maß, um von Herrn Brunner beschnibbelt zu werden. Der war nicht etwa ein Coiffeur, Hairdresser, Stylist, Barber oder ein sonstwie auf Neudeutsch genannter Haarkünstler. Vor seinem Laden hing noch ein silberner Teller, der signalisierte, dass er zur ehrbaren Zunft der Friseure gehörte. Also ein ganz klassischer Handwerker. Herr Brunner war ein Mittfünfziger und damit für einen unter Zehn „uralt". Er trug stets einen grauen Arbeitskittel und hätte damit auch locker als Schulhausmeister durchgehen können. Die Kundschaft legte auf Schicki-Micki-Ambiente auch keinen großen Wert: Das waren vor allem gestandene Arbeiter aus der nahen Fabrik und deren Gattinnen, die sich von Frau Brunner die obligatorische *Wasserwelle* legen ließen Das Organisatorische vor dem Buben-Haarschnitt regelte Mutti. Bis heute ist ihre Order haften geblieben: „Halblang" gab sie stets für den Junior vor. Halblang? Im Internet findet man kaum Angaben, was das in den 60ern bedeutete. Wenn ich alte Kinderbilder anschaue, hieß das aber wohl raspelkurz. Wie ein Klaviervirtuose schnitt Herr Brunner mit seiner Schere links und rechts, oben und unten. Nur der Haaransatz im Genick wurde mit einer ratternden elektrischen Maschine behandelt – das kribbelte immer so eigenartig schön. Mutti stand daneben oder las das ausliegende *„Goldene Blatt"*. Nach einer Viertelstunde war alles fertig. Und ob der Kunde sechs oder sechzig war: Herr Brunner hielt den Spiegel in den Nacken. Früh lernte ich, zufrieden zu nicken und „sehr schön" zu sagen. Dann gab es noch ungefragt eine Lage Pomade auf die neue Frisur und eine ordentliche Portion Rosenwasser aus einem Zerstäuber ins Genick, dass man roch wie ein türkischer Überlandbus. Mutti bezahlte brav die geforderten zwei Mark fünfzig.

Beim nächsten Besuch werde ich meine Friseurin wohl bitten: „Mach doch mal wieder halblang."

Als das Schwimmbad noch eine arschgeweihfreie Zone war

Wer in der Analogzeit ins Freibad ging, konnte ziemlich sicher sein, etwas nicht zu sehen: Menschen mit *Tätowierungen*. Und wenn man vereinzelt doch mal einen sah, war es meistens ein ehemaliger Seemann, der wie Popeye einen Anker auf dem Unterarm trug. Körperkunst dieser Art galt vor ein, zwei Generationen noch als unfein und definitiv als Kennzeichen der Unterschicht. Ob es einen Zusammenhang zwischen der Ausbreitung des Internets und der starken Zunahme der *Tattoos* gibt, kann nur spekuliert werden – die parallele Entwicklung ist aber auffällig. So war das Freibad in der Analogzeit eine arschgeweihfreie Zone – und angesichts mancher heutiger „Kunstwerke" fragt man sich, ob das damals wirklich so schlecht war.

Volk der Selbermacher: Wie sie Do-it-yourself-Welle ins Land schwappte

In den 70er Jahren schossen die *Baumärkte* landauf, landab wie Pilze aus dem Boden: Praktiker, Obi, Bauhaus, Hagebau, Hornbach und Co. Denn Schrauben, Werkzeug, Holzplatten und Beschläge kaufte Vati fortan nicht mehr beim örtlichen Eisenwarenhändler, sondern im Supermarkt auf der grünen Wiese. Da konnte man ja bequem mit dem Opel Kadett bis vor die Ladentür fahren und vermeintlich günstiger war es obendrein. Schließlich war aus den USA auch die *Do-it-yourself-Welle* über den Atlantik nach Deutschland geschwappt. So mutierten auch die Deutschen schnell zum Volk der *Selbermacher* und Hausverschönerer. Es wurde genagelt, geschraubt, gesägt, gebohrt und gepinselt was das Zeug hielt. Die Auswirkungen des Selbermachens waren bald überall zu sehen. In den Wohnungen verschwanden zunehmend die klassischen *Mustertapeten*. Stattdessen setzten sich im großen Stil *Raufasertapeten* durch, die man leicht selbst streichen konnte. Und ab den 70er Jahren galt es auch als ausgesprochen schick, *Holzdecken* und *–wände* selbst einzubauen – riesige Kiefer- und Tannenwälder mussten dafür abgeholzt werden. In jedem Fall wurden die Räume heimeliger durch die natürlichen Materialien.

Längst sind aber auch Holzdecken und Holzwände wieder aus der Mode gekommen. Das gleiche Schicksal ereilte auch die zahlreichen *Teppichböden*, die in der späten Analogzeit in vielen Wohnungen verlegt wurden. Wer erinnert sich nicht daran, dass man fast immer einen elektrischen Schlag bekam, wenn man bestimmte Räume betrat? Kein Wunder, denn die Teppichböden hatten einen hohen synthetischen Anteil und sie luden sich immer wieder elektrostatisch auf. Die rund 40.000 Tonnen Teppichboden, die nun alljährlich auf den Wertstoffhöfen und auf den Deponien entsorgt werden, wurden oft schon vor Jahrzehnten noch in der Analogzeit eingebaut.

Die Selbermacher-Mode hält immer noch an – sie wurde nach dem Aufkommen der ersten *Ikea-Möbelhäuser* auch noch durch die Möbelbau-Mode ergänzt. Gibt es noch irgendjemanden, der nicht schon einmal im Leben ein *Billy-* oder ein *Ivar-Regal* zusammengebaut hat? Wohl kaum.

Ihren Ursprung hatte die Ikea-Mania freilich noch in der Analogzeit. Immerhin lösten die anfangs schörkellosen Ikea-Möbel die vielerorts immer noch weit verbreiteten *Schrankwände* im berüchtigten *„Gelsenkirchener Barock"* ab. Es waren oft Schrank-Ungetüme im altdeutschen Stil aus Eiche oder Nussbaum. In den meisten Fällen waren die klobigen Schränke viel zu groß für die (noch) kleinen Wohnzimmer.

Jedenfalls schaffen wir eines seit dem Aufkommen der großen blauen Ikea-Märkte nicht mehr: Einmal durch die *Ikea-Markthalle* vor den Kassen zu gehen, ohne wieder mal einen Beutel Teelichter gekauft zu haben.

Als das Singen im Verein noch zum guten Ton gehörte

Immer wieder mal kann man in der Heimatzeitung (jaja, auch so ein analoges Relikt − mehr dazu an anderer Stelle) lesen, dass erneut ein *Gesangsverein* nach mehr als 100 Jahren aufgegeben habe und nun aus dem Vereinsregister gelöscht wird. Gemeinsames und organisiertes Singen ist als Freizeitbeschäftigung kaum noch gefragt. In der analogen Epoche war das noch anders − da gehörte es einfach zum guten Ton, dass Papi im Männergesangverein und Mutti im Kirchenchor Cäcilia mitmachte. Dass die wöchentlichen Chorproben beim MGV „Frohsinn" oder „Eintracht" weniger der hehren Kunst als vielmehr dem Nachglühen mit Bier und viel Korn im Vereinslokal dienten, betrachten wir einfach mal als böses Gerücht. Jedenfalls ging Vati da immer hin, obwohl er wirklich kein begnadeter Sänger war... Wahr ist, dass der MGV oder der Kirchenchor Cäcilia mit Abordnungen immer zugegen waren, wenn es irgendwo den Geburtstag eines Vereinsmitglieds zu feiern galt oder wenn jemand beerdigt wurde. So traf man sich regelmäßig alle paar Tage zum musikalischen Ständchen und danach gab es selbstverständlich einige Schnäpschen.

Aus und vorbei: Die große Zeit der Gesangsvereine ist vorüber. Viele ehemalige Sänger haben inzwischen selbst längst das Zeitliche gesegnet. Und so singt keiner mehr ein Ständchen, wenn wieder mal eine „Eintracht" oder ein „Frohsinn" zu Grabe getragen wird.

Ermittlungen unter der Bettdecke: Jerry Cotton, der Superdetektiv

Seit *Jerry Cotton* wissen wir, was ein G-Man ist: nämlich ein FBI-Ermittler. Und dieser Jeremias Cotton aus Harpersvillage/Connecticut, der in New York auf Verbrecherjagd ging, war der große Held für viele in der analogen Epoche. Alle paar Tage kamen neue Kriminalgeschichten über den G-Man auf den Markt – und natürlich siegte immer der gute Cotton über die bösen Buben. Die Hefte aus dem Bastei-Verlag waren besonders erfolgreiche Vertreter der Gattung *Groschenromane*. Angeblich hatte sie ja nie jemand gelesen, dennoch liegt die Gesamtauflage aller Jerry-Cotton-Hefte bei sage und schreibe 850 Millionen Exemplaren. Mehr als 100 Autoren dachten sich immer neue abenteuerliche Geschichten über den Agenten aus. Manchmal sollten auch Vati und Mutti nichts von der Jerry-Cotton-Manie ihres Filius wissen – und so musste der FBI-Agent eben unter der heimischen Bettdecke bei Taschenlampenlicht ermitteln…

Zum Geburtstag regelmäßig
eine Sammeltasse von Tante Luise

Die Mädchen konnten in der Analogzeit fast sicher sein: Zum Geburtstag oder zu Weihnachten gab es von Tante Luise mal wieder eine *Sammeltasse*. Die wirkte zerbrechlich und hatte zumeist ein dezentes Blümchenmuster mit Goldrand. Sammeltassen waren Bestand der *Aussteuer* (auch so ein fast ausgestorbenes Wort). Die Mädchen sollten ja schließlich eine gewisse *Mitgift* in die Ehe mit einbringen. Neben den Sammeltassen und dem *„guten Geschirr"* war dies oft auch Bettwäsche: weiße Laken sowie Decken und Kopfkissenbezüge. Die lagen dicht gepresst im Schlafzimmerschrank, während die Sammeltassen oft stolz hinter Glas in Wohnzimmervitrinen präsentiert wurden.

Spätestens mit dem Ende der Analogzeit war es auch um die klassische Aussteuer geschehen; inzwischen ist es nicht mehr üblich, dass Bräute Haushaltsgegenstände in die Ehe mit einbringen.

Und wo sind all die Sammeltassen von Tante Luise geblieben? Häufig landeten sie auf Polterabenden. Aber die haben ja auch irgendwie was mit Hochzeit zu tun...

Walkman –
die kleine Musikrevolution am Hosengürtel

Musik immer und überall – das gibt es nicht etwa erst seit dem Computerzeitalter. Als der *Walkman* 1979 auftauchte, war das für viele eine Revolution. Die kleinen Kassettenspieler konnten nun überallhin mitgenommen werden. Sie waren kaum größer als die Musikkassette selbst, konnten an den Gürtel geclipst werden und sorgten über die Kopfhörer für Musikgenuss im Bus oder beim Waldlauf. Bandsalat produzierten zwar auch die Walkmänner von Sony, doch sie sorgten für Unabhängigkeit. Kein Wunder, dass sie eine ganze Gattung begründeten. Noble Geräte der Art hatten sogar eine Aufnahmefunktion und ein eingebautes Radio. Sogar ins Digitalzeitalter schaffte es der Walkman noch, als er mit USB-fähigen Minidiscs vorgestellt wurde. Die leistungsfähigen MP-3-Player und Smartphones mit gigantischen Speichern für Musikbibliotheken haben dem Walkman indessen längst den Rang abgelaufen. Im Rückblick freuen wir uns aber immer noch, dass uns die kleinen bunten Dinger neue Freiheiten bescherten.

Gewissensprüfung mit bösen Russen und miesen DDR-Grenzern

Es waren immer wieder die gleichen Fangfragen: „Was würden Sie machen, wenn Ihre Freundin von einer Horde Russen vergewaltigt würde? Würden Sie sie dann mit der Waffe beschützen?" Oder: „Was würden Sie machen, wenn ein DDR-Flüchtling von den DDR-Grenzern beschossen wird? Würden Sie ihm Feuerschutz geben?" Oder: „Was würden Sie tun, wenn Ihnen als Schiffbrüchiger jemand Ihr Treibholz streitig machen will, das nur eine Person tragen kann? Würden Sie ihn ertrinken lassen?" Mit realistischen Fragen dieser Art versuchte die alte Bundesrepublik das Gewissen von jungen Männern zu ergründen, die ihre *Wehrpflicht* (die gab es immerhin bis 2011) nicht bei der Bundeswehr ableisten, sondern *Ersatzdienst* leisten wollten. Dazu mussten die Wehrpflichtigen vor einem gestrengen *Prüfungsausschuss* erscheinen, der bezeichnenderweise bei den *Kreiswehrersatzämtern* angesiedelt war, also ausgerechnet bei der Behörde, die für die Personalplanung der Bundeswehr zuständig war. Mit Fragen wie oben wollten die Prüfer erkunden, ob sich der Bewerber tatsächlich in einer wirklichen Gewissensnot befand. Die Anhörungen vor der *Gewissensinquisition* sind seit dem Ende der Wehrpflicht Geschichte. Viele von denen, die seinerzeit vor dem Gremium stehen mussten, fragen sich freilich heute noch, warum in der Analogzeit der Kriegsdienst stets automatisch moralisch höhergestellt wurde als die waffenfreien Dienste.

Paternoster-Aufzüge:
Fällt man beim Wenden auf den Kopf?

Die spannende Frage – vor allem von Kindern und Jugendlichen – war immer: Was passiert beim *Paternoster-Aufzug* beim Wenden oben oder unten? Dreht sich dann die gesamte Kabine und man landet auf dem Kopf, wenn man nicht rechtzeitig aussteigt? Die Antwort ist einfach: Die Ausrichtung der offenen Kabinen ist immer gleich. Und so kann man auch getrost mitfahren, wenn es zum Wendepunkt des Paternosters geht. Freilich sind die Umlaufaufzüge mit dem Hop-on-hop-off-Prinzip recht selten geworden. Neue werden nicht mehr genehmigt. Zu gefährlich heißt es. Dabei sind im Lauf der mehr als 140-jährigen Paternoster-Geschichte ernst zu nehmende Unfälle eher die absolute Ausnahme geblieben. In der Analogzeit sah man die Paternoster- (übersetzt also Vaterunser-) Aufzüge in großen Verwaltungsgebäuden von Behörden, Versicherungen und Verlagen. Der Vorteil der Aufzug-Dinosaurier: Sie konnten große Mengen an Personen befördern und die Wartezeiten waren meistens kurz, weil ständig Kabine auf Kabine folgte.

Der seltsame Namen ist übrigens vom Rosenkranz abgeleitet, wo auch eine Perle auf die nächste folgte und man angehalten war, bei jeder ein Vaterunser zu beten.

Das Klapperding auf dem Nachttisch und das Murmeltier

Der bekannteste *Klappzahlenwecker* der Welt ist wohl der, der jeden Morgen pünktlich um 06:00 Uhr im Spielfilm „Täglich grüßt das Murmeltier" immer wieder den gleichen Tag einläutet – begleitet von Sony-and-Cher-Song: „I got you babe". Inzwischen sind die mechanischen Wecker, die einst der letzte Schick waren, rar und Flohmarktware geworden. Digitale Anzeigen haben die Klapperer abgelöst, denn sie beherrschen die Zeitanzeige ohne das obligatorische Klacken. In den 70er Jahren kamen die Klappzahlenwecker auf und eroberten schnell die Schlafzimmer und Schreibtische, denn sie waren wiederum eine deutliche Verbesserung gegenüber den *mechanischen Weckern mit Handaufzug*, die mit dem dauerhaften Tick-Tack-Tick-Tack nervten. Zudem waren die neuen Wecker oft auch noch mit Radios gekoppelt, so dass man sich nun auch mit Musik wecken lassen konnte. Jedes Smartphone beherrscht das heute ebenfalls.

Aber den Murmeltierfilm mit einem Handywecker will man sich irgendwie doch nicht vorstellen.

Zeitungsrealität anno 1980: Als Neuigkeiten mit dem Bahnbus fuhren

In den Zeiten von Social Media, WhatsApp,(ehemals Telegram) Twitter und anderen Messengerdiensten, über die Mitteilungen in Wort, Bild und Ton in Sekundenschnelle überall auf der Welt verfügbar sind, kann man kaum glau-

ben, wie noch in den Analogzeiten Zeitung „gemacht"
wurde. Ein nicht erfundener Tatsachenbericht aus der
Nachrichten-Steinzeit im Jahr 1980:

Obwohl bereits elf Jahre zuvor Menschen den Mond betreten hatten, hatte die *Nachrichtenübermittlung* in der
bundesdeutschen Provinz mitunter noch mittelalterliche
Züge an sich. Sollte im süddeutschen Städtchen G. am
nächsten Tag etwas über ein lokales Ereignis in der Zeitung stehen, mussten die Manuskripte bis spätestens um
15 Uhr in der kleinen Zwei-Mann-Redaktion vorliegen. Die
Hektik saß den Journalisten im Nacken, denn um 15.45
Uhr mussten die Texte und die dazugehörigen Schwarz-
Weiß-Fotos mit dem roten Bahnbus fahren. Und zwar in
die zwölf Kilometer entfernte Kreisstadt. Die Busfahrer
kannten das ungewöhnliche Prozedere, dass jeden Tag ein
Zeitungsmitarbeiter einen dicken Umschlag zur Mitfahrt
mitgab. Eine Fahrkarte musste für die Manuskripte aber
nicht gelöst werden: Den Service rechnete die Deutsche
Bundesbahn direkt mit dem Zeitungshaus ab. In der Kreisstadt war aber nur die erste Etappe für die Texte und Bilder erreicht: Nach der Ankunft wurde das Päckchen von
einem weiteren Bediensteten des Verlags in Empfang genommen, bevor der es wiederum eine Stunde später zusammen mit den Berichten aus der Kreisstadt im Pkw zum
noch 15 Kilometer entfernten Verlagsort transportierte.
Inzwischen war es früher Abend geworden. Brav hatten
die *Lokalredakteure* den Artikeln auch mit Hand gemal-
te Layoutbögen beigefügt, damit die Setzer sehen konnten, wo und wie groß eine Story auf einer Seite platziert
werden sollte. Mehr als Empfehlungen konnten das indes
nicht sein, denn die zeilengenaue Gestaltung einer Seite,
die heute jedes einfache Grafikprogramm beherrscht und
auf dem Bildschirm anzeigt, gab es in der Analogzeit noch
nicht.

Vor der Seitengestaltung mussten nun erst einmal alle

Artikel erfasst und in schwere Bleizeilen gestaltet werden. *Setzmaschinen*, die aussahen wie überdimensionale Schreibmaschinen mit noch viel mehr Tasten und Hebeln spuckten dampfend, zischend und lärmend die einzelnen Zeilen aus. Die eingesandten Fotos wurden derweil in einer anderen Abteilung in der gewünschten Größe in schwere gerasterte *Blei-Klischees* verwandelt.

Die fertig gesetzten Artikel und Bilder setzten *Metteure* (noch ein ausgestorbener Beruf in der Druckbranche) nach den Vorgaben der Lokalredakteure von Hand zu den gewünschten Seiten zusammen. So genannte Schlussredakteure wachten im „Mutterhaus" nun darüber, dass alles passte und überprüften schon einmal die Überschriften auf eventuelle Fehler.

Und wenn in den Außenposten noch etwas Wichtiges passierte, über das nach dem frühen Redaktionsschluss noch unbedingt in der nächsten Ausgabe berichtet werden sollte? Dann hatten die Lokaljournalisten in der Analogzeit noch zwei bis drei Alternativen: Die erste war, einen Bericht oder ein Foto noch selbst direkt nach Redaktionsschluss zum Verlagsort zu bringen, damit diese hier noch verarbeitet werden konnten. Alternative zwei war eine noch größere Ausnahme: Ein eiliger Text konnte telefonisch durchgegeben werden. In der Zentrale musste nun eine Sekretärin das Manuskript erneut erfassen und es in die Verarbeitungsroutine einbringen. Natürlich mussten auch diese nachgeschobenen Texte in der Setzerei dann noch ein weiteres Mal abgeschrieben werden – man brauchte ja noch den neuen Artikel als Blei-Vorlage. Die telefonische Erfassung konnte man sich ab den frühen 80er Jahren indessen ersparen, nachdem nach und nach Faxgeräte in den Zeitungshäusern Einzug fanden. Das Fax konnte nun dem Setzer direkt in die Hand gedrückt werden, eine Station war damit ausgespart – abtippen musste er den Text aber in jedem Fall noch einmal. Erst wenn

auch die letzten Seiten aufwendig händisch zusammenge-
baut waren, konnten nun in weiteren Arbeitsschritten die
Druckvorlagen hergestellt werden. Erst dann war in den
Nachtstunden an den Druck der Zeitung zu denken.

Bei aller Langsamkeit in der Produktion zeichnete die Zeitungen anno dunnemals aber auch noch etwas aus: Sie
hatten meistens weniger Rechtschreibfehler. Bis zum Beginn der Digitalzeit, die kaum eine Branche so durchein-
andergewirbelt und verändert hat wie das Druckgewerbe, war es gang und gäbe, dass jede Zeitung noch eine
Korrekturabteilung hatte, in der alle Seiten vor dem Druck
überprüft wurden. Die menschlichen Augen entdeckten
in der Regel doch mehr Schnitzer als die aktuellen
automatischen Korrekturprogramme. Die Korrektoren
leistet sich nun allerdings kaum noch ein Verlag – zu teuer.

Zurück zu den alten Zeiten will trotzdem niemand mehr,
denn die Aktualität blieb angesichts der aus heutiger
Sicht abenteuerlichen Produktionsbedingungen oft auf
der Strecke. Kein Manuskript wird heute noch im Bahnbus transportiert, sondern in Sekundenschnelle online
übermittelt. So ist auch heute ein klassischer Zeitungsma-
chersatz aus der Analogzeit unvorstellbar: „Was nach 15
Uhr passiert, findet erst in der übernächsten Ausgabe der
Zeitung statt."

Der lange Weg von der Samstagsarbeit
bis zur 35-Stunden-Woche

Wie lange soll der Mensch arbeiten? Über diese Frage
wurde im gesamten 20. Jahrhundert und besonders in der
letzten Phase der Analogzeit trefflich gestritten. Vor dem
Zweiten Weltkrieg lag die wöchentliche Arbeitszeit durch-
schnittlich noch bei 46 Stunden. In der Wiederaufbaupha-

se der 50er Jahre stieg sie sogar bis auf 49 Stunden an. Damit war ein Spitzenwert erreicht, den die Gewerkschaften so nicht mehr tolerieren wollten. Zunächst ging es ihnen freilich darum, die noch obligatorische *Sechs-Tage-Woche* mit der *Samstagsarbeit* zu eliminieren. „*Samstags gehört Vati mir*" propagierte der Deutsche Gewerkschaftsbund (DGB) deshalb in einer populären Werbekampagne. Doch es sollte noch jahrelang dauern, bis flächendeckend die *40-Stunden-Woche* erreicht war. Den Anfang machte 1959 der Kohlebergbau, gefolgt von den Versicherungen (1961), der Holzverarbeitung (1963) und dem Druckgewerbe (1965). Erst 1967 war die 40-Stunden-Woche auch in der Metallindustrie eingeführt worden. Damit war die Entwicklung aber noch nicht zu Ende: Über Zwischenschritte ging es weiter bis zur *35-Stunden-Woche*, die seit 1995 in der westdeutschen Metall-, Stahl-, Druck- und Elektroindustrie gilt. Vom Homeoffice oder gar von einer Vier-Tage-Woche wagte in der Analogzeit noch niemand zu träumen.

Nach europäischem Recht könnten Arbeitnehmer theoretisch bis zu 65 Wochenstunden herangezogen werden. Doch da sind – wie schon in der Analogzeit – wohl nicht nur die Gewerkschaften dagegen.

20 Millionen Mal produziert: der FeTAp 61, die „Graue Maus"

Manchmal ist es entlarvend, wenn man sich moderner Technik bedient, um zu sehen, wie unsere Nachgeborenen die alte Technik nicht mehr beherrschen, mit der wir in der analogen Epoche noch groß wurden. So gibt es auf YouTube gleich mehrere Videos, in denen zu sehen ist, wie Jugendliche kläglich daran scheitern, ein *analoges Telefon mit Wählscheibe* zu bedienen. Ja, einige Probanden wissen, dass man die Scheibe irgendwie drehen muss und stecken auch den Finger bei einer Ziffer rein. Doch dass man erst den Hörer abnehmen muss, um eine Verbindung aufbauen zu können, hat den Kids niemand verraten. Die schönsten Szenen sind aber diejenigen, in denen Jugendliche auf die Ziffern in den Wählscheibenlöchern drücken. Frei nach dem Motto: Hier müssen doch irgendwo die gottverdammten Tasten sein. Sind sie aber nicht...

In den 60er und 70er Jahren stand in den meisten westdeutschen Haushalten, die bereits über einen Telefonanschluss verfügten, die „graue Maus". Oder um es amtlich zu sagen: der Fernsprechtischapparat FeTAp 61, der 1961 erstmals auf den Markt kam und die bis dahin üblichen schwarzen Nachkriegstelefone ablöste. Mehr als 20 Millionen Stück gab es von den grauen Modellen, die im Wohnzimmer oder im Büro immer etwas Tristesse ausstrahlten. Bunter wurde es erst in den 70er Jahren, als die Deutsche Bundespost erstmals auch farbige Geräte anbot. Telefone konnten nun farngrün, hellorange, dunkelrot oder auch beige sein. Das war übrigens ein gutes Geschäft für die Post, denn da die Geräte an die Nutzer ja nur vermietet waren, kassierte sie Monat für Monat ein paar Pfennige extra für die Sonderfarbe. Einen Hauch von Modernität gab es dann mit dem FeTAp 75, als erstmals ein Tastenblock in deutsche Standardtelefone Einzug hielt.

Kaum zu glauben: das Nachfolgemodell des Tastentelefons hatte wieder die antiquierte Wählscheibe. Und sogar die 1961 eingeführte „graue Maus" wurde noch bis 1983 produziert und ausgeliefert. In Sachen Technik hielten es viele Deutsche beim Telefon wie beim Auto: Man nimmt das, was man kennt. Oder um es mit einem frühen CDU-Slogan zu sagen: keine Experimente!

Ein Quadratmeter für Kommunikation: „Fasse Dich kurz" und Urinduft

Wenn die Analogmenschen mobil – also von unterwegs – telefonieren wollten, brauchten sie mindestens zwei Groschen. Denn *20 Pfennig* (die Vorläufer des Cent) waren bis 1984 der *Mindesttarif* für ein Gespräch in einer Telefonzelle. Schier revolutionär wurde es erst ab Mitte der 80er Jahre, als man in einigen Häuschen auch mit einer Telefonkarte bezahlen konnte.

Zu übersehen waren die *Telefonzellen* in Westdeutschland nicht. Denn mit ihrem einheitlich gelben Look gehörten sie zur festen Möblierung jedes Dorfplatzes. Noch viel öfter waren sie in jeder Stadt zu finden. Dies änderte sich erst zum Ende der Analogzeit, als die nun privatisierte Post ihre öffentlichen Telefone auf das deutlich unauffälligere magenta-grau-weiße Design umstellte. Das allerletzte gelbe Häuschen wurde übrigens erst im Oktober 2018 im bayerischen Sankt Bartholomä abgebaut. „*Fasse Dich kurz*" stand im Imperativ noch in den 70er Jahren auf einer Tafel in den allermeisten Telefonzellen – man sollte Rücksicht auf die Wartenden vor der Tür nehmen. Trotz der Schilder weiß aber auch heute noch fast jeder Analogmensch Geschichten zu erzählen, wie lange man mitunter wegen eines Dauerschwätzers vor dem Häuschen warten musste. Zum Ende der Analogzeit hatte der Telefonzellenbestand 1995 mit rund 165.000 Sprechstellen seinen Höchststand in der alten Bundesrepublik erreicht – und seither ging es kontinuierlich bergab. Da heute nun jeder mindestens ein Smartphone einstecken hat und damit immer und überall erreichbar ist, sind öffentliche Telefone weitgehend überflüssig geworden. Der Bestand war bis Anfang 2022 auf gerade noch 14.200 Telefonzellen geschrumpft – die meisten davon an größeren Bahnhöfen und Flughäfen. Viele haben nun nicht mal mehr ein Dach; von einem Häuschen kann also keine Rede mehr sein. Anders war das in den klassischen Telefonzellen mit ihrem einen Quadratmeter „Wohnfläche": Sie schützten zwar vor Regen und Sturm, aber oft klemmte die Tür, fehlte der Hörer oder das passende Telefonbuch, und sie warteten oft auch mit sehr unangenehmen Uringerüchen auf, weil so mancher den Zweck des „Häuschens" wohl missverstanden hatte. Eine kleine Zahl von Telefonzellen war übrigens auch für Anrufer erreichbar – man erkannte sie an den Aufklebern mit der Glocke. Und weil bei der alten deutschen Beamtenpost alles abgekürzt werden musste, hatten natürlich auch die anrufbaren Häuschen ihr ganz eigenes Kürzel: aMünzFw.

In vielen Fernsehsketchen in der Analogzeit spielten Telefonhäuschen eine wichtige Rolle. Legendär ist noch immer die Ein-Herz-und-eine-Seele-Episode, in der Spießbürger Alfred Tetzlaff (Heinz Schubert) sich im Taucheranzug an einer Telefonzelle zu schaffen macht. Und was konnte man in der Analogzeit nicht alles in einem Telefonhäuschen machen? Hier konnte man etwa wunderbar bei Regen mit der Freundin oder dem Freund knutschen. Aber wehe, es klopfte genau dann jemand an die Tür. Dann hieß es auch hier: Fasse Dich kurz!

Im November 2022 wurde per Fernwartung die Münzannahme in den verbliebenen Zellen deaktiviert; bis Ende Januar 2023 konnten immerhin noch Telefonkarten benutzt werden. Das Ende aller öffentlichen Telefonzellen in Deutschland soll spätestens 2025 kommen. Schön: Manche bleiben als Buchtauschstationen weiter im Einsatz.

Waren die Kinder höflicher?
Die Sache mit „danke" und „bitte"

„Schreibe unbedingt, dass die Kinder früher noch ‚danke' und ‚bitte' gesagt haben, heute ist das nicht mehr der Fall", mahnt mich ein Bekannter. Bitteschön, hiermit ist's geschehen. Doch ich zweifle, ob sich das *Verhalten des Nachwuchses* wirklich flächendeckend verschlechtert hat. Gab es nicht auch in unserer Jugend in der Analogzeit genügend Stinkstiefel, die sich nicht zu benehmen wussten? Typen, die keinerlei Anstand hatten und sich aufführten wie die berühmte Axt im Walde? Ja, davon gab es eine ganze Menge. Und das galt nicht nur geschlechtsspezifisch für junge Männer. Auch mit manchem Proll-Mädchen war in der Analogzeit nicht wirklich gut Kirschenessen. So gehe ich davon aus, dass man auch heute noch durchaus weiß, was richtig und was falsch ist, was gut ist und was böse. Auch für die Folgegenerationen sehe ich gar nicht so schwarz: Bisher habe ich keine grundlegend schlechten Erfahrungen mit „danke" und „bitte" gemacht. Es ist, wie es wohl schon immer war: Wie man in den Wald hineinruft, so klingt es zurück.

Stinkstiefel gab es; und es wird sie immer geben. Und nette anständige Menschen, die „danke" und „bitte" sagen, ebenso.

In der Schule: Lernen im Analogzeitalter

Pornografie im Klassenzimmer –
Aufklärung mit dem Sexualkundeatlas

Adelheid Schmidt. Fräulein Adelheid Schmidt! Unsere Biologielehrerin legte Wert auf diese Anrede. Dabei hätte es der Aufforderung gar nicht gebraucht: Mit ihren bevorzugt grauen, schwarzen und dunkelblauen, überknielangen Röcken und den omamäßigen Rüschenblusen sah sie aus wie aus der Zeit gefallen. Ein Fräulein eben. Aufmüpfige Siebziger? Nein, das galt nicht für Frollein Schmidt. Und dass es offensichtlich keinen Mann abbekommen hatte, war für uns pubertierende Pennäler(innen) schon allein wegen der kaum aktuellen Kochtopffrisur sonnenklar. Mit ihren Dauerwellen wirkte die Gute auf uns buchstäblich wie ein Relikt aus grauer Vorzeit. Kein Wunder, dass sich die Männer anscheinend nicht sehr für sie interessierten.

Und nun war ausgerechnet dieses altjüngferliche Fräulein für unsere *Aufklärung* zuständig. Wem das peinlicher war – ihr oder uns – lässt sich mit dem Abstand von einigen Jahrzehnten nicht mehr klären. Immerhin: Im Schuljahr zuvor hatte uns die Biolehrerin den Unterschied zwischen weiblich und männlich noch anhand der Tulpen ausgiebig erklärt. Da referierte sie über Stempel und Blütenkelche und dass brave Bienlein für das Bestäuben zuständig seien. Bestäuben? Hihi, haha, hoho – das passte ja nun, wo es um die Biologie des Menschen ging, nicht mehr so ganz. In unserer Heranwachsendenphantasie, die durch die Pausengespräche angereichert wurde, kannten wir für das „Bestäuben" ja schon ganz andere Worte. Fast alle hatten wir ja die Woodstock-LPs im Schrank und verstanden sogar mit unserem mäßigen Schulenglisch die Ansagen: „Gimme an Eff", „gimme a Juu", „gimme a Cii",

„gimme a Keeh". Und zusammengesetzt hieß das amerikanische Wort nun einmal nicht „bestäuben". Auch die deutsche Übersetzung davon nicht. Stattdessen lernten wir nun von Fräulein Schmidt, dass sich Männer und Frauen nicht nur zum Zweck der Fortpflanzung „vereinigten". Vereinigen – mit Vau! Hihi, haha, hoho. Dabei hatten wir doch von den älteren Geschwistern und von den Große-Pause-Angebereien ein anderes Vereinigungswort mitbekommen, das auch mit Vau anfing, aber irgendwie in die Ornithologie wies und sich mit Vögeln beschäftigte. Ob Fräulein Schmidt diese Schüler-Vulgärsprache auch kannte? Wir konnten uns das damals nicht vorstellen.

Auch wenn es ihr wohl äußerst unangenehm war: Mit dem 1969 vorgestellten *Sexualkundeatlas* stand Fräulein Schmidt tatsächlich eine Handlungsanleitung zur Verfügung. Zu uns Schülern hatte es das umstrittene 40-Seiten-Heft leider (!) nicht geschafft, weil unser Landes-Kulturminister das Werk für Schweinkram und jugendverderbend hielt. Bundesgesundheitsministerin Käte Strobel (SPD) hatte den Sexualkunde-Atlas gegen erhebliche Widerstände vorgestellt und damit das Land gespalten: Während die eine Hälfte der damaligen BRD-Gesellschaft den Sex-Atlas für ein zeitgemäßes Mittel hielt, um Jugentlichen die Unterschiede zwischen Weiblein und Männlein zu erklären, sah die andere Hälfte mit dem Aufklärungsheft den Untergang des christlichen Abendlands gekommen – dies sei Pornografie im Klassenzimmer. Kein Wunder, dass auch Bischöfe und Pfarrer von den Kanzeln gegen den Sexualkundeatlas wetterten.

Wir Puber-Tiere lernten von Fräulein Schmidt indessen sogar noch Worte und Regionen kennen, die wir bis dahin nicht kannten. Etwa den Schamberg. Fräulein Schmidt las uns tatsächlich aus dem Atlas vor, dass dies „ein behaartes Fettpolster oberhalb der Scheide" sei. Hihi, haha, hoho – so machte menschliche Geografie sogar uns Unreifen

Spaß. Und als ein Kumpel passend dazu noch herausfand, dass es im Odenwald ein Dorf namens Scheidental gibt, malten wir uns in unserer pubertären Phantasie gleich eine Klassenwanderung vom Scheidental auf den Schamberg aus. Sogar unsere zurückhaltendsten und bravsten Mitschülerinnen kicherten da mit hochrotem Kopf mit: hihi, hoho, haha.

Immerhin lernten wir im Bio-Unterricht nun, dass der Unterschied zwischen Jungen und Mädchen nicht nur aus Röcken mit Kniestrümpfen einerseits und versifften Lederhosen andererseits bestand. Fräulein Schmidt mühte sich im Rahmen ihrer Möglichkeiten redlich, uns Besserwisserbande trotz zahlreicher unqualifizierter Einwände aufzuklären. Durchaus mit Erfolg, wie man später auf Klassentreffen sah, als die meisten Fotos von eigenen Kindern vorweisen konnten. Ihnen waren also die Unterschiede zwischen Männlein und Weiblein inzwischen geläufig. Die Aufklärung hatte gefruchtet. Wortwörtlich.

Nur der Schulausflug von Scheidental auf den Schamberg hat nie stattgefunden.

Graue Arbeitskittel, die Haute Couture der Schulhausmeister

Eine empirische Umfrage im Freundeskreis unter halbwegs Gleichaltrigen erbrachte ein eindeutiges Ergebnis: die *Schulhausmeister*, mit denen wir es zu tun hatten, waren stets übel gelaunt und zutiefst rechthaberisch. Und noch etwas ergab die repräsentative Erhebung: Es gab überall die gleiche Schulhausmeisteruniform zwischen den 60er und 80er Jahren des 20. Jahrhunderts: Das war ein langer grauer Arbeitskittel, aus dem ein Zollstock, ein Kugelschreiber und eine Rohrzange herausragten. Die

Haute Couture der Schulhausmeister weichte sich erst in den späten 80er Jahren auf: Es wurde uns glaubhaft berichtet, dass da sogar schon blaue Schaffkittel in einzelnen Schulen gesichtet wurden. Revolution!

Schlechte Laune und Rechthaberei gegenüber Schülern müssen aber schon früher ein Einstellungskriterium für Schulhausmeister gewesen sein. Komisch: die Schilderung des Briefträgers Himmelstoß in Erich Maria Remarques berühmten Roman „Im Westen nichts Neues" erinnerte immer an unseren Schulhausmeister: im Ersten Weltkrieg mutierte der im Zivilleben unbedeutende Briefträger Himmelstoß zum scharfen Schinder auf dem Kasernenhof und war mächtig stolz darauf. Den Kasernenton hatte auch unser Hausmeister Schulze noch drauf. Diesen Kasernenhof war der Schulhof. Wenn er vermeintlich frechen Schülern eine Ohrfeige verpasste, störte das die Lehrer in den 60er und 70er Jahren auch nicht. Im Gegenteil! Und wenn man es gewagt hätte, sich daheim über Herrn Schulze zu beschweren, wäre man Gefahr gelaufen, sich gleich noch eine Backpfeife einzufangen. Die fiktive Antwort meines Vaters höre ich heute noch: „Du hättest ja nicht so frech sein müssen."

Kaugummiautomaten – ständige Begleiter auf dem Schulweg

Erst spät habe ich erkannt, dass die Kaugummiautomatendichte (steht das Wort eigentlich im Duden?) zunahm, je näher man der Schule kam. Ganz schön clever: Schon frühzeitig hatten die Automatenaufsteller kapiert, dass die Jungen und Mädchen auch in der Nachkriegszeit Bedürfnisse – und Taschengeld – hatten: Und wo konnte man den Groschen (für die Spätgeborenen: das Zehn-Pfennig-Stück) von Oma und Opa und geschützt vor den Blicken der Eltern besser investieren, als in einem *Kaugummiautomaten*? Das funktionierte ganz einfach: Das

Zehnerle (oder später zwei und dann sogar noch Fünfziger) in den Schlitz stecken und am Drehverschluss bis zum Anschlag nach rechts drehen. Dann fiel eine bunte Kugel in das Ausgabefach, das durch eine Klappe gesichert war. Die Kugel entfachte sofort eine Geschmacksexplosion im Kopf und im Hirn. Dabei bestand der Kaugummiball doch gefühlt mindestens zu 118 Prozent aus Zucker (es kribbelte jedenfalls immer so komisch an den Zähnen). Herrliche Blasen verpappten sogleich die Nase und manchmal auch die Haare. Es war uns egal.

Posthum bitte ich Herrn Schulze, unseren stets schlecht gelaunten Schulhausmeister, noch um Vergebung, dass die durchgekauten Überreste der Kaukugeln ab und zu unter dem Bücherfach der Schulbank landeten. Aber Herr Schulze hätte ja auch mal freundlich zu uns Schülern sein können...

Versenkte Schiffe und die Hauptstadt von Griechenland...

Ob Rendsburg, Gaggenau, Berlin oder Saarbrücken – eines wurde in den Schulen in der Analogzeit im ganzen Land gespielt: *„Schiffe versenken"*. Dazu bedurfte es keines Smartphones, sondern nur einer Seite im karierten Schulheft oder im Block. Mit dem Kumpel oder der Freundin einigte man sich dann darauf, wie viele Kästchen die Kantenlängen haben sollten und markierte sie dann auf der einen Linie mit Ziffern, auf der anderen mit Buchstaben, Hatten beide Spielpartner identische Rechtecke aufgemalt (meistens Quadrate), konnten sie nun ihre „Schiffe" verteilen: Felder, die mit einem x markiert wurden. Abgesprochen hatte man auch, wie viele einzelne „Schiffe" es geben durfte, wie viele Zweier- und Dreierblöcke. Und die galt es nun beim Gegenüber ausfindig zu machen und damit zu „versenken". So war es üblich, dass man ständig irgendwo Ansagen wie „O 13", A 2" oder „B 7" hörte. Die Zettel und Hefte konnten prima auch unter der Bank weg von den Blicken des Lehrers platziert werden. Freilich erinnere ich mich auch noch gut daran, dass mir „Schiffe versenken" auch einmal eine mündliche Fünf in Geografie eingebracht hatte. Denn als der Lehrer fragte: „Joachim, wie heißt die Hauptstadt von Griechenland?" konnte ich verblüfft und völlig überrumpelt nur noch stammeln: „K 12."

Hatte der Lehrer denn nicht gesehen, dass ich wirklich Wichtigeres zu tun hatte?

Zeitvertreib auf dem Schulhof: Der Flummi am Kopf des Strebers

Das Schönste an der Schulzeit waren ohne Zweifel die gut benoteten Arbeiten – und im Schulalltag war es die *große Pause* mit ihren *Spielen*. Die dauerte in der Analogzeit meist eine Viertelstunde und hob sich wohltuend von den kleinen Fünf-Minuten-Pausen ab. Es war die Zeit, um das mitgebrachte Pausenbrot aus der Aludose auszupacken. Hausmeister Schulze verkaufte derweil für ein paar Groschen *Pausenmilch* und den bei den Schülern noch viel beliebteren Kakao. Und dann war endlich Zeit für die typischen *Schulhofspiele*. Die Jungs vergnügten sich vor allem mit Spielkarten – mit *Technikquartetts*. So wussten wir stets, wieviel Hubraum etwa eine Ente von Citroen hatte, wie schnell das aktuelle Mercedes-Cabrio fahren konnte und wie viele Pferdestärken die stärkste E-Lok der Deutschen Bundesbahn auf die Schienen brachte. Die Mädchen betätigten sich derweil gern mit *Gummitwist* in einer anderen Ecke des Schulhofs. Das Spielgerät ließ sich leicht selbst aus Muttis Handarbeitsfundus herstellen:

ein zusammengenähtes Gummiband, das zwei Mädchen um ihre Beine spannten, während ein Drittes in der Mitte Sprünge nach einem bestimmten Schema auszuführen hatte. Der Schwierigkeitsgrad stieg, je höher die Mädchen das Gummiband spannten und springen mussten. Ebenfalls bei Mädchen beliebt war das *Hüpfspiel „Himmel und Hölle"*; dazu benötigte man nur ein im Klassenzimmer stibitztes Stück Kreide, mit dem man den Parcours zwischen Hölle und Himmel auf den Asphalt oder aufs Pflaster malen konnte. Nun galt es, einbeinig in der richtigen Reihenfolge zum Himmel zu hüpfen. Das denkbar einfachste *Würfelspiel* auf dem Schulhof hieß unter den Schülern schlichtweg nur *„Scheiße"* und die Regel war wirklich einfach: Um ein bestimmtes Ziel zu erreichen (beispielsweise 100 Punkte), durfte man beliebig oft hintereinander würfeln und sich die Augen gutschreiben lassen. Aber wehe, es kam eine Sechs – dann war schlagartig alles verfallen, was man gerade in der Würfelrunde erreicht hatte. Augenblicklich folgte der laute Aufschrei des Spielers oder der Spielerin: Scheiße! Hätte man doch nur einen Wurf früher aufgehört... Auch ansonsten zart besaitete Mädchen hielten sich da in der Reaktion nicht zurück. Ein großer Spaß war es auch, mit *Hartgummibällen* zu werfen und angewandte Mathe und Physik auf dem Schulhof zu vertiefen. Stimmte es, dass Einfallswinkel gleich Ausfallswinkel ist? Ja, es stimmte. Spannend war es auch zu sehen, wie die Sprungenergie des *Flummis* langsam nachließ. Dass manchmal ein Gummiball ganz zufällig auch noch am Kopf des Klassenstrebers landete, nahm man billigend in Kauf... Harmloser und ungefährlicher waren da schon die *Sprungseile*, mit denen überwiegend Mädchen die Pausenzeit totschlugen.

Doch nach 15 Minuten war der Pausenspaß zu Ende: Die Glocke schellte gnadenlos zum Unterricht. Wer dann noch trödelte, dem machte Hausmeister Schulze mächtig Beine.

Ein Ständer, der nicht nur die Landkarten festhielt

In jedem Klassenzimmer stand einst ein Relikt, das mittlerweile immer seltener wird: der *Landkartenständer*. Overhead-Projektoren oder – noch moderner – Beamer und interaktive Whiteboards, die mit einem Notebook verbunden sind, haben sie abgelöst. Am Ständer wurden einst die großen *Wandlandkarten* aufgehängt, die man für unterschiedliche Fächer nutzen konnte: für *Heimatkunde* (dieses Fach ist übrigens in den Lehrplänen 1969 auch auf der Strecke geblieben), Geschichte, Bio oder Geografie. Es war unter den Schülern immer ein begehrter Job, vom Lehrer zum Kartenholen ausgewählt zu werden, denn die waren ja zentral im *Kartenzimmer* gelagert. Da konnte man schon mal ein bisschen trödeln, bis es zurückging, weil man ja nicht wissen konnte, wo genau die gewünschte Karte lag. An ihren Holzstangen wurden die Karten im Ständer eingeklemmt. Natürlich konnte man ihn auch zweckentfremden und in luftiger Höhe die Mütze des Nachbarmädels aufhängen...

Und heute? Alte Schulwandkarten und Landkartenständer findet man nur noch auf Flohmärkten oder bei Ebay. In den Schulen sind sie ziemlich rar geworden. Wo lassen Schüler eigentlich heute die Mütze des Nachbarmädels?

Matrizendrucker: Angriff auf die Nase und die Augen

Alle Frühgeborenen kennen sie noch: die *Matrizendrucker*, die früher in jedem Schulhaus standen, bevor Kopierer ihren Siegeszug antraten. Vor allem der unverwechselbare Geruch der Vervielfältigungen hat sich tief eingebrannt: Es war eine Mischung aus Spiritus und dünnem Wachspapier, an dem die Jugendlichen gern schnüffelten, weil es vermeintlich high machte. Ein Angriff auf die Augen waren die Matrizen-Kopien obendrein, denn je mehr Blätter man von der Master-Matrize abzog, umso blasser wurde das Schriftbild der Kopien. So wissen wir alle noch, dass man die bläulich-violette Schrift spätestens ab Blatt Nummer 50 kaum noch entziffern konnte. Bei Sonnenschein durfte man die hektographierten Seiten auch nicht auf der Bank liegen lassen, denn dann bleichten sie ganz schnell vollends aus. Ob Deutsch, Englisch oder Mathe: Aufgaben für Arbeiten wurden auf den gelblichen Blättern mit dem Wahnsinnsgeruch verteilt.

Wahrscheinlich war die Spiritusdröhnung der Matrizen Schuld daran, dass so manche Arbeit in die Hose ging.

Topflappen für Fräulein Bröckelmann: Werken und Handarbeitsunterricht

Gender-Gedöns gab es noch nicht in der Analogzeit an den Schulen. Es war völlig klar und unbestritten: Mädchen haben *Handarbeitsunterricht* und *Kochen* – schließlich sollten sie ja auf ihre Rollen als künftige Hausfrau vorbereitet werden – und die Kerle haben *Werken*. Also was Rustikales. Irgendwas mit Do-it-Yourself. Und so liegt in manchem Schrank versteckt in der hintersten Ecke immer noch ein gehäkelter Topflappen oder ein unförmiger Strickschal aus der Schulzeit (den eigentlich Mama oder Oma geschaffen hatten, was die Handarbeitslehrerin Fräulein Bröckelmann selbstverständlich niiie bemerkte). Sogar Kochen lernten die Mädels noch in der Hauptschule. Wobei manches definitiv bis heute nie über die im Unterricht berüchtigten „Grundzutaten" hinausgekommen ist. Und mancher längst erwachsene Mann denkt mit

Schrecken an die Laubsägearbeiten bei Herrn Sänger. Immerhin: Mit dem fliegenden Laubsäge-Schwan hatte man was halbwegs Originelles, das man Mutti oder Oma zum Geburtstag schenken konnte. Und ganz klar: Ohne unsere kreativen elektrischen Schaltversuche mit Fahrradbirnchen– ebenfalls bei Herrn Sänger im Werkunterricht – hätte es die digitale Revolution niemals gegeben.

So können wir als letzte Analogisten voller Stolz die Computerkids von heute fragen: „Wer hat's erfunden?"

Rechenschieber:
Keine Chance gegen die elektronische Konkurrenz

Er ist eigentlich das Sinnbild für die analoge Zeit: der *Rechenschieber*. Tatsächlich wurde er ja auch Analogrechner genannt. Jeder Ingenieur und Architekt hatte die Schieber vor dem Aufkommen der Taschenrechner in der Tasche, konnte man damit doch schnell multiplizieren und dividieren oder mal eben eine Wurzel ziehen. Die Taschenrechner konnten das aber auch – besser, genauer und schneller. Es kam, wie es kommen musste: Bereits Mitte der 70er Jahre lösten die elektronischen Helferlein die Rechenschieber sehr schnell ab. Gegen diese Konkurrenz konnten die Schieber nicht bestehen; ihre Produktion wurde schon bald eingestellt.

Als neulich unsere Tochter ein solches Relikt aus alten Zeiten in den Untiefen eines Schrankes fand, bestaunte sie es ungläubig. Sie hatte nie gelernt, was das ist und wie man damit umgeht. Immerhin eine Funktion kapierte sie auf Anhieb: „Als Lineal ist der Rechenschieber noch gut zu gebrauchen."

Hilfsschule und Mittelschule:
Etiketten im Wandel der Zeit

Lehrer und Mitschüler konnten grausam sein: „Du bist so blöd, du gehörst doch auf die *Hilfsschule*", bekam der Autor dieser Zeilen manchmal von den Lehrern zu hören. Hilfsschule? Ja, so nannten wir in den 60er und 70er Jahren noch die Bildungseinrichtungen für Sonderpädagogik, in die diejenigen abgeschoben wurden, die dem normalen Lerntempo nicht folgen konnten. Hilfsschulen hießen da die *Sonderschulen* zwar offiziell schon längst nicht mehr – doch der Begriff hatte sich lange noch im allgemeinen Wortschatz gehalten. Trotz der neuen Wortwahl standen die pädagogischen Zeichen der Analogzeit immer noch auf Exklusion: Wer nicht mitkam, wurde rigoros ausgeschlossen und stieg wie in den Fußballligen ab. Die unterste Stufe im Bildungssystem bildeten eben die Sonderschulen. Wirklich gefördert wurden die Schüler da nicht – man trachtete eher danach, die Kinder noch halbwegs fit für irgendwelche Hilfsjobs in Industrie, Handwerk oder Landwirtschaft zu machen. Erst von den 80er Jahren an fand ein Umdenken dahingehend statt, dass behinderte Menschen auch schulisch gefördert werden sollten. Auf die Exklusion folgte nun immer mehr Inklusion. Etikettenänderungen gab es in den letzten Jahren der Analogzeit auch noch in anderen Schulbereichen: *Volksschulen*, einst in jedem Dorf vorhanden, mutierten von 1964 an bundesweit zu Grund- und Hauptschulen mit nun üblicherweise neun Schuljahren. Und wer früher die Volksschule und später die Grundschule absolviert hatte, konnte nach vier Jahren auf die *Mittelschule* überwechseln. Die hatte als Begriff aber auch keinen sehr langen Bestand mehr, denn sie wurde seit den 60er Jahren fast überall durch die Realschule abgelöst. Immerhin: Ein bisschen überlebt hat die Mittelschule doch noch. Der Realschulabschluss wird auch heute noch allgemein als Mittlere Reife bezeichnet.

Die Bayern gingen – wie so oft – auch bei den Schulbe-zeichnungen eigene Wege: sie bezeichnen seit 2011 eine Reihe von Hauptschulen wieder als Mittelschulen…

Heute heißen die einstigen Sonderschulen Förderschu-len mit Schwerpunkt Lernen. Hauptschulen gibt es nicht mehr. Und mittlere Abschlüsse gibt es häufig an Werkreal-schulen oder an Realschule plus.

Kurzschuljahre machten es möglich: zwei Abi-Jahrgänge im selben Jahr

1966 war ein ganz besonderes Jahr: Da wurden in weiten Teilen Deutschlands nämlich gleich *zwei Abitursjahrgän-ge* in das wahre Leben verabschiedet. Die einen mach-ten die Reifeprüfung im Frühjahr, die anderen im Herbst. Dies waren die Auswirkungen von zwei *Kurzschuljahren*, mit denen das deutsche Schulwesen wenigstens ein bisschen vereinheitlicht wurde. Denn nach dem Zweiten Weltkrieg gab es einen Flickenteppich in den westdeut-schen Bundesländern. In den meisten Ländern starteten die Schuljahre an Ostern. Das war aber nicht kompatibel zum europäischen Ausland, wo das Schuljahr stets nach den Sommerferien begann. Um dies flächendeckend auch in der alten Bundesrepublik zu erreichen, wurden in Baden-Württemberg, Bremen, Hessen, Niedersach-sen, Nordrhein-Westfalen, Rheinland-Pfalz, dem Saar-land und Schleswig-Holstein 1966 und 1967 zwei Kurz-schuljahre eingeschoben, um bundesweit endlich ein einheitliches System zu schaffen. In West-Berlin war es noch komplizierter: hier existierten zwischen 1966 und 1967 sogar zwei Früh- und Spät-Schuljahre nebeneinan-der.

Von einem einheitlichen Schulsystem ist Deutschland aber

bis heute weit entfernt. Jeder Kultusminister ist ein Duodezfürst in seinem Bereich und kann in Sachen Bildung machen, was er will. Und so gibt es vom hohen Norden bis zum tiefen Süden weiterhin unterschiedliche Bildungssysteme. Dass dies wirklich im Interesse der Schüler und des gesamten Bildungswesens ist, behaupten indessen nur die ganz großen Fans des Bildungsföderalismus. Warum für Schüler in Bremen aber grundlegend andere Standards gelten sollen als für Gleichaltrige in Bayern, konnte bis heute wirklich niemand logisch erklären.

Politische Realität in der Analogzeit: „Deutschland in den Grenzen von 1937"

Haben Sie noch ein altes Geografiebuch aus dem Vor-Digital-Zeitalter oder vielleicht sogar noch den riesigen alten braunen oder blauen *Diercke-Weltatlas*, der kaum in den Ranzen passte, aber sich bestens eignete, um dem Banknachbarn eine ordentliche Kopfnuss zu verpassen? Dann finden Sie zumindest in den frühen Exemplaren garantiert noch Landkarten mit dem Vermerk *„Deutschland in den Grenzen von 1937"* oder *„Ostgebiete unter sowjetischer, bzw. polnischer Verwaltung"*. Bis zur Verabschiedung der Ostverträge 1971 war die politische Realität in den Schulbüchern noch nicht angekommen (und in den Köpfen mancher Lehrer auch später noch nicht...). So wurde die DDR – wie in der Bildzeitung seinerzeit – bestenfalls in Anführungszeichen geschrieben oder als „Ostzone" bezeichnet und Königsberg, Beuthen, Glogau und Breslau tauchten immer noch als deutsche Städte auf. Erst ab Mitte der 70er Jahre zog die deutsch-deutsche Wirklichkeit langsam auch in die Schulbücher ein. Und mit dem Ende der Analogzeit war dann auch die „DDR", ob mit oder ohne Anführungszeichen, nur noch Geschichte.

Zahlenfriedhof ohne Reiz –
warum die Logarithmentafel nicht überlebte

Sie war für uns so verständlich wie das Telefonbuch von Peking. Und mindestens genauso aufregend. Doch die meisten hatten sie in der Analogzeit noch im Ranzen: die *Logarithmentafel*. Für die Mathe-Durchblicker war sie ein tolles Hilfsmittel, um komplizierte Rechenoperationen durchzuführen, für Mathe-Verweigerer, also fast alle, war sie hingegen ein unverständlicher Zahlenfriedhof ohne jeglichen Reiz. Seit dem 17. Jahrhundert haben biestige Mathe- und Physiklehrer ihre Schüler mit der Logarithmentafel getriezt.

Mit dem ersten Schritt in die allgemeine Computerisierung hatten die Tafeln aber bereits ausgedient: Nun sorgten kleine Taschenrechner viel schneller und genauer für die gewünschten Ergebnisse. Weint ihr heute noch jemand nach?

Herr Kreuther, Samstagsunterricht
und die Verblödung des Volkes

Der Herr Kreuther, unser Chemielehrer, war nach einhelliger Schülermeinung ein Sadist, Schinder und Idiot. Denn seine Spezialität war es, regelmäßig am Samstag in der sechsten Stunde noch eine Arbeit schreiben zu lassen. Was, Schule am Samstag? Kaum zu glauben, denken jetzt viele, wo sich die meisten Schüler doch heute spätestens am Freitag nach der großen Pause gedanklich ins Wochenende verabschieden und am Montag große Schwierigkeiten haben, wieder in die Schulroutine zurückzufinden. Die Älteren haben den *Samstagsunterricht* freilich noch „genossen". Bevor es dazu kam, mussten freilich erst einmal Ängste von konservativen Bildungsplanern überwunden werden. Die rechneten nämlich minutiös vor, dass ein Gymnasiast ohne Samstagsunterricht bis zum Ende der Schulzeit fast ein ganzes Schuljahr an Unterricht verlieren würde. Manche befürchteten sogar eine (weitere) Verblödung des Volkes, sollte der Samstagsunterricht ersatzlos gestrichen werden. Mit der Verblödung des Volkes ist es ja so eine Sache, doch ob das nur am Wegfall des Samstagsunterrichts lag, kann doch bezweifelt werden. Bis 1971 hatte es jedenfalls erst Hamburg gewagt, sich generell von der Sechs-Tage-Woche an Schulen zu verabschieden. Die anderen Bundesländer zögerten noch und zogen meistens erst in den 80er Jahren nach. Zwischenetappen waren dann ein, später zwei freie Samstage im Monat, ehe erst 1991 die Fünf-Tage-Woche flächendeckend an allen staatlichen deutschen Schulen erreicht war. Waldorfschulen hielten am alten System vereinzelt sogar noch viel länger fest.

Bemerkenswert: Die Lehrer musste man nie stark überzeugen, als sich seit den 70er Jahren die Diskussionen um die Streichung der Sechs-Tage-Woche häuften. Als sie befragt wurden, ob der Samstagunterricht aufgehoben werden sollte, waren quasi alle dafür. Die persönliche zusätzliche Freiheit gewann deutlich über die drohende Volksverblödung. Aber Herr Kreuther, der alte Sadist, musste sich umstellen: Er ließ die Chemietests fortan immer am Montag in der ersten Stunde schreiben...

Schulranzen anno dunnemals: braun oder braun und rot oder rot

Kennen Sie die DIN 58124? Wohl kaum. Die gibt es übrigens auch erst seit 1990 und beschreibt, wie ein *Schulranzen* beschaffen sein sollte. Heute gilt, dass er leicht und doch stabil sein sollte, ergonomisch an den Körper angepasst sein und große reflektierende Flächen aufweisen sollte, damit die Kinder auch im Dunkeln gut gesehen werden. Die Analogzeit kannte indessen noch keine Industrienorm für Ranzen – und so waren die Klassiker aus Leder, schwer, nicht ergonomisch ausgeformt, sondern eckig und klobig. Und wenn sie gut ausgestattet waren, hatten sie als Rückstrahler sogar ein Katzenauge (Ahnungslose können jetzt ja mal googeln, was das ist, ein Katzenauge). Die Ranzenmodelle für Jungen waren meistens braun oder braun – die Mädchen konnten üblicherweise zwischen rot und rot wählen. Es hatte auch nie jemand nachgemessen, ob der Tornister höchstens zehn Prozent des Kindes wog, wie es später empfohlen wurde – alleine der Diercke-Weltatlas hatte ja gefühlt schon mehr Gewicht.

Klick-klack: Maschinengewehrlärm auf dem Schulhof

Eine gewisse Geschäftstüchtigkeit muss man dem Hamburger Kaufmann und CDU-Bürgerschaftsabgeordneten Hansjoachim Prahl bescheinigen: Er hatte bei einer Afrika-Reise gesehen, wie Kinder dort Avokadokerne mit Fäden verbanden und diese rhythmisch aneinander klackten. Warum sollte man dies nicht auch mit Plastikkugeln machen können, dachte sich Prahl. Gesagt, getan. Und damit löste er in den 70er Jahren einen wahren Boom mit seinen *Klick-Klack-Kugeln* aus. Auf jedem Schulhof kamen sie fortan in den Pausen zum Einsatz. Fast alle Schüler wetteiferten damit, die Kugeln möglichst schnell aneinander zu schlagen. Die „Bild"-Zeitung behauptete sogar einmal, dass ein Kind durch die Klick-Klack-Kugeln getötet worden sei. Es war mal wieder eine Ente: Es gab nie ernsthafte Verletzungen durch die Kugeln. Dafür sorgten die Spielzeuge aber für einen Höllenlärm, wo immer sie in Fahrt gebracht wurden. Und den schon von Haus aus gut situ-ierten Prahl machten die Lärmkugeln noch reicher. Kein Wunder, denn in der Herstellung kosteten sie keine 10 Pfennig – verkauft wurden sie für mindestens 2 D-Mark. Wahrlich ein geniales Geschäft.

Hoch-Zeit der Paukerfilme:
Vertrottelte Lehrer, pfiffige Schüler

Heute kann man sich mit dem großen zeitlichen Abstand nur noch schämen, dass wir in den 70er Jahren *Pauker-filme* toll fanden und uns über die stets vertrottelten Lehrer- und Hausmeisterkarikaturen amüsierten. Alles, was in der Szene der leichten Unterhaltung Rang und Namen hatte, trat in der Hoch-Zeit dieses Genres auch in den Penne-Filmen auf: Peter Alexander, Theo Lingen, Roy Black, Chris Roberts, Georg Thomalla, Hannelore Elsner, Heintje, Uschi Glas, Walter Giller und natürlich Hansi Kraus als „Pepe, der Paukerschreck". Höchst geist-reich waren auch die Filmtitel: von *„Die Lümmel von der ersten Bank"* über *„Immer Ärger mit den Paukern"* bis *„Hurra, die Schule brennt"*. Das Strickmuster war immer gleich: auf der einen Seite weltfremde, ungerechte und reichlich dämliche Lehrer und auf der anderen Seite ide-enreiche und pfiffige Schüler, die sich gegen das repres-sive Schulsystem mit allerlei Streichen auflehnen und die Pauker sehr alt aussehen ließen. Etwa 40 Millionen Besucher sollen die Paukerfilme in den Kinos gesehen haben – und spätestens durch die zahlreichen Wieder-holungen im Fernsehen gibt es wohl niemanden, der Paukerfilm-frei aufgewachsen ist. Hardcorefans können nahezu alle Filme jederzeit bei Amazon als DVD kaufen oder downloaden. Wir halten es da inzwischen lieber

mit der Mutter aller Paukerfilme, der „Feuerzangenbowle" mit Heinz Rühmann, in der Physiklehrer Bömmel
sagt: „Da stelle mer uns mal janz dumm."

Feste Schulbänke waren Rückenquäler
mit Tintenfass

Und wenn wir schon bei Paukerfilmen sind: in manchen
sieht man noch Relikte, die – zum Glück – längst aus den
Klassenzimmern verschwunden sind. Etwa die *festen
Schulbänke*, in denen immer ein Schülerpärchen zusam-
mensaß. Sitzbank und Schreibtisch waren fest miteinander verbunden. Anpassung an die Körpergröße oder
Rücksicht auf ergonomische Haltung? Fehlanzeige. Obwohl immer mehr Gemeinden in der Analogzeit neue
Schulen bauten (es war ja die große Zeit der „Babyboomer"), überlebten doch mancherorts einige der Rücken-
quäler. Die hatten bereits viele Schülergenerationen über
sich ergehen lassen müssen, wie man deutlich an den
zahlreichen Kritzeleien und Einkerbungen erkennen konnte. Es wurde hier schnell klar, dass man mit der Zirkelspit-
ze noch anderes machen konnte, als nur den Mittelpunkt
eines Kreises im Schulheft zu markieren… „Anne liebt Peter", stand da, oder „Wicker ist doof". Ob da der Deutsch-
lehrer gemeint war? Die festen Schulbänke hatten auch
noch etwas, das man später nicht mehr sah: ein Fach für
ein *Tintenfass*. Das war aber auch schon längst ein ver-
schwundenes Utensil, denn längst hatten sich die blauen
Pelikano-Patronen-Schulfüller oder die grünen Modelle
von *Geha* oder die von *Brause* flächendeckend durchgesetzt.

Wenigstens eines blieb einem bei den Uralt-Schulbänken,
die aussahen, als ob sie aus der „Feuerzangenbowle" ent-
sprungen seien, erspart: Man musste, ja konnte am Schul-
schluss keine Stühle auf die Tische stellen.

Diktate hatten Hochkonjunktur.
Angst vor der Rechtschreibung?

Heute wird darüber gestritten, ob *Diktate* an den Schulen abgeschafft werden sollen. In der Analogzeit gab es solche Überlegungen nicht. Regelmäßig hieß es: „Hefte raus zum Diktat". In Deutsch gleichermaßen wie in Englisch oder Französisch. Und dann schrieben wir drauflos. Auch wenn manche klugen Köpfe es heute bezweifeln: Es hat wohl niemandem geschadet, sich die wesentlichen Rechtschreibregeln reinzuziehen. Die Rechtschreibreform zum Ende der Analogzeit 1996 sollte vieles vereinfachen, doch dies blieb Wunschdenken, wie zahlreiche Rechtschreib- und Interpunktionsfehler bis heute beweisen. Die Digitalisierung hat trotz der Auto-Korrektur-Funktionen in diversen Programmen nicht zu einer Verbesserung der Rechtschreibung beigetragen. WhatsApp, SMS, Twitter und Co. haben ganz objektiv nicht zu mehr korrekter Rechtschreibung beigetragen. Groß- oder Kleinschreibung? Das oder dass? Wen interessiert und schert das schon?

So trauert der Autor dieser Zeilen, dessen Wohnort Haßloch die elektronische Autokorrektur nach Belieben zu „Häßlich" oder „Hassliebe" macht, ein bisschen, dass nun auch noch die Diktate auf der Strecke bleiben sollen. Wie anders als in Tests sollen Kinder die Regeln der Sprache reflektieren?

Mode und andere Verirrungen

Damenmode in der Rückschau: Alles schon mal dagewesen

Alles schon mal dagewesen. Diese Binsenweisheit der Mode kann locker bewiesen werden, wenn man eine kleine Zeitreise durch die Kleiderschränke der Analogzeit macht.

Wetten, dass kaum eine Frau den Zeiten in den 60er Jahren nachtrauert, als noch *einzelne Strümpfe* unter den Röcken gang und gäbe waren? Befestigt wurden sie an *Strumpfgürteln* oder an *Hüfthaltern* mit Strapsen. Wieviel einfacher und angenehmer wurde es für die Frauen, als sich schnell immer mehr die *Strumpfhosen* durchsetzten. Im selben Jahrzehnt und bis hinein in die 70er gehörten auch die *Kniestrümpfe* noch selbstverständlich zur Mädchen- und Damenmode. Kaum ein Jugendbild von Mädchen aus der Analogzeit, auf denen sie nicht mit den Wadenverhüllern – überwiegend in Weiß – zu sehen sind. Es war auch die Zeit, als Mutti am Wochenende noch regelmäßig und stolz ein *Wollkostüm* aus dem Schrank holte. Besonders angesagt waren *Pepita-* oder *Hahnentritt-Muster* – oft genug auch beim passenden Hütchen. Manchmal trug sie dazu auch noch eine Bluse mit *Puffärmeln*. Wer das nun für was Anstößiges hält, irrt sich – das waren einfach nur aufgeplusterte Oberärmel. Damit konnte man/frau sich sonntags beim obligatorischen Kirch- oder Spaziergang vor den Nachbarinnen sehen lassen. Und wie viele Frauen haben ihrem Göttergatten in den 60er Jahren einen *Persianermantel* aus den Rippen geleiert? Sie waren seinerzeit „dernier cri", also der letzte Schrei. Bis zum Ende der Analogzeit waren nicht nur Persianer, sondern auch viele andere Pelzarten von *Nerz* über Biber und

Waschbär bis Fuchs angesagt. Erst seit den 90er Jahren werden die Pelz- und Fellprodukte zunehmend geächtet.

Doch noch einmal ein Blick „darunter": Bis in die 70er Jahre hinein war kaum eine Frau unterwegs, ohne unterm Kleid ein *Unterkleid* oder zumindest einen *Unterrock* zu tragen. Die fühlten sich glatt an wie Seide, waren aber zumeist aus Kunstfasern wie Perlon oder Dralon gefertigt. Zum einen sollten sie Blicke durch die Kleider verhindern, zum anderen die Trägerinnen aber auch etwas wärmen. Dass die Frauen tagsüber Polyamid, Nylon und Co trugen, merkte freilich auch die Umgebung schnell, denn die Synthetikfasern förderten die Schweißbildung doch erheblich. Mutti roch halt abends ein bisschen streng. Innerhalb einer Generation sind Unterkleider und Unterröcke aus fast allen Wäscheschubladen verschwunden.

Noch weiter drunter fand in den 60er Jahren ebenfalls eine kleine Revolution statt. War es bis in die 60er Jahre hinein noch üblich, bei Muttis Unterwäsche vom *Schlüpfer* zu sprechen – und draußen hingen Omas altrosarote lange Liebestöter wie Fahnen auf den Wäscheleinen – so setzten junge Frauen und Mädchen zunehmend auf *Slips*. Die Mode hatte nun auch die Unterwäsche erreicht. Nicht nur die Kerle freute es, dass es unter den Röcken und den zunehmend aufkommenden Damenhosen bunter, kleiner und frecher wurde. So etablierte etwa der traditionsreiche Wäschehersteller Triumph in den späten 60er Jahren die Zweitmarke *Sloggi* mit jugendlich frischen Höschen und BHs. Ein transparenter BH von Sloggi trug den schönen Namen „Na und?" und drückte damit in nur zwei kurzen Worten die Umbruchzeit treffend aus. Indessen: Es war auch noch die Zeit, als *Playtex* den kultigen *Zauberkreuz-BH* intensiv bewarb. Der bot Gewähr, dass sich der Busen spitz wie eine Pyramide unter der Bluse abzeichnete. Übrigens: den traditionsreichen Zauberkreuz-BH kann man auch heute noch kaufen.

Wer glaubt, dass *Steghosen* eine Modemarotte der Neuzeit seien, irrt sich: Da kann man locker zwei Generationen zurückblicken. Anfangs der 60er Jahre wurden die Steghosen populär – und nun wollten alle Muttis so aussehen wie Schlagersängerin Catarina Valente oder die Männer wie der kernige österreichische Skistar Toni Sailer. Denn ihre Karrieren starteten die Steghosen ursprünglich als Sportbekleidung im Wintersport. Da in der Analogzeit weder Zalando noch andere Onlineportale zum Einkaufen einluden, hieß es in vielen Haushalten noch *Selbermachen*. Nähen hatten ja fast alle Mädchen noch in der Schule gelernt. Die Vorlage für Röcke, Kleider und Hosen kamen aus dem badischen Offenburg in Form von Burda Moden mit ihren *Schnittmusterbögen*. Die sahen mit ihren Linien, Bögen und Zacken für die Kinder aus wie der Stadtplan von Tokio – aber Mutti zauberte daraus Klamotten für die gesamte Familie, die man sich sonst nie hätte leisten können.

Nur für die Konfektionsgröße von *Twiggy* hatte Burda Moden nie etwas im Programm. Twiggy, die eigentlich Lesley Hornby heißt, machte streichelholzdünne Beine und knabenhafte Oberweiten gesellschaftsfähig und prägte auch mit ihrer charakteristischen Kurzhaarfrisur von 1965 an die Mode der „Swinging Sixties". Klar, Twiggy war auch auf den hohen *Plateausohlen* zu sehen, mit denen sich die Mädels in den 70er Jahren größer machten, als die Natur sie geschaffen hatte. Es war für die Jungs aber auch für die besorgten Eltern immer ein Rätsel, wie die Mädchen auf den ultrahohen Sandalen oder Siefeletten graziös gehen konnten, ohne hinzufallen und sich alle Knochen zu brechen. Eine besondere Abart der Hochhausschuhmode waren die *Holzclogs*, die in der Analogzeit in fast jedem Damen-Schuhschrank standen. Die gab es zum einen als lärmende, fersenfreie Sommerschuhe, aber auch als Sandalen mit engen Riemchen. Es war auch in den 70er Jahren, als im Winter Männlein und Weiblein aussahen, als ob sie wie Neil Armstrong den Mond erkunden wollten: Dicke Kunststoffstiefel schmückten nun die Beine – und nach dem extraterrestrischen Vorbild gingen sie auch als *Moon Boots* in die Geschichte ein. Plastik an den Beinen? Ja, das roch man auch, wenn man sich der Moon Boots entledigte, dann stank man regelmäßig schweißtreibend wie ein Iltis.

Weitere Mode-Abartigkeiten gefällig? Ob sich die Mädels wohlgefühlt haben, wenn sie in den 70er Jahren *Hosen mit hinten angebrachten Reißverschlüssen* trugen, kann hier nicht festgestellt werden – schön fühlten sie sich aber in jedem Fall. Immerhin eine Nuance praktischer waren die Damenhosen, bei denen der Verschluss „nur" auf der Seite saß. Ob die Kerle da pragmatischer veranlagt waren? Für die hat es jedenfalls Hosen mit Reißverschlüssen auf der Rückseite nie gegeben – die wären ja auch zu unpraktisch für Stehpinkler.

Fest mit den 80er Jahren verbunden ist die *Aerobic-Mode*, die vor allem durch die Schauspielerinnen Jane Fonda und Sydne Rome populär wurde. Bunte *Leggings* unter mindestens ebenso farbenfrohen Turnanzügen; *Stulpen* und *Stirnbänder* waren stilprägend und bald auch in jedem Dorf-Turnverein bei der Hausfrauengymnastik zu sehen. Bei der Gelegenheit konnten sich die Damen auch über die *Hüte* unterhalten, die sie am Wochenende beim Dorffest tragen wollten. In den 70er Jahren waren vor allen breitkrempige Modelle in kräftigen Farben angesagt.

Egal, wie groß die Modetorheiten in der Analogzeit auch waren – man kann fast sicher sein, dass sich alles einmal wiederholen wird. Alles schon mal dagewesen...

Unterkleider, Kniestrümpfe, Miederhosen, Hüfthalter, Schulterpolster und unförmige Schuhe dürfen aber gern in der Kiste des Vergessens liegen bleiben.

Als die Kerle grelle Farben, Riesenkragen und Cordanzüge trugen

Es macht Spaß, von Zeit zu Zeit mal eine alte Fernsehshow anzuschauen und dabei einen Blick in das Publikum zu werfen. Es ist wie ein Seminar in Sachen untergegangener *Herrenmode*. Die Männer sahen in den 70er und 80er Jahren noch aus wie Papageien. Zum einen hatten die Hemden grelle Farben, die heute Augenkrebs auslösen würden, zum anderen hatten sie *riesige Kragen*, die aussahen, als ob ihre Träger damit einen Überseeflug ohne weitere Hilfsmittel antreten wollten. Typisch für die Männermode dieser Epoche: *Cordanzüge* – bevorzugt in braun – waren ein Erkennungszeichen für vermeintlich fortschrittliche Kerle. Ob linksliberale Lehrer, Architekten oder Journalisten: Alle trugen diese „In"-Anzüge, die oft noch mit *Rollkragenpullis* kombiniert wurden. Denn nicht jeder war Krawattenfan. Diejenigen, die aber trotz allem Oberhemden mit *Krawatten* bevorzugten oder diese am Arbeitsplatz tragen mussten, fielen in den 60er Jahren durch besonders schmale Binder auf. Die konnten aus Stoff, aber auch aus Leder sein. In den 70er Jahren drehte sich dann alles ins andere Extrem: Krawatten mutierten zu breiten Lätzen vor dem Oberhemd. In der gleichen Zeitspanne hatte sich noch etwas Anderes kolossal gewandelt: *Männer mit Hüten* sah man in den 70er und 80er Jahren im Gegensatz zu den früheren Jahrzehnten nur noch höchst selten. Auch das Grüßen der Herren mit einem Hut war innerhalb weniger Jahre aus dem Alltag verschwunden und wurde höchstens noch von alten Männern praktiziert. Der Mann von Welt trug in dieser Zeit selbstverständlich eine ordentlich *gebügelte Stoffhose*. In der Freizeit sah man vielen Kerlen dann freilich die gewollte eigene Verwahrlosung an: Zur bequemen *Jogginghose* oder den *Ballonseideanzügen* im Schlabberlook gesellte sich in den 80er Jahren gern das Netzhemd – ein

Look, der fortan als Kennzeichen des Prekariats weiter Karriere machte, denn die Zutaten dafür gab es ja günstig in den nun immer mehr aufkommenden Billigläden.

In der späten Analogzeit sind auch die vorher in der Herrenwelt beliebten *Kniebundhosen* weitgehend ausgestorben. Höchstens unter Wanderern und Bergsteigern konnte man ab und zu noch einen Mann mit diesen aus der Zeit gefallenen Knickerbockern antreffen. Den Jungs wurde bis in die 80er Jahre hinein gern noch eine *Manchesterhose* gekauft, denn die robusten Cordbuxen waren stabil und nahezu unkaputtbar. Viele erinnern sich auch noch daran, dass der langjährige Außenminister der alten Bundesrepublik zum Modetrendsetter wurde. Seine Vorliebe für gelbe *Pullunder* wurde von etlichen Männern in den 80er und 90er Jahren nachgeahmt.

Tantiemen hat Hans-Dietrich Genscher unseres Wissens aber nie dafür erhalten.

Im Hallenbad:
Geschmacksverirrungen auf dem Kopf

Doch, man kann sie auch heute noch als Vintagemodelle kaufen: *Bademützen* mit ausladenden, aufgesetzten Blumen und auch die klassischen, luftgefüllten Modelle mit Kinnriemen, in denen die Trägerinnen wie Stuka-Pilotinnen 1943 beim Angriff auf Stalingrad aussehen. Bis in die 80er Jahre galt rigoros in vielen Frei- und Hallenbädern: Mindestens die Frauen müssen beim Schwimmen eine Haube tragen. Auch den langhaarigen „Gammlern" wurden im Jahrzehnt davor der *Bademützenzwang* auferlegt. E*mann*zipation sozusagen. Erst in den 80er Jahren wurde das Badekappengebot gelockert: Die Filteranlagen waren nun technisch so weit, dass ihnen die menschlichen Haare im Wasser nichts mehr anhaben konnten… Manche ältere Frau trug das merkwürde Accessoire aber noch jahrelang weiter. Man konnte sicher sein: Je greller die Kopfbedeckung und je doller der Blumenschmuck auf dem Kopf, desto älter die Trägerin.

Und heute tragen viele junge Frauen diese größtmöglichen Geschmacksverirrungen wieder voller Stolz…

Braune Schuhbürsten neben den Ohren – Koteletten

Was haben Dagobert Duck, Kaiser Wilhelm, John Lennon, Cem Özdemir und die Blues Brothers gemeinsam? Sie hatten oder haben ausgeprägte *Koteletten*. Nein, mit Fleischstücken am Knochen hat das nichts zu tun, vielmehr sind das mehr oder minder (meist mehr) ausgeprägte Haarauswüchse neben den Männerohren. In der 60er und 70er Jahren feierte diese Sonderform der Bartmode in Deutschland West wie Ost fröhliche Urständ, und so sehen Männer auf Bildern aus dieser Zeit aus, als ob sie sich schwarze oder braune Schuhbürsten neben die Ohren geklebt hätten. Augenfällig: Als die Analogzeit langsam zu Ende ging, verschwanden zunehmend auch die Koteletten aus dem Alltagsbild.

Irgendwie stimmt es, was man noch heute auf der Homepage des Kosmetikkonzerns L'Oreal nachlesen kann: „Nicht jede Gesichtsform ist für Koteletten gemacht." Das unterschreibt man sofort, wenn man die alten Fotos von Kolettenträgern aus den 60er und 70er Jahren anschaut.

Gekräuselte Haare nach allen Seiten – der Afrolook machte Furore

Paul Breitner hat sich nicht nur um die Nation verdient gemacht, weil er im WM-Finale 1974 ein Elfmetertor gegen die Niederlande schoss; nein, er war auch Protagonist einer ganz besonderen Haarmode: des Afrolooks. Kennzeichen waren die gekräuselten Haare, die weit nach allen Seiten abstanden. Die Bürgerrechtlerin Angela Davis und Sängerin Marsha Hunt (ja, die Inspiration für den Rolling-Stones-Titel „Brown Sugar") machten den Look weltweit populär. Auch Bobby Farrell, der Sänger von „Boney M", trug diese ganz spezielle Haarpracht. Bis Ende der 70er Jahre war sie „in". Paul Breitner stand der *Afrolook* wirklich gut – man hätte ihn sich freilich auch nie mit glatten Haaren und *Günter-Netzer-Seitenscheitel* vorstellen können.

Pülverchen, Wässerchen und Cremes von der Avon-Beraterin

Wer glaubt, dass dieser Beruf ausgestorben ist, irrt sich. Nein, die legendäre *Avon-Beraterin* gibt es immer noch, und sie kommt immer noch gern mit ihrem Musterkoffer in die Wohnzimmer ihrer Kundinnen. Und dies trotz der großen Konkurrenz des Internets und der überall landauf, landab entstandenen Kosmetikstudios. Mutti freute sich wie schon ihre Mutter, wenn die Beraterin neue Lippenstifte, Anti-Cellulite-Cremes oder feuchtigkeitsspendende Tuchmasken mit Honig anpries. Das Direktmarketingkonzept betreibt Avon bereits seit 1959 in Deutschland. Das System hatte seine Hoch-Zeit zweifelsohne in der analogen Epoche, als Lieschen Müller, ihres Zeichens Hausfrau, davon träumte, mit den Avon-Produkten einmal so strahlend schön zu sein wie Liz Taylor, Gina Lollobrigida, Sophia Loren oder Romy Schneider. Die Beraterinnen geizten nicht mit Komplimenten – was Mutti ja auch hören wollte. So wechselte vielleicht sogar ein Lippenstift oder ein Maiglöckchen-Schaumbad mehr als geplant die Besitzerin. Beide Seiten freuten sich – und klar, die Avon-Beraterin wurde beim nächsten Mal wieder ins heimische Wohnzimmer eingeladen.

Lederhosen im Kindesalter: Unkaputtbar und Kaugummiversteck

Die für Jungen hatten vorn einen Kunststoff-Hirsch auf dem H-Quersteg zwischen den Hosenträgern. Und die für Mädchen hatten oft genug rote Ledertaschen in Herzform. Ältere wissen sofort, wovon die Rede ist: von *Lederhosen*, die bei den Kids (oder eher bei deren Eltern) in der Analogzeit jahrzehntelang angesagte Kleidungsstücke waren. Das hatte nichts mit einer Pseudobegeisterung für Bayern oder das Oktoberfest zu tun, Lederhosen waren noch bis in die 70er Jahre hinein überall im Land zu sehen. Unkaputtbar waren sie in jedem Fall, über die Schönheit streiten die früheren Trägerinnen und Träger noch heute. Das Wort Hosenstall leitete sich unzweifelhaft von diesen Hosen ab, denn Jungs mussten zwei Reißverschlüsse links und rechts an der Front öffnen, die dann eine große Klappe freigaben, bevor sie an den Baum pieseln konnten. In einer Hinsicht waren die breiten Krempen jedenfalls praktisch: Hier konnte man schnell den Kaugummi verstecken, wenn einen der Lehrer schräg anschaute. Eine Renaissance feierten die robusten Arbeitshosen im Rahmen des Volksmusik- und Bierzeltbooms. Unter Jugendlichen ist es heute wieder schick, in der Trachtenhose zum Bierfest oder zur Gaudi-Party zu gehen.

Das hätte kaum jemand vermutet, als die Lederhosen zum Ende der Analogzeit aus dem Alltagsbild verschwanden. „Video killed the Radio Star", sangen die Buggles 1979. Sie hätten den Song auch abwandeln können: „Jeans killed the Lederhosen".

Und nun sind sie wieder da.

Schlaghosen –
die große Stoffverschwendung am Hosenbein

Weißt Du noch? Diese Frage haben wir im Vorfeld dieses Buchs auch zahlreichen Bekannten gestellt. Zu den Erinnerungen, die am meisten aufgeführt wurden, gehören die *Schlaghosen*. „Geil", befanden die einen, „furchtbar" sagten die anderen über die Hosen, die nach unten hin immer breiter wurden. In den 60er Jahren kamen die Schlaghosen auf – natürlich kam der Trend aus den USA, wo die Hippies für die Verbreitung der Schlaghosen sorgten. Auch zahlreiche Pop- und Rockgrößen traten seinerzeit in den breiten Hosen auf, die aussahen, als seien sie von einem Zimmermann auf der Walz abgelegt worden. Eine Zeitlang war es das Nonplusultra, dass die Schlaghosen obendrein *vorn einen Schlitz* haben mussten – so konnten auffällige Schuhe noch besser zur Geltung kommen. Besonders spektakulär war die Kombination von Schlaghosen und Schuhen mit *hohen Plateausohlen*. Angesichts der großen Stoffmengen am Herren- oder Damenbein war so das Stolpern fast schon programmiert. Aber fast alle Fans dieser verwegenen Modeerscheinung sind wieder aufgestanden und freuten sich, dass die Schlaghosen in den 90er Jahren noch einmal eine kleine Renaissance vor allem in der Technoszene feierten.

Und da es bei der Mode nur ganz selten wirklich ganz neue Trends gibt, kann man prophezeien, dass auch die Schlaghosen irgendwann wieder aus der Versenkung auftauchen. Und ebenso sicher ist dann, dass die einen wieder „geil" sagen werden und die anderen „furchtbar".

Farbfernsehen, Popfarben und mehr: Wie die 70er plötzlich bunt wurden

Wenn Kinder oder Enkel fragen, wie die Kinder- und Jugendzeit denn in der Analogzeit war, fasse ich es immer gern scherzhaft in zwei Worten zusammen: schwarz-weiß. Denn bei den Fotos war Schwarz-Weiß noch häufig Standard; *Farbfilme* und -fotos waren ja schließlich deutlich teurer. Und das Fernsehen wurde auch erst ab 1967 bunt. Mit einem symbolischen Knopfdruck startete der damalige Außenminister Willy Brandt das *Farbfernsehen* für die alte Bundesrepublik auf der Internationalen Funkausstellung in Berlin.

Doch im Ernst: Natürlich waren die Jugendjahre für die Babyboomer genau so bunt wie für alle Generationen davor und danach. Die 70er Jahre gingen sogar wegen ihrer *Farbexzesse* in die Geschichte ein und sind wohl das Jahrzehnt, das die Mode am nachhaltigsten in der Nachkriegszeit geprägt hat. Nicht nur die bunten Pril-Blumen pappten plötzlich überall, auch die Autos und sogar Eisenbahnwaggons erstrahlten nun in so genannten kräftigen *Pop-Farben*. Wer die Autoprospekte aus dieser Zeit wälzt, wundert sich über die fröhlichen Farboffensiven: VW-Käfer oder die nigelnagelneuen Golfs waren in *Pop-Orange* der letzte Schrei. Grün, rot, gelb – je greller desto toller: So machte die Farbmode innerhalb weniger Jahre einen mächtigen Schwenk. Alte Filme beweisen es: In den 60er Jahren waren die meisten Autos noch mausgrau, schwarz, beige oder dunkelblau – Hauptsache unauffällig. Und plötzlich sahen die Fahrzeuge aus, als ob sie in Farbtöpfe gefallen wären. Seither ist die Welt nicht nur äußerlich ein Stück bunter geworden.

Auch Häuser unterlagen der Mode: vom Sitzsack bis zur Eternitfassade

Mode gab es natürlich auch in den Häusern und bei den Einrichtungen in der Analogzeit. So galt es als ausgesprochen schick und fortschrittlich, dass Zimmer mit *Teppichböden* ausgelegt wurden. In den 70er Jahren waren ja *Popfarben* besonders gefragt. Das galt nicht nur für die Autokarossen, sondern auch für die Fußbodenbeläge aus Polyester, die einem regelmäßig elektrische Schläge versetzten. Zwar bekam man vom tschitscheringrünen Teppichboden im Wohnzimmer schier Augenkrebs – aber das war völlig wurscht – Hauptsache, man war up to date. Und so durfte zwischen den 60er und 80er Jahren auch kein *Sitzsack* in einer halbwegs modernen Wohnung fehlen. Zum bequemen Sitzen waren die Säcke reichlich ungeeignet; wahrscheinlich wurden sie zur eigenen Arbeitsbeschaffung von Orthopäden gesponsert. Aber da jeder so ein Ding hatte, wollte man eben auch solch einen Rückgratverkrümmer haben. Wer mit der Zeit ging, stattete die Räume auch mit *Holzdecken* aus. Die waren eine Zeitlang der allerletzte Schrei. Entschuldigung, dass wir seinerzeit auch ornamentierte *Styroporplatten* an die Decken pappten. Die Kassetten mit ihrer Falschholzoptik sahen äußerst billig aus (und waren es auch) – man redete uns aber ein, dass sie die Räume gut isolieren und Heizkosten senken würden.

Besonders schlimme modische Sünden an den Bauten waren in der Analogzeit die auch heute noch fürchterlich anzuschauenden *Fassadenverkleidungen* aus *Eternit*. Die waren nicht nur höchst gesundheitsgefährdend und krebsauslösend – mit ihnen wurden zum Teil auch wunderschöne alte Fachwerkhäuser eingepackt und nachhaltig verschandelt. Die zeitgemäße Architektur der 70er Jahre hatte auch ihre ganz spezielle Ästhetik – von Schönheit wollen wir hier ausdrücklich nicht sprechen. Nackter, kühler *Beton* war „in". In der grauen, kalten Optik entstanden landauf, landab viele Schulen, Unis, Kirchen und Rathäuser, die einem heute noch die Fußnägel hochrollen lassen. Inzwischen sind viele schon so marode, dass sie aufwendig saniert oder gar abgerissen werden müssen. Diese Architekturrichtung hat übrigens einen überaus passenden Namen: Sie heißt „Brutalismus".

Lavalampen waren „der letzte Schrei" – die mit dem Blubb

Blubb, blubb, blubb: Seit Mitte der 60er Jahre galt es als schick, ein besonderes Utensil in der Wohnung zu haben: die *Lavalampe*. Der Brite Edward Walker gilt als Erfinder der Lampen, in denen zwei miteinander nicht lösliche Flüssigkeiten durch die Erhitzung einer Glühbirne vor sich hin blubberten und für spannende, fast psychedelische Lichteffekte sorgte. Freilich musste man mindestens eine halbe Stunde bei der Erwärmung warten, bis die Lampen das gewünschte Schauspiel boten. Und wie das mit Modeprojekten so ist: Ende der 80er Jahre waren Lavalampen weitgehend vom Markt verschwunden. Inzwischen sieht man sie wieder verstärkt im Rahmen des Retrotrends.

Jugoslawischer Billigfusel und Stereoanlagen in der Kellerbar

Zwischen den 60er und 80er Jahren mussten Bauherren unbedingt einen Raum berücksichtigen, wenn sie up to date sein wollten: den *Partykeller*. Der fand – und findet sich noch – in zahlreichen Eigenheimen. Und häufig ähnelte sich auch die Einrichtung. Meistens gab es eine *Hausbar*, und an der Wand dahinter standen die Spirituosen, mit denen man so gern vor den Gästen kokettierte. Oft genug waren es Mitbringsel aus den Urlauben. Billig-Weinbrand und Sliwowitz aus Jugoslawien waren ebenso zu finden, wie die unvermeidlichen bauchigen Bastflaschen für Chianti aus Italien. Die dienten im Partykeller auch oft genug als Kerzenständer. Man glaubte, etwas Originelles zu haben – auch wenn schier jeder damit protzte.

Und was wurde alles gefeiert im Partykeller: Geburtstage, Silvester und natürlich Karneval. Klar, dass hier auch eine Stereoanlage zur typischen Ausstattung gehörte.

Und heute? Es ist still geworden in vielen Partykellern. *Kellerpartys* sind „out". Rostige Fahrräder in der Ecke, vollgemüllte Schränke und modrige Pappkisten auf ehemaligen Schmusesofas künden davon, dass der Raum schon einmal lebendigere Zeiten gesehen hat.

Ein Pseudo-Militärlook für alle – die Uniform der Nonkonformisten

Er war *die* Uniform für alle Nonkonformisten in der Analog-Ära: der *Parka*. Wirklich jeder Jugendliche – ganz gleich, ob Männlein oder Weiblein – hatte solch einen Mantel an der Garderobe hängen. Es galt als schick, im *Pseudo-Militärlook* zur Schule, zur Freundin oder zur Party zu gehen. Dass das Wort Parka aus der Eskimosprache stammte und mit „Hitze" übersetzt werden konnte, wusste wohl kein Teen oder Twen in den 70er Jahren. Immerhin waren die Dinger ungemein praktisch in der kälteren Jahreszeit, wenn es sich um ein gutes Exemplar handelte: In den großen Seitentaschen konnte man auch bei großer Kälte noch die Hand der Freundin streicheln. Selbst für Widersprüche musste der Parka herhalten:

Denn während zur Zeit der Kanzlerschaft von Willy Brandt und von Helmut Schmidt das Präsentieren der deutschen Fahne bei vielen verpönt war, störte sich kaum jemand daran, auf dem Parkaärmel Flagge zu zeigen. Die meisten der praktischen Popelinemäntel waren mit einer kleinen Deutschlandfahne bestickt. Praktisch bei einem Ausland-besuch: Da wusste das Gegenüber immer gleich, wo man herkam.

Als Vati noch sein Täschchen am Handgelenk trug

Da sage nochmal einer, dass Männer in der Analogepo-che nicht auch mit der Mode gingen. Mitte der 70er Jah-re tauchte ein Utensil auf, das sich ganz schnell unter Herren jeden Alters verbreitete: die *Handgelenkstasche*. Nun musste Mutti nicht mehr Vatis Zigaretten oder das Feuerzeug in ihrer Handtasche mitnehmen; das konnte er getrost selbst machen. Auch Geldbeutel und ein Kugel-schreiber ließen sich in den Herren-Handtäschchen leicht unterbringen. Heute sieht man die Handgelenkstaschen freilich nur noch selten in der Öffentlichkeit. Immerhin ist die Kunstfigur Erwin Pelzig des Kabarettisten Frank-Markus Barwasser bekennender Handtaschenträger. So schnell, wie die Mode in den 70er Jahren aufkam, so schnell ging sie Ende der 80er Jahre auch wieder zu Ende.

Vor den 90er Jahren: Vokuhila, Schulterpolster und Achselhaare

Wer glaubt, dass *Vokuhila* ein Begriff aus Japan sei – es klingt ja schließlich so fernöstlich –, irrt sich. Vokuhila ist so deutsch, wie es deutscher nicht sein kann. Es ist eine Abkürzung und steht für **Vo**rne **ku**rz, **hi**nten **la**ng. In der Vokuhila-Haarmode sehen viele einen der schlimmsten

Fehlgriffe in Sachen Frisuren. Dennoch: Vor allem Bundesligaspieler standen auf den Trend in den 80er Jahren und machten Vokuhila so populär wie später die Tätowierungen. Unvergessen ist die Haartracht von Ex-DFB-Teamchef Rudi Völler. Nicht zuletzt seine Vokuhila-Matte trug zu seinem Spitznamen „Tante Käthe" bei. Auch Dieter Bohlen und David Bowie waren bekannte Vorreiter dieser Geschmacksverirrung. Besonders bombastisch war die Kombination aus Vokuhila-Frisur und den *Schulterpolstern*, die zeitgleich auftauchten und mit denen Frauen auf einmal wirkten, als ob sie gleich zur nächsten Wrestling-Weltmeisterschaft antreten wollten. Sie sahen mit ihren aufgemotzt breiten Schultern aus wie Hulk Hogan oder The Undertaker. Das Triple in Sachen Modesünden der Achtziger war dann schließlich das Zusammenspiel von Vokuhila-Haarmatten, Schulterpolstern und den plötzlich aufkommenden *Pseudo-Militäruniformen*. In der Rückschau schmunzelt man auch noch über die ebenfalls in dieser Zeit populären *Schweißtücher*, die die Körperausdünstungen unter den Achseln aufnehmen sollten. Eigentlich waren die Dinger überflüssig, denn bei Männlein und Weiblein wuchsen ja noch ungebremst *Achselhaare*, die die Funktion auch ausüben konnten. Frühe Fotos und Videos von Nena zeigen beispielsweise deutlich, wie da noch kräftig ein schwarzer Busch unter ihren Achseln spross. Und ja, zugegeben: Wir hatten in der letzten analogen Phase auch noch *Schamhaare*. Niemand war oder wäre in den 70er bis 90er Jahren auf die Idee gekommen, sie abzurasieren.

Wer sich mit dem anderen Geschlecht näher einließ, musste sich gegebenenfalls noch durch einen haarigen Urwald kämpfen. Aber wo ein Wille war (oder besser: zwei), fand sich meistens auch ein Weg im Dschungel.

Minipli für Ruhrpott-Travoltas:
Der Topfschwamm auf dem Kopf

Dass die 80er Jahre als das Jahrzehnt der besonders schrillen und geschmacklosen Frisuren in die Geschichte eingingen, wird kaum noch bestritten. Vokuhila wurde ja schon im vorhergehenden Kapitel beschrieben. Kaum besser war freilich die *Minipli*-Mode: Damit sahen Ruhrpott- und Provinz-Möchtegernstars aus, als hätten sie gerade die Ako-Pads-Fabrik aufgekauft und deren Produkte einfach auf den Schädel gepackt. Minipli kommt ja aus dem Französischen und heißt eigentlich „kleine Falte". Noch besser trifft die Frisur aber die englische Bezeichnung: „bubble perm", also „Dauerblasen". Diese Sonderform der Dauerwelle verwandelte den Kopf von (überwiegend jungen) Männlein und Weiblein in ein vermeintliches Vogelnest. Vor allem Bundesligakicker wie Rudi Völler (der ja schon mit seiner Vokuhila-Frisur modetechnisch größtmöglich gesündigt hatte) glaubten, Minipli-Vorreiter sein zu müssen. Bei Manchester City sah Kenny Klemens aus wie Rudi Völlers Zwillingsbruder im Geiste. Ob beide den gleichen Friseur hatten?

Überlebt hat die einstige Kultfrisur in der Kunstfigur Atze Schröder. Der vermeintliche Ruhrpott-Proll trägt eine Minipli-Perücke als Markenzeichen. Bei schlichten Gemütern kommen die Topfschwammfrisur und flache Witzchen so auch heute noch an.

Warum Latzhosen fast ausstarben:
zu unpraktisch beim Pullern

Mode und Praktikabilität, dies passt nicht immer zusammen. Das mussten in den 70er und 80er Jahren viele Frauen feststellen, wenn sie sich für *Latzhosen* begeisterten. Vor allem in der aufkeimenden Ökoszene waren Latzhosen in (oft genug in feministischem Lila), doch spätestens beim Toilettengang stellten die modewussten Damen fest, dass Latzhosen doch eher unpraktisch und hinderlich waren. Dann musste man/frau nämlich erst die Hosenträger am Vorderlatz lösen und die ganze Hose herablassen, bevor man/frau sich zum großen oder kleinen „Geschäft" niederlassen konnte. Nach wenigen Jahren war die Hoch-Zeit für die Latzhosen zu Ende. Eine liebenswerte Anekdote sind sie aber geblieben. Man sieht sie heute eigentlich nur noch im Kinderbereich und als Berufskleidung bei Feuerwehr oder Rettungsdiensten.

Kittelschürzen:
Oma Tilchens Lieblingskleider

Preisfrage: Wer hat die *Kittelschürze* erfunden? A) Oma Tilchen? B) der amerikanische Präsident Herbert Hoover? C) Karl Lagerfeld? Alle, die nun auf Oma Tilchen getippt haben: Diese Antwort ist leider falsch, auch wenn sie der größte Fan dieses Kleidungsstücks war und ihre Kittelschürzen mit den Blümchenmustern stolz bis zum seligen Ableben trug. Karl Lagerfeld hat sich unseres Wissens auch nie mit Kittelschürzen beschäftigt. Nein, als Erfinder gilt tatsächlich Herbert Hoover. Als er während des Ersten Weltkriegs Chef der US Food Administration wurde, schlug seine Behörde vor, dass die Frauen eine Art Küchenuniform tragen sollten – quasi zur moralischen Unterstützung der Soldaten im Feld. Gesagt, getan – es war die Geburtsstunde der Kittelschürzen, die in den USA übrigens bis heute „*Hooverettes*" heißen. In Deutschland machten die Hausfrauenverhüller erst nach dem Zweiten Weltkrieg Karriere – gleichermaßen in West wie in Ost. Mutti trug sie in der Küche beim Kochen und beim Putzen im Keller. Die Bäuerin hatte sie selbstverständlich im Stall an und auf dem Feld, und Inge Meysel trug sie als Mutter

Scholz in den „Unverbesserlichen". In den 90er Jahren, zum Ende der Analogzeit, schien das letzte Stündchen der Kittelschürzen geschlagen zu haben, weil sich immer weniger junge Frauen für das altmütterliche Ganzkörperkondom begeisterten. Doch wer nun bei Amazon „Kittelschürze" eingibt, hat die Auswahl zwischen Dutzenden Modellen in allen Farben. Von Lila-Pink in Original *DDR-Dederon* bis zum Langmodell in Baumwolle.

Ob es ein Zufall ist, dass zwischen den vielen Kittelschürzen bei Amazon auch eine Oma-Perücke angeboten wird?

Mörderische Frauenquetscher mit Strumpfhalter

Es ist einer der legendärsten Sprüche aus der Analogzeit: *„Mein Hüfthalter bringt mich um"*, stöhnte in einem TV-Werbespot eine nicht mehr ganz taufrische Dame, die sich offensichtlich dem Modediktat der 60er und 70er Jahre unterworfen hatte und tatsächlich einen Hüfthalter trug. Für alle, die nicht (mehr) wissen, was das ist: Es war ein nach unten offenes Korsett, das die weiblichen Rundungen im Po- und Bauchbereich erheblich – und schmerzhaft – zusammendrückte. Und weil es auch noch das Zeitalter der einzelnen Damenstrümpfe war (Feinstrumpfhosen machten so richtig erst in den 70er Jahren Karriere), waren die Hüfthalter auch noch mit Strumpfhaltern ausgestattet. Die zwackten und drückten gewaltig. Doch was tat frau nicht alles für die Schönheit? „Mein Hüfthalter bringt mich um", lautete die ehrliche Antwort. Die Lösung der Misere war in der Werbung übrigens eine ebenfalls zwickende und ebenfalls einschnürende Miederhose mit langen Beinen.

Mädels, ihr habt es besser heute.

Als Werbung noch Reklame hieß

Werbung mit Doktor-Weisheiten in der Küche

„Eine Frau hat zwei Lebensfragen: Was soll ich anziehen? Und was soll ich kochen?" Das behauptete die Werbung von Dr. Oetker tatsächlich noch in den 60er Jahren. Und dann sah man in einem Spot, der vor allem in den Kinos gezeigt wurde, eine adrett gekleidete Frau, deren allergrößtes Vergnügen es war, „ihrem Peter" nach der ach so schweren Arbeit einen selbstgebackenen opulenten Kuchen zu servieren. Natürlich mit dem Hinweis, dass der mit Backin-Backpulver gebacken sei. Und wenn wir schon bei der angewandten Geschlechterkunde sind: Dr. Oetker war auch völlig klar, was für den Mann der damaligen Zeit das Höchste war: „der Pudding!"

Irgendwie beruhigend, dass sich die Heranwachsenden ein paar Jahre später zwischen Doktor Oetker und Doktor Sommer von Bravo entscheiden konnten...

Unter den Achseln: Mein Bactericid 43, Dein Bactericid 43

Bactericid 43. Das musste man in den 70er und 80er Jahren unbedingt haben, wenn man der Angebeteten etwas näherkommen wollte (umgekehrt übrigens auch).Hääh? Jawoll, Bactericid 43. Oder einfacher und populärer: Bac. Das war der gefragteste Duft in der Analogzeit und wurde allmorgendlich unter Millionen Achseln gesprüht. Natürlich noch mit Treibgas und nicht etwa umweltfreundlich mit einem Zerstäuber. Oder man nahm den Bac-Deostift. Der olfaktorische Grundstoff war jedenfalls bei beiden gleich: Bacterizid 43 – der Namensgeber für das Produkt Bac. Genial war jedenfalls die Werbung, die sich nach zahlreichen Fernsehspots in den Hirnen einbrannte: „Mein Bac, dein Bac" – diesen Spruch kennt auch heute noch jeder Oldie. Eine ähnlich toller Claim ist den Werbemachern jedenfalls nicht mehr eingefallen, nachdem der ursprüngliche Bac-Hersteller Olivin an Schwarzkopf überging und auch diese Traditionsfirma letztlich bei Henkel landete. Und so ist Bac heute nur noch eine Randmarke unter den zahlreichen Achselduftmitteln.

Essos großer Werbecoup: der Tiger, der im Motor brüllte

Wussten Sie, dass das Time Magazine 1964 zum „Jahr des Tigers" erklärte und damit auch eine besonders erfolgreiche Werbekampagne des Exxon-Konzerns würdigte? Seit den 50er Jahren hieß es nämlich in den USA: „Put a tiger in your tank". Dies suggerierte, dass der Sprit des Unternehmens dem Motor besonders auf die Sprünge helfen würde. Was in den USA gut ankam, übernahm in den 60er Jahren auch die deutsche Konzerntochter Esso, als sie forderte „Pack den Tiger in den Tank". Es funktionierte – der Esso-Tiger wurde schnell zu einer der erfolgreichsten Werbefiguren in der Analogzeit. Nun brüllte der Tiger im Motor. Sogar musikalisch machte der Tiger Karriere. 1965 brachte Esso eine Single mit dem „Tiger Rag" und dem von Ralf Bendix produzierten Song „Pack den Tiger in den Tank" heraus.

Auch heute wird der Tiger bei Esso noch gehegt: Wer an einer Esso-Tankstelle seinen Wagen reinigen will, macht dies üblicherweise im Tiger Wash.

Der miese braungelbe Fiesling, der in der Gardine hockte

Es war ein typisches Stilmittel der Werbung in der Analogzeit, mit dem schlechten Gewissen der Hausfrauen zu arbeiten. So machte ein Fiesling in den 60er und 70er Jahren richtig in den Fernsehspots und in der Kinowerbung Karriere und Furore: der Gilb. Jedes Kind kannte den bösen Graumacher, der sich in Muttis Gardinen einnistete. Dass vielleicht Vati mit seiner andauernden Raucherei der eigentliche Verursacher der graubraunen Vorhänge war, wurde natürlich nicht gesagt. Stattdessen musste der kleine miese kackbraungelbe Kopffüßler als Schuldiger herhalten, der Gilb. Aber die Werbung wusste natürlich, wie man den Gilb wieder loswerden konnte: mit Dato Supra, denn das hatte ja „den doppelten Weißmacher".

Vor allem Vati freute sich, nicht ins Schuldigen-Visier geraten zu sein. Jetzt konnte er wieder ungestört paffen. Schuld an der Misere war ja der fiese Gilb.

Der Siegeszug von Klementine: Nicht nur sauber, sondern rein

Stellen Sie sich vor, in Ihrer Waschküche würde plötzlich eine burschikose ältere Dame mit einer weißen Latzhose samt Schriftzug *„Klementine"* und einer weißen Schildmütze (ebenfalls mit Schriftzug) auftauchen und Ihnen ungefragt Ratschläge geben, wie Sie Ihre Wäsche reinigen sollten. Und dann füllt sie Ihnen auch noch ungefragt Waschpulver in die Maschine. Schwachsinn? So pseudo-„realistisch" waren die Werbespots für *Ariel* aufgebaut, die von den 60ern bis in die 90er Jahre die Nation erfreuten. Als Klementine avancierte Schauspielerin Johanna König zu einer wahren Werbe-ikone im Land, weil sich

nicht nur ihre markante Stimme und die kleinen Spiel-
szenen vor der Waschmaschine mit der Ariel-Trommel im
Hintergrund einbrannten, sondern auch ihre Sprüche als
„Waschmaschinenexpertin": *„Ariel in den Hauptwasch-
gang",* wusste in der Analogzeit jeder. Und die Botschaft
„Ariel wäscht nicht nur sauber, sondern rein" ist längst
zum geflügelten Wort geworden. Wobei man bei Ariel
aber niemals erklärte, was denn der Unterschied zwischen sauber und rein ist.

Aber das Weißwäsche-Spezialwaschmittel HG hat ja auch
bis heute nicht verraten, was eigentlich *„weißer als weiß"* ist.

Lecker, lecker:
Frau Antje und nackte Tatsachen aus Holland

Seit den 60er Jahren wissen wir: Holländerinnen tragen
eine komische Spitzhaube auf dem Kopf, sie heißen allesamt Antje und sie sind Käsefans. *Frau Antje* war die Wer-
bebotschafterin für niederländischen Käse in der Analogzeit. Erst 1998 wurde die Reklame mit dem Slogan *„Frau
Antje bringt Käse aus Holland"* als etwas angestaubt angesehen und verschwand schließlich für etliche Jahre in der
Mottenkiste. Inzwischen ist sie im Sinn von Retromode
wieder auf den Bildschirmen und in Anzeigen zu sehen.

Die frühen Werbe-Antjes hießen übrigens in Wirklichkeit
Emily, Saskia, Kitty und Ellen. Letztere machte indessen
nicht nur durch ihr Engagement für Gouda, Leerdamer
und Edammer Furore: Sie war als Nacktmodel auch im
„Playboy" zu sehen. Diese Rundungen fanden viele Männer übrigens noch besser als runde Goudalaibe.

Um die weitere Käsekarriere war es für Antje/Ellen dann
freilich geschehen.

Der cholerische HB-Bruno war beliebter als fast jeder Politiker

Wer hatte in den 60er Jahren einen Bekanntheitsgrad von unglaublichen 96 Prozent und war deutlich beliebter als die allermeisten Politiker? Das war *Bruno*, das *HB-Männchen*. Bruno war eigentlich ein friedliebender Zeichentrickmensch, der zu Beginn der Werbespots immer „Freut Euch des Lebens" pfiff. Doch dann ging für ihn immer mehr schief, so dass Bruno innerhalb von Sekunden zum Choleriker mutierte. Und auf dem Höhepunkt seines Wutanfalls mit unverständlichem Gestammel ging er dann auf der Leinwand tatsächlich in die Luft. Fast jeder erinnert sich noch daran, wie ihn dann eine Stimme aus dem Off zu beruhigen versuchte: „Halt, mein Freund. Wer wird denn gleich in die Luft gehen? Greife lieber zur HB". Mehr als 400-mal ging Bruno mit dem eckigen Kopf in den HB-Werbespots in die Luft. Nach 1974 übrigens nicht mehr im Fernsehen, sondern nur noch in den Kinos. Seither wissen wir, dass eine Zigarette äußerst beruhigend wirken kann.

Und was macht die böse, böse Politik? Sie verbietet einfach Zigaretten an immer mehr Orten und die Werbung dafür. Dabei könnten wir doch so ein ruhiges und tiefenentspanntes Volk sein...

Pril-Blumen – die Werbesymbole für die 70er Jahre

Als die Welt in den 70er Jahren immer bunter wurde und die junge Generation den „Muff von tausend Jahren" ablegte, hatte man in der Werbeabteilung von Henkel einen genialen Einfall: Man fügte den Pril-Spülmittelflaschen etwa drei Zentimeter große (oder besser: kleine) Aufkleber bei. Die *Pril-Blumen* waren geboren. In kürzester Zeit machten sie Furore und tauchten millionenfach in fast allen Küchen, auf Toiletten und sogar auf Autos auf. Alles wurde mit den fröhlichen und farbenfrohen Hinguckern bepappt und verschönert. Begleitet wurden die Aufkleber auch akustisch: „Hol dir die fröhlichen Blumen – hol dir das fröhliche Pril", konnte in den 70er und 80er Jahren fast jedes Kind mitsingen. Wenn die 70er Jahren optisch dargestellt werden sollen, müssen oft die Pril-Blumen als Symbole herhalten. Seit 1984 gibt es die Sticker zwar nicht mehr dauerhaft auf den Pril-Flaschen, aber von Zeit zu Zeit tauchen die farbenfrohen Blümchen in Sonvereditionen noch als Werbemittel auf.

Und wer eine ältere Küche renoviert, kann fast sicher sein, irgendwo noch eine Pril-Blume auf einer alten Kachel zu finden.

Tilly schockierte die Kundin: „Sie baden gerade Ihre Hände darin"

„Sie baden gerade Ihre Hände darin" – wetten, dass viele sofort wissen, was hier beworben wird und wer den Satz gesagt hat? Die Rede ist natürlich von der Kunstfigur *„Tilly"*, die jahrzehntelang die Werbetrommel für *Palmolive-Geschirrspülmittel* rührte. Zwischen 1966 und 1992 tunkte die amerikanische Schauspielerin Jan Miner als „Tilly" mit besserwisserischem Schwiegermuttercharme die angeblich rauen Händchen von Kundinnen eines Kosmetiksalons ungefragt in ein Schälchen mit Palmolive. Die Kundinnen riefen daraufhin entsetzt und entgeistert aus: „in Geschirrspülmittel?" Und dann fiel der berühmte Satz: „Sie baden gerade Ihre Hände darin." Mit dieser Botschaft, die in der Analogzeit jedes Kind kannte, stieg Tilly fraglos in die Top-Ten der Werbeikonen dieser Zeit auf.

Schön zu wissen: In den USA, wo Tilly übrigens als Madge über die Bildschirme flimmerte, wärmte Jahrzehnte später eine Supermarktkette die Machart der Werbespots noch einmal mit Jan Miner auf. Tilly erklärte nun freilich erstaunten Kerlen darin, dass sie ihre rauen Hände gerade in Kräuterbier badeten...

Das will man sich irgendwie mit Bitburger, Flensburger, Warsteiner oder Krombacher dann aber doch nicht vorstellen. Prost.

Die trommelnde rosarote Plüschhasen-Armee und die Batterien

Hat wirklich mal jemand ausprobiert, ob *Duracell-Batterien* tatsächlich länger halten als andere? Die Werbung suggerierte aber genau das von 1971 an. Eine ganze Armee von *trommelnden Plüschhäschen* lärmte auf den Bildschirmen, was das Zeug hielt. Und dann wurde es immer leiser und leiser, bis nur noch ein rosaroter Hase durchhielt: der mit der Duracell-Batterie im Rücken. Seither wissen wir, dass diese Energiespender mehr taugen sollen als die der Konkurrenz. Und die trommelnden Hasen sind bis heute unvergessen. Übrigens: Mit rosa Häschen macht Duracell immer noch Werbung.

Laszive junge Nonnen und Sexy-Mini-Super-Flower-Pop-op-Cola

Nie waren junge Nonnen aufreizender und lasziver als die in den *Afri-Cola-Werbespots*. Und Krankenschwestern räkelten sich so, als wollten sie gleich zu einem ganz besonderen Dienst im Bordell antreten. Mit seinen Filmchen revolutionierte der Düsseldorfer Werbespezialist *Charles Wilp* von 1968 an nicht nur die Brause-Reklame. Hinter vereisten Scheiben sah man in Afri-Cola-Diensten nicht nur Mick Jaggers damalige Gespielin Marianne Faithful und Discoqueen Donna Summer, während eine Stimme aus dem Off erklärte, was man unbedingt haben musste: *Sexy-Mini-Super-Flower-Pop-op-Cola*. Begriffe, die in dieser Phase der Analogzeit die junge Generation verzückten und die Älteren reichlich verstörten.

Die Resonanz auf die psychedelischen Spots von Charles Wilp war gigantisch: Afri Cola konnte seinen Absatz in Westdeutschland in kurzer Zeit um mehr als ein Drittel steigern. Aktionskünstler Wilp hatte mit seinen ungewöhnlichen Limonaden-Spots kultige Werbeklassiker geschaffen, die die Grenzen von Kunst und Kommerz überwanden und bis heute nachwirken. So etwas Schräges hatte es zuvor noch nie auf den Bildschirmen und Kinoleinwänden gegeben.

Übrigens: der Bayerische Rundfunk weigerte sich, einen Afri-Cola-Spot zu senden, in dem eine junge Frau antörnend mit der Zunge spielte. Und dass die katholische Kirche gegen die Beiträge wetterte, weil darin auch sexy Nonnen vorkamen, ist heute nur noch eine Randnotiz.

P.S. Kann mir endlich mal jemand erklären, was eigentlich Pop-op-Cola sein soll?

Die mit der Goldkante
kannte jeder aus der Werbung

Fragen Sie doch mal einen analogen Menschen nach *Ado-Gardinen*. Die allermeisten werden wie aus der Pistole geschossen antworten: *„die mit der Goldkante"*. Dieses Claim hat sich als Werbebotschaft aus den 70er und 80er Jahren eingebrannt, als Schauspielerin Marianne Koch als

Botschafterin für die Gardinenmarke über die Bildschirme flimmerte. Mit dem Ende der Analogzeit wurde das klassische Gardinengeschäft immer schwieriger und Ado, das in besten Zeiten bis zu 1100 Menschen beschäftigte, geriet in die wirtschaftliche Bredouille.

Immerhin eines hat sich trotz des angestaubten Images von Gardinen in den allermeisten Analogköpfen festgesetzt: dass Ado die Gardinen mit der Goldkante waren und sind.

Drei-Wetter-Taft:
der Haarzement aus der Spraydose

Seit den 70er Jahren wissen wir, womit eine Frau von Welt dauerhaften Halt in die Frisur bringt: mit *Drei-Wetter-Taft*. Legendär sind die Spots mit der Business-Lady vor einem Flugzeug oder später vor einem Hubschrauber und mit der sonoren Stimme aus dem Off: „Hamburg, 8.30 Uhr, mal wieder Regen…"Auch an anderen Orten hielt die Haarpracht zu jeder Tageszeit und unter allen Wetterbedingungen.

Dem Schwarzkopf-Haarzement aus der Spraydose sei Dank.

Der putzwütige glatzköpfige Muskelprotz
– Meister Proper

Warum wird *Meister Proper* eigentlich nur mit einem „p" geschrieben, obwohl man ihn doch wie propper ausspricht? Das ist nur eines der Geheimnisse des putzwütigen Glatzkopfes, der sich um die deutsche Nachkriegs-Fußbodenhygiene verdient gemacht hat. Mit gekreuzten muskulösen Armen tummelt sich die gezeichnete Werbe-figur (die in den USA als „Mr. Clean" erfunden wurde) seit 1967 auf den Bildschirmen und hämmerte den Zuschau-ern und Zuhörern immer wieder ein: „Meister Proper putzt so sauber, dass man sich drin spiegeln kann."

Komisch: Bei unseren matten Badfliesen funktioniert das bis heute nicht.

Was wir hörten, was wir guckten

Radios: Architektur
wie Führers Reichskanzlei und Quietschetöne

Neulich habe ich auf einem alten Schwarz-Weiß-Foto aus der Verwandtschaft einen Vermerk auf der Rückseite entdeckt: „Unser Radiozimmer". Und tatsächlich: Stolz thronte in der Ecke ein unförmiges Holztrumm wie in so vielen Wohnungen damals. Vorzugsweise in gebeizter dunkler Eiche oder – schon moderner – in Nussbaum-Furnier. Aber meistens hatten die alten *Radios* eine Architektur wie Führers Reichskanzlei. Und all die unförmigen, hochglanzpolierten Kästen, in denen man locker auch den Hofhund hätte beerdigen können, hatten eine Skala mit geheimnisvollen Einträgen: Beromünster stand da oder Mt. Ceneri oder Droitwich, Hilversum, Monte Carlo, Bucuresti, Bisamberg, Lille, Budapest, England 3, Stuttgart 2, Berlin Ost und Rias Berlin. Immer schön treppenartig versetzt. Als Kind hatte ich keine Ahnung, wo viele dieser Orte lagen und wofür sie standen. Später wurde klar, dass das die Mittelwellenstationen in den einzelnen Ländern waren. *Mittelwelle*? Ja, das war der übliche analoge Radio-Standard, bevor die *Ultrakurzwelle (UKW)* mit ihrem viel besseren Klang den Siegeszug antrat. Aus und vorbei: In Deutschland strahlt seit 2015 kein Sender mehr auf der Mittelwelle aus, doch sie bleibt ein Bestandteil des analogen Erinnerungsschatzes der Kindheit. Und auch die Tage der UKW sind seit dem Aufkommen des digitalen Radios gezählt.

Schon das Einschalten der ollen Radiokiste war so ganz anders: Man drückte fest auf eine elfenbeinfarbige Taste an der Front – das Klavier der einfachen Leute. Dann blubberte bläulich-grün das so genannte *„Magische*

Auge" kryptisch auf, und mit merkwürdigen Ausdünstungen und leisem Summen und Brummen liefen die unterschiedlichen *Röhren* warm. Endlich, nach gut einer halben Minute, gab der bräunlich-grau bespannte Lautsprecher die ersten Töne von sich. Mitunter waren die reichlich verzerrt, dann musste man den großen Senderknopf leicht nach links oder nach rechts drehen und die beste Position suchen. Quiek, quiek, quietsch. Abends war der Empfang meistens besser als tagsüber. Endlich näselte der Sprecher aus dem Kasten.

Und manchmal horchten wir besonders interessiert auf: „Dringend gesucht wird Herr Heinz Stahlschmidt aus Höpfingen. Bitte nehmen Sie umgehend telefonisch Kontakt zu Ihrer Nachbarin, Frau Franziska Lichter, oder zur Polizei in Buchen im Odenwald auf." Oje – da wussten wir, dass wahrscheinlich etwas Schlimmes passiert sein musste: ein Unfall oder ein Todesfall in der Familie. Denn *Suchmeldungen* per Radio waren oft die einzige Möglichkeit, verreiste oder sonstwie abwesende Angehörige ausfindig zu machen, denn selbstverständlich hatte niemand ein Smartphone in der Tasche stecken. Erreichbarkeit rund um die Uhr gab es in der grauen Analogzeit nicht. Wer in den frühen 60er Jahren aufwuchs, erinnert sich vielleicht sogar noch an die *Vermisstenmeldungen* im Radio: da wurde mit getragener Stimme nach Menschen gesucht, die man in den Wirren des Zweiten Weltkrieges und danach aus den Augen verloren hatte.

Überhaupt war der Radiokonsum in der analogen Zeit so ganz anders: Stand die Eltern- und Großelterngeneration überwiegend noch auf leichte Schlagermusik, auf Operettenmelodien und (warum wohl?) auch auf Marschmusik, so wollten etliche Heranwachsende in der 60er, 70er und 80er Jahren ganz anderes hören: Beatles, Stones, Dylan, Joplin, Baez und Co. „*Negermusik*" nannten das die Alten mit größtmöglicher Abscheu und Verachtung und verstanden nicht, dass man nicht Rudolf Schock, Erika Köth, Catarina Valente, Heino, Heintje und Peter Alexander mit ihren ach so schönen Melodien hören wollte. Mitunter bedurfte es eines Kampfes, um den Vorgenerationen das Radio samstags oder sonntags für eine oder gar zwei Stunden abzutrotzen. Denn da liefen in den Sendern die *Hitparaden*. Wer hatte diesmal die Nase vorn? Elvis, T-Rex, die Beach Boys oder doch Creedende Clearwater Revival? Vielleicht ABBA? Das war montags immer Gesprächsstoff in der großen Pause in der Schule, und so musste man natürlich am Samstag oder am Sonntag zwingend Radio hören.

 Welch ein irrer Kontrast: Aus der antiquierten Holzkiste im Gelsenkirchener Barock von *Grundig, Telefunken, Graetz, Saba* oder *Nordmende* rockten nun Jimi Hedrix' E-Gitarre und Black Sabbaths „Paranoid". Die Eltern hielten die Kinder für diese Musik selbst für paranoid. Indes: Kaum war diese „Stunde der Befreiung" nach der Hitparade vorbei, dudelten wieder „Die kleine Kneipe in unserer Straße", „Zwei kleine Italiener", das „Knallrote Gummiboot", „Ganz in Weiß" oder der „Gefangenenchor" aus der Oper Nabucco aus der Kiste. Die dauerhafte seichte Berieselung hat sich bei vielen so fest ins Gedächtnis eingebrannt, dass sie auch nach Jahrzehnten die alten Schlager – manchmal mit Ausdruck des Schämens – auswendig mitsingen können.

Klassiker im Radioprogramm von anno dunnemals waren auch die *Wunschkonzert*-Sendungen. „Sie wünschen, wir spielen", „Vom Telefon zum Mikrofon" oder so ähnlich hießen diese Sendungen, die Alt und Jung landauf, landab gleichermaßen regelmäßig und in großer Zahl vor dem Radio versammelten. Das Prinzip war denkbar einfach: Man konnte beim Sender anrufen, sich seinen Lieblingstitel wünschen, und eine halbe bis eine ganze Stunde später lief, wenn man Glück hatte, der Titel über den Äther.

Diese Zeit war mindestens nötig, denn schließlich mussten die Platten und Tonbänder im Analogzeitalter erst einmal aus dem Tonarchiv des Senders ins Studio gebracht werden. Das Sammelsurium der Wunschsendungen ist bis heute legendär: auf „Hey Jude" der Beatles folgte das unvermeidliche Kufstein-Lied. Auf „Du kannst nicht immer 17 sein" von Chris Roberts folgte der grenzdebile „Ententanz", das „Trompetenecho" von Slavko Avsenik und seinen Original Oberkrainern oder „Satisfaction" von den Stones. Erst ganz langsam setzten sich in den Rundfunk-Anstalten (ja, die nannten sich wirklich so!) Zielgruppenprogramme durch. „Musik für junge Leute" hieß es zunächst vermeintlich progressiv. Später erfüllten die dritten Hörfunkprogramme diesen Anspruch.

Kein Wunder, dass von den 60er Jahren an immer mehr Jugendliche danach trachteten, ein eigenes Radio zu besitzen – möglichst ein *Kofferradio*. Kleine Transistoren anstelle der Röhren machten es möglich, dass die Kästen handlich und transportabel wurden. Und erschwinglich. So konnten sich immer mehr vom Musikdiktat der Alten freimachen und Radios auch zeitlich frei nutzen.

Erinnert sich noch jemand an die seinerzeit besonders populären *Schaub-Lorenz*-Kofferradios? Schön, dass vereinzelt welche überlebt haben, obwohl die Marke längst Schall und Rauch ist, denn die Kofferradios zeichneten sich nicht nur durch prima Empfang und einen tollen Klang aus – sie waren auch robust und ziemlich unkaputtbar.

Musikbox – Wunschtitel für 10 oder 20 Pfennig in der Kneipe

Heute muss man schon das Deutsche Museum in München oder das Rundfunkmuseum in Fürth besuchen, wenn man eine *Musikbox* sehen – und hören – will. Dabei standen die lärmenden Fröhlichmacher in der Analogzeit gefühlt in jedem dritten Gasthaus, oder in der Eisdiele. Vor allem Kneipen, in denen auch junge Leute verkehrten, setzten natürlich auf die Jukeboxes. Von wegen Schlager, Rock und Pop vom Digitalspeicher: Bei der Musikbox wurden die Töne ganz analog produziert. Bestückt waren die kommerziellen Musiktruhen mit bis zu 120 Single-Schallplatten. Die waren auf einer Spindel oder parallel nebeneinander hinter einer Glasscheibe aufgereiht. Nach dem Einwurf von 10 oder 20 Pfennig und dem Drücken einer Tastenkombination führte ein Greifarm die gewünschte Platte zu einem zumeist senkrecht stehenden Plattenteller. „E3" oder „F5" sorgten dann für den gewünschten Hit – fast wie heute im Chinarestaurant. Nur, dass in der Analogzeit das lärmende Vergnügen nach drei bis vier Minuten vorbei war. Sogar die Flatrates gab es in den Wurlitzer- und Rock-Ola-Musikmöbeln schon: drei Titel gab es für 50 Pfennig, sieben für eine Mark. Und je nach der eigenen Titelwahl waren einem absolute Zustimmung oder böse Blicke in der Kneipe sicher, denn durch die Rundumbeschallung konnte sich niemand der Jukebox entziehen.

Das Phänomen Heintje – als Schmalz aus dem Radio triefte

Die einen liebten ihn, und die anderen hassten ihn. Aber jeder hatte eine Meinung über den Kinderstar der späten 60er und 70er Jahre. Mit seinem Schmalz-Titel „Mama" sang sich *Heintje* in die Herzen der Mütter und noch mehr in die der Omas. Passenderweise hieß sein Entdecker und Producer Addy Kleijngeld. Doch um Kleingeld ging es bei den Auftritten des kleinen Niederländers schon bald nicht mehr. Rund 40 Millionen Schallplatten des Kinderstars wurden innerhalb weniger Jahre verkauft – und damit war Heintje eine wahre Cashcow für alle, die sich mit ihm einließen. Auch in diversen Paukerfilmen war Hendrik Nikolaas Theodor Simons (so der bürgerliche Name von Heintje) zu sehen und zu hören. Die eigentliche Sängerkarriere endete indessen mit dem Stimmbruch um 1973. Als Teen und Twen versuchte er zunächst noch als Heintje und dann als Hein Simons eine Fortsetzung der frühen Sängerkarriere – er konnte aber nie mehr an die riesigen Erfolge aus Kinderzeiten anknüpfen. Ob „Mama" oder „Wenn wir alle Sonntagskinder wären" – den einen zieht es bei diesen schmalztriefenden Schnulzen noch immer die Fußnägel hoch, während die anderen vor Rührung Tränen in die Augen bekommen.

Beatles oder Stones?
Bis heute wird darüber gestritten

Jeder war ein Experte, und jeder hatte in der Analogzeit – und auch darüber hinaus – eine Meinung dazu: Welche ist die größere und bessere Band – die *Beatles* oder die *Rolling Stones*? John Lennon und Paul McCartney oder Mick Jagger und Keith Richards? Das war die Gretchenfrage auch unter Freunden. Kein Zweifel: Musikalische Monumente haben sowohl die Stones als auch die Beatles hinterlassen; und ihre Verkaufserfolge sind exorbitant. Welche die bedeutendere Band ist, muss freilich jeder für sich selbst entscheiden. Ganz nach Gusto. Die Beatles galten stets als die etwas bravere Gruppe, während die Rolling Stones schon von früh an ihr Böse-Buben-Image pflegten. Nach außen taten die beiden britischen Bands so, als lägen sie im Clinch miteinander, doch in Wirklichkeit schätzten sich beide Seiten durchaus. So schrieben beispielsweise die Beatles für ihre vermeintlichen Konkurrenten den Hit „I wanna be your Man" und halfen ihnen auch, „We love you" zum Hit zu machen. Mick Jagger sang im Hintergrund beim Beatles-Hit „All you need is Love" mit. Paul McCartney stellte bereits 1968 über das Verhältnis von Beatles und Stones fest: „Unsere Rivalität war immer nur ein Mythos."

Einige Fans haben das bis heute noch nicht verinnerlicht und streiten noch immer weiter, welche die bedeutendere Band ist.

Der Bandsalat,
der überhaupt nicht schmeckte

Uher, Revox, Telefunken, Akai, Grundig, Philips: Bei diesen Markennamen bekommen einige Analogmenschen (vor allem männliche...) noch heute feuchte Augen, denn diese Marken standen gleichermaßen für *Tonbandgeräte* wie auch für *Kassettenrekorder*. Einmal selbst DJ sein und das eigene Musikprogramm zusammenstellen – Tonband und Kassettenrekorder machten es möglich. Fast in jedem Jugendzimmer konnte man nun die gewünschten Hits vom Radio aufnehmen oder von der Schallplatte überspielen. Die Alternativen: Entweder verband man Radio oder Stereoanlage direkt mit dem Aufnahmegerät oder – weniger komfortabel – man hielt einfach das Mikrofon vor den Lautsprecher. Theoretisch war die Aufnahmequalität der Tonbänder mit ihren größeren Spulen und einem Bandtempo von bis zu 19 Zentimetern pro Sekunde besser als bei den Kassetten, die mit nur 4,75 Zentimeter pro Sekunde über die Tonköpfe liefen. Für den Hausgebrauch reichten aber auch die handelsüblichen Kassettenrekorder aus. 1963 begann der Siegeszug der kompakten und pflege-leichten Kassetten: Sie waren leicht transportierbar und damit auch einfach auf dem Gerät der Freundin oder des Freundes einsetzbar. Wenn man eine Ecke an einer Kante ausbrach konnten sogar Aufnahmen gegen unbeabsich-tigtes Überspielen geschützt werden. Freilich neigten die empfindlichen Bänder auf den Spulen der Kompaktkasset-ten auch dazu, sich zu verheddern. Und so war für jeden Analogmenschen der *Bandsalat* nicht etwa ein leckeres Gericht, sondern das Synonym für eine „entgleiste" Mu-sikkassette. Ein großes Ärgernis. Und jeder wusste auch, wie man dieses Kuddelmuddel wieder beheben konnte: Mit einem sechseckigen Bleistift musste man das Band nun gefühlvoll wieder auf die Spule zurückdrehen.

Noch so eine Erfahrung, die jeden Analog-Jugendlichen auf die Palme brachte: Wehe, wenn wieder mal ein idioti-scher Radiomoderator kurz vor dem Ende in die Aufnah-me des Lieblingssongs hineinquatschte: dann war die Pest noch das Harmloseste, was man dem Radiomann oder der Radiotante an den Hals wünschte.

Als Gelbfüßler und Spätzleesser zwei Sender hatten

Wer sich alte Landkarten mit dem Sendegebiet des da-maligen *Südwestfunks (SWF)* anschaut, wundert sich vielleicht: Da gab es zwei große Areale, die sich fast nicht berührten: oben das Land Rheinland-Pfalz und unten das südliche Baden-Württemberg. Das merkwürdige Gebilde hat mit der Nachkriegszeit zu tun, als die Siegermäch-te Deutschland unter sich aufteilten – und der SWF war eben der Sender in der französischen Besatzungszone. Und weil Nordwürttemberg und Nordbaden zur ame-rikanischen Zone gehörten, gab es im Südweststaat das Novum, dass es hier mit dem *Süddeutschen Rundfunk* in

Stuttgart (*SDR*) noch einen zweiten Sender im selben Bundesland gab. Alles war im Ländle in doppelten Strukturen vorhanden; einmal in Baden-Baden, einmal in Stuttgart. 1998 war damit Schluss: SWF und SDR fusionierten zum *SWR (Südwestrundfunk)*. Ganz verschwunden sind die gegenseitigen Aversionen aber auch Jahre später noch nicht: Pfälzer lästern noch heute manchmal über den „Spätzlesender" von jenseits des Rheins, und Schwaben mokieren sich gern über die badischen „Gelbfüßler" in Baden-Baden.

Wie lange blieb die Rundfunkgebühr stabil?

Mit dieser Frage und ihrer verblüffenden Antwort können Sie in jedem Besserwisserquiz punkten: Wie viele Jahre galten die gleichen *Rundfunkgebühren* in Deutschland, bevor sie 1970 zum allerersten Mal angepasst wurden? A) 4 Jahre? B) 12 Jahre? Oder C) 45 Jahre? Die unfassbare richtige Antwort ist C. Sage und schreibe von 1924 bis 1969 waren die Gebühren stabil geblieben, ehe zum 1. Januar 1970 erstmals die Radio-Grundgebühr auf 2,50 Mark und die Fernsehgebühr auf 6 Mark pro Monat angehoben wurden. Und wenn wir schon bei der Statistik sind: 15,8 Millionen Fernseher wurden 1970 in der alten Bundesrepublik gezählt; 70 Prozent aller Haushalte hatten damit eine Glotze. Die Abdeckung mit Radios lag im selben Jahr bei 87 Prozent.

Dual – vom Auf und Ab einer bekannten Marke

Klar, Elektronikgeräte mit dem Dual-Label kann man auch heute noch kaufen; doch die meisten aktuellen Produkte werden in Fernost hergestellt. Ältere Semester verbinden mit dem bekannten Markennamen freilich vor allem hochwertige Hi-Fi-Geräte, die in Sankt Georgen im

Schwarzwald vom Band liefen. In der Analogzeit gehörte es einfach zum guten Ton, einen Dual-Plattenspieler im Wohnzimmer zu haben. Das bereits 1907 gegründete Unternehmen der Gebrüder Steidinger beschäftigte in seinen besten Zeiten in den 70er Jahren mehr als 3000 Mitarbeiter. Der Höhepunkt war erreicht, als 1971 auch noch Erzrivale Perpetuum Ebner (PE) übernommen worden war. Doch schon bald danach geriet Dual selbst wirtschaftlich unter Druck und ins Straucheln. 1982 kam es zur Insolvenz, und seither hat die Marke Dual mehrfach die Besitzer gewechselt. Die Fabrikation in Sankt Georgen wurde lange Jahre eingestellt. Unter dem Namen Dual wird nun eine breite Palette an fernöstlicher Unterhaltungselektronik von Digitalradios bis zu TV-Geräten angeboten.

Immerhin: Seit 1993 werden auch wieder analoge *Dual-Plattenspieler* am alten Stammort gefertigt. Die hochwertigen Geräte mit dem Label „Made in Germany" haben noch immer den klassischen geraden Dual-Tonarm und bieten Freunden von Vinyl-Schallplatten höchsten Hörgenuss.

Krachmacher für Spätpubertierende – die Ghettoblaster

Ghettoblaster: Übersetzt heißen die Dinger einfach nur Krachmacher – und damit ist eigentlich auch schon alles gesagt. Wie den Dinosauriern ging es auch dieser speziellen Spezies der Kofferradios: Sie sind inzwischen weitgehend ausgestorben. Die schiere Größe erwies sich als eher unpraktisch. In den 80er und 90er Jahren waren die Boomboxes indessen ein Statussymbol für meist männliche Jugendliche. Sie konnten damit richtig angeben gemäß der männlichen Maxime: Wer hat den Größten? Und schließlich konnte man mit den riesigen Ghettoblastern auch lärmmäßig so richtig die Sau rauslassen, protzen und posen – also all das, was (Spät-) Pubertierende so brauchen.

Etliche Ghettoblasterbesitzer von einst sind sich beim Posen treu geblieben: Sie fahren heute große überdimensionale Geländewagen und machen mit ihren illegalen Auspuffanlagen Radau.

Keine Fernsehansagerin mehr vor dem Spielfilm

Böses, böses Privatfernsehen: Als es sich Mitte der 90er Jahre etablierte, verzichtete man dort von Anbeginn auf die *Fernsehansagerinnen*, die in den Übergängen zwischen zwei Sendungen immer den folgenden Beitrag einführten. Klar: Sendezeit war lukrativ – die konnte man ja auch prima nutzen, um da Werbung zu platzieren. Weil mit dem Ende der Analogzeit zunehmend auch die öffentlich-rechtlichen Sender auf die adretten Ansagerinnen verzichteten (es waren wirklich überwiegend Frauen), ist dieser Beruf heute nahezu ausgestorben.

Stereo: je Watt desto Lärm – oder warum Mono ausstarb

Wer in den 60er Jahren etwas auf sich hielt, brauchte unbedingt ein neues Statussymbol: ein *Stereoradio* oder – noch besser – eine *Stereoanlage* mit integriertem Plattenspieler und Kassettenrecorder. Mono war auf einmal „out". Die Idee des räumlichen Hörens über zwei getrennte Lautsprecher machte sich ab Mitte der 60er Jahre in den Wohnzimmern breit – von da an strahlten die Rundfunkanstalten Sendungen „in Stereo" aus und machten anfangs auch noch ausdrücklich darauf aufmerksam. Und von nun an wurde auch eifrig diskutiert, wie und wo die beiden Lautsprecher für den Raumklang aufgestellt werden sollten. Jeder Heranwachsende kannte auch die neue Formel: Je Watt desto Lärm. Frühe Stereoplatten hören sich für die heute verwöhnten Ohren seltsam an – wenn beispielsweise bei einem Beatles-Song der Gesang ausschließlich aus dem linken Lautsprecher erklang und die Instrumente nur aus der rechten Box zu hören waren. Die Analogmenschen konnten seinerzeit noch nicht ahnen, dass die Stereofonie nur ein allererster Schritt zu immer aufwendigeren Audioverfahren sein sollte, die uns heute digital überall begegnen.

Der Klirrfaktor war auf dem Schulhof das Maß der Dinge

Hi-Fi-Geräte hatten in der Analogzeit eine ganz spezielle Währung. Und wenn auch keiner wirklich verstand, um was es tatsächlich ging, so war der *Klirrfaktor* doch ein Wert, an dem sich besonders männliche Jugendliche aufgeilen konnten. Mit dem Aufkommen der Stereoanlagen ab Mitte der 60er Jahre war der Klirrfaktor das Maß der Dinge bei den Verstärkern. Es galt: je kleiner, umso geiler (anders als sonst im männlichen Denkgefüge). Ob wir seinerzeit wirklich Unterschiede zwischen hohen und niedrigen Klirrfaktoren heraushören konnten, wage ich mit dem Abstand von ein paar Jahrzehnten zu bezweifeln. Aber irgendwie erinnern wir uns immer noch gern an die ahnungslose Protzerei auf dem Schulhof: „Mein Verstärker hat Klirrfaktor 0,3. Und deiner?"

Jedes Staubkorn sorgte für Knistern – Schallplatten im Jugendzimmer

Singles kosteten fünf Mark und Langspielplatten 20 DM. Das war jahrzehntelang bis zum Ende der Analogzeit der übliche Tarif für *Schallplatten*. Die Lexikon-Wikipedia-Beschreibung einer Schallplatte klingt indessen fast wie Lehrer Bömmels Analyse einer „Dampfmaschin" im Kultfilm „Feuerzangenbowle": „Eine Schallplatte ist eine kreisförmige und meistens schwarze Scheibe mit einem Mittelloch, deren beidseitige Rillen als analoge Tonträger für Schallsignale dienen." Alles klar? Man kann es auch etwas weniger pathetisch sagen: Schallplatten waren für Jugendliche in der Analogzeit einfach nur geil, denn sie enthielten die Songs der Lieblingsbands und -sänger. In jedem Jugendzimmer waren deshalb Platten ein „must have". Zwingend notwendig war dafür natürlich ein *Plattenspieler*, der oft genug auch Bestandteil einer Stereoanlage war. Ein großer Unterschied zu den digitalen Speichermedien der Neuzeit: Beim Abspielen der Schallplatten knisterte und knasterte es aus dem Lautsprecher, denn jedes noch so kleine Staubkörnchen konnte sich in den feinen Rillen festsetzen und wurde so zum lästigen Störfaktor, zum Klirrfaktor der ganz speziellen Art. Auch robuste und unfreundliche Behandlung vertrugen Singles und LPs überhaupt nicht: Das relativ weiche Basismaterial *Polyvinylchlorid* (PVC) beantwortete jeden Kratzer mit einem ebensolchen in der Lautsprecherbox. Jeder Analogmensch weiß noch, wie ausgeschlagene Rillen für unliebsame Tonsequenzen und Dauerschleifen sorgten.

Fast philosophisch war in der Analogzeit der Streit, wie Schallplatten am schonendsten abgespielt werden sollten: Die einen waren „Nassabspieler" – sie schworen auf eine Flüssigkeit aus destilliertem Wasser und Propylalkohol („Lenco Clean"), die über eine Bürste auf die Platte aufgetragen wurde. In der Mehrzahl wurden die Platten freilich trocken abgespielt, wobei die verschiedensten Komponenten Auswirkungen auf den Wohlklang hatten: der ausgewogene Tonarm des Plattenspielers ebenso, wie die Abtastnadel, die fein durch die Rillen glitt.

Der Stern der analogen Schallplatten begann zu sinken, als 1984 die ersten digitalen *Compact Discs (CD)* vorgestellt wurden, die statt von Nadeln von Laserstrahlen abgetastet wurden und eine wesentlich bessere Wiedergabequalität versprachen. Schon anfangs der 90er Jahre kamen die meisten Audio-Produktionen nur noch als CDs und nicht mehr als Vinylplatten auf den Markt. 1990 wurden bereits doppelt so viele Compact Discs wie Langspielplatten verkauft. Eine Renaissance feiern aber auch die schwarzen Scheiben seit einigen Jahren wieder. Hifi-Puristen schwören auf Vinyl, weil es angeblich einen wärmeren und ausgewogeneren Klang liefert als die digitalen CDs.

Es ist wohl wie bei der philosophischen Frage des Nass- oder des Trockenabspielens: Die einen sagen so und die anderen so.

Sperrige Röhre: die Glotze als Mittelpunkt im Wohnzimmer

Was hatten wir in der Analogzeit nicht für wunderbare und liebevolle Bezeichnungen für die *Fernsehgeräte!* Flimmerkiste, Glotze, Glotzophon oder einfach nur Röhre. Tatsächlich guckten wir bis zum Ende der Analogzeit genau in eine solche, denn das Herzstück von jedem großen und schweren Guckkasten war die Bildröhre, die auf die Braunsche Röhre zurückging. Erst 2007 wurden weltweit übrigens mehr Flachbildgeräte verkauft als *Röhrenfernseher*. Die flachen TV-Flundern kamen erst um die Jahrtausendwende auf den Markt, schafften es dann aber innerhalb nur weniger Jahre, die sperrigen Röhrenkisten gänzlich zu verdrängen.

Lange Zeit war die Systemfrage aber eine ganz andere: *Schwarz-Weiß-Glotze* oder *Farbfernseher*? Denn erst ab 1967 wurde es bunt in den deutschen Wohnzimmern. Auch das hat sich dramatisch geändert: Muss man heute für ein neues TV-Gerät nur noch wenige Stunden arbeiten, so waren früher ganze Monatsgehälter für eine Guckkiste fällig. Als 1967 die ersten Farbfernsehgeräte auf den Markt kamen, wurden dafür bis zu 1850 D-Mark verlangt. Dafür musste Vati seinerzeit mehr als zwei Monate arbeiten. So waren farbige TV-Geräte lange Zeit ein Luxusgut, das längst noch nicht in jedem Haushalt in der Analogzeit stand. Auch die Wertschätzung gegenüber den Inhalten war seinerzeit deutlich höher als heute. Die *Tagesschau* war eine seriöse Institution, die nicht angezweifelt wurde. Sie war das Maß der Dinge bei den Nachrichten, und ihr Sprecher *Karl-Heinz Köpcke* galt als Inbegriff der Seriosität schlechthin (wer hat ihn jemals herzhaft lachen sehen?). Auch dass sich fast die gesamte Nation vor der Glotze versammelte, um beispielsweise in *Durbridge-Krimis* auf virtuelle Verbrecherjagd zu gehen, erscheint heute anachronistisch. Und Fußball-Länderspiele wirkten regelmäßig als „Straßenfeger" – soll heißen: Wenn sie über die Mattscheibe flimmerten, war kaum noch jemand auf den Straßen zu sehen.

Das klassische Fernsehen lag fest in den Händen der öffentlich-rechtlichen Rundfunkanstalten, denn private TV-Programme starteten in der Bundesrepublik erstmals 1984. 1985 gilt als das Geburtsjahr von SAT 1. Groß geworden sind viele Analogmenschen hingegen nur mit zwei bis *drei Fernsehprogrammen*: dem Ersten, dem ZDF (ab dem 1. April 1963) und den regionalen dritten Programmen, die zwischen 1964 und 1969 auf den Sender gingen. Erst das digitale Fernsehen machte es möglich, dass inzwischen alle dritten Programme überall zu empfangen sind – zu Analogzeiten sah man das „Dritte" nur im jeweiligen Sendegebiet.

Typisch für die Analogzeit war auch, dass *Rundfunkbeiträge* für jedes genutzte Gerät zu leisten waren, was immer wieder zu Konflikten mit der *Gebühreneinzugszentrale (GEZ)* führte. Erst 2010 wurde das umstrittene System zugunsten einer Haushaltsabgabe verändert. *TV-Fernbedienungen* kamen erst in der Spätzeit der Analogzeit auf – zuvor musste man sich vom Sofa erheben und ein paar Schritte zur Glotze laufen, wenn man das Programm ändern oder die Lautstärke verstellen wollte. Auch in anderer Hinsicht waren die klassischen Fernseher nervig: Waren sie mit einer Zimmerantenne verbunden, konnte es vorkommen, dass das beste Bild dann realisiert wurde, wenn Vati mit der Antenne mitten im Zimmer stand. Muttis Worte sind bis heute unvergessen: „Bleib doch einfach so stehen…" Analogzeit at it's best.

Kahlschlag auf dem Dächerwald – vom Wegfall terrestrischer Antennen

Nicht alles in der Neuzeit ist von Nachteil. Wer Stadtansichten aus der Analogzeit genau unter die Lupe nimmt, bemerkt gleich den großen Unterschied: Es gibt nun keine *Antennenwälder* mehr auf den Dächern der Häuser. Nun kann man trefflich streiten, ob die inzwischen weit verbreiteten Satellitenschüsseln wesentlich schöner sind – sie treten jedenfalls trotz allem etwas dezenter auf. Der große Vorteil der Sat-Technik: Mit ihr können wesentlich mehr Programme empfangen werden als mit dem klassischen terrestrischen Fernsehen. Da brauchte man für die unterschiedlichen Frequenzen und Programme verschiedene Antennen. Entsprechend voll waren die Dächer und Balkone.

Vereinzelt sieht man auf den Häusern noch Relikte aus der

alten TV-Epoche. Sie wirken wie abgestorbene Dürrstän-
der im Wald. Offensichtlich sind die Hausherren zu faul,
die Metallbäume abzubauen. Funktionen haben sie keine mehr, denn das *terrestrische Fernsehen* alter Machart
wurde in Deutschland bereits 2009 abgeschaltet. Trauert
jemand den *analogen Antennen* nach? Wohl kaum. Denn
unvergessen ist noch immer die komplizierte und zeitrau-
bende Einstellerei, wenn Vati auf dem Dach hockte und
Mutti Regie führte: „Dreh ein bisschen mehr nach rechts.
Ja, jetzt ist das Bild gut." Zwei Sekunden später: „Och nö,
doch nicht, jetzt grieselt es schon wieder..."

Diese Dialoge konnten stundenlang andauern. Für jedes
einzustellende Programm.

Heimatkunde mit dem Hofbräuhaus –
die Pausenzeichen der Sender

„Zur Ziehung der Lottozahlen schalten wir nun um zum
Hessischen Rundfunk", erklärte immer samstags die Fern-
sehansagerin. Was heute anachronistisch anmutet, war in
der Analogzeit noch alltäglich im deutschen Fernsehen.
Bestimmte Sendungen kamen von bestimmten ARD-An-
stalten. Und wurde nun umgeschaltet, wurde dies obendrein durch das *Pausenzeichen* optisch und akustisch
deutlich gemacht. So wusste man selbst mit geschlosse-
nen Augen, ob ein Beitrag aus Baden-Baden (SWF), Hamburg (NDR), Köln (WDR), Frankfurt (HR) oder aus Berlin
(SFB) kam. Die kurzen Töne der *Senderkennung* waren
auch immer ein bisschen Heimatkunde.

Kein Wunder, dass das Pausenzeichen den Bayerischen
Rundfunks stark an „In München steht ein Hofbräuhaus"
erinnerte.

Mit der Nationalhymne
ging es nach dem Sendeschluss ins Bett

Und wenn wir schon bei untergegangenen Fernseh-Relikten sind: Glotzen rund um die Uhr gab es in der Analogzeit (noch) nicht. Irgendwann nach Mitternacht endete üblicherweise das Tagesprogramm mit allerletzten Nachrichten – und dann wurden die Analogmenschen im Westen mit der *Nationalhymne zum Sendeschluss* ins Bett geschickt. „Einigkeit und Recht und Freiheit…" Auf der DDR-Seite war der Ablauf ganz ähnlich: Auch hier folgte auf die kurzen Spätnachrichten die Hymne: „Auferstanden aus Ruinen…" Und wer es nicht glaubte, konnte es auch noch auf der Mattscheibe lesen: *Sendeschluss*. Ein paar Minuten lang wurde dann in aller Regel noch das *Testbild* ausgestrahlt, ehe irgendwann nur noch undefinierbares Rauschen zu hören und Schneegriesel auf dem Bildschirm zu sehen war. Mit dem Ende der Analogzeit endete freilich auch die Ära des Sendeschlusses im Fernsehen. Beim Ersten gab es den letzten institutionalisierten Sendeschluss am 1. September 1995. Das ZDF hielt sogar bis zum 5. Oktober 1996 an dem Ritual fest. Seither wird nachts durchgesendet – der Sendeschluss wurde schlichtweg überflüssig. Geschichte ist seit dem Ende der Analogzeit auch das Fernseh-Testbild – eine Grafik, an der man sehen konnte, ob das TV-Signal ordentlich auf dem Gerät ankam. Üblicherweise begann dieses spezielle „Programm" in den späten Vormittagsstunden und ging bis zum offiziellen Sendestart am Nachmittag. Das ZDF unterlegte sein Testbild mit einem hochfrequenten, fiesen *Testton*. Die ARD war da schon etwas kundenfreundlicher und garnierte ihr Testbild mit dem Ton des regionalen Radiosenders. Aus und vorbei: 1995 verzichtete das Erste auf das Testbild, ein Jahr später folgte das Zweite.

Siegeszug der Videorekorder:
Horror, Pornos und Gewalt im Heimkino

Als Sony im Juni 1975 seine ersten *Videorekorder* für den Heimgebrauch vorstellte, konnte noch niemand ahnen, wie sehr diese die Fernsehgewohnheiten der Nation bis zum Ende des Analogzeitalters verändern würden. Zunächst war aber erst einmal ein Streit der Systeme fällig. Was würde sich auf dem Markt durchsetzen? *Betamax* von Sony oder das *VHS-System*, das 1976 von JVC vorgestellt wurde? Das Ergebnis ist bekannt: VHS hängte Betamax deutlich ab. Und mit den bezahlbaren Rekordern war es nun möglich, das Wunschprogramm zur Wunschzeit abzuspielen – ganz ohne das Korsett des Fernsehstundenplans. Anfangs war Videogucken indes noch ein kostspieliges Vergnügen, denn 1978 kostete eine 180-Minuten-Kassette noch etwa 50 D-Mark. Bis Mitte der 90er Jahre, also dem Ende der Analogzeit, sanken die Preise für die nun am meisten verbreiteten *E-240-Kassetten* auf unter 10 DM. Und so verwundert es nicht, dass in vielen Haushalten ganze Regale mit Videokassetten gefüllt wurden. Das jederzeit verfügbare Heimkino sorgte dafür, dass man nicht mehr zwingend um 20.15 Uhr daheim sein musste, wenn ein Lieblingsspielfilm oder der „Tatort" begann: Einfach nur den Rekorder programmieren – und schon hatte man den Wunschfilm auf dem Band und konnte schauen, wenn es besser passte.

Mit dem Videoboom schossen allüberall auch *Videotheken* aus dem Boden. Die erste Videothek der Welt wurde übrigens 1975 auf deutschem Boden in Kassel eröffnet. 1981 gab es im Land bereits mehr als 1000 Nachahmer. Damit einher ging auch die Verbreitung von Gewalt-, Horror- und Pornovideos. Insofern trugen die Videokassetten zweifelsohne auch zu einem Wertewandel in der Gesellschaft bei.

Wie Video-Rekorder und VHS-Kassetten sind inzwischen auch Videotheken recht rar geworden. DVDs haben den Kassetten seit dem Ende der Analogzeit schwer zugesetzt. Doch auch diese Technologie ist inzwischen fast schon wieder verschwunden, denn wer heute etwas aufzeichnen will, nutzt meist einen Festplattenrekorder. Oder noch einfacher: Gewünschte TV-Inhalte, Serien und Filme werden bei Netflix, Amazon und Co. oder in den Mediatheken der Sender gestreamt. Das Digitale hat auch hier analoge Technik abgelöst. Schöner Nebeneffekt: Die einstigen privaten Mediatheken, die Kassettenregale, können inzwischen für Anderes genutzt werden. Ganz analog.

Ein Streifzug durch die analoge Fernsehgeschichte

Erinnern Sie sich? Bis zum Beginn des Computerzeitalters war es durchaus üblich, dass sich Jung und Alt gemeinsam vor dem Fernseher versammelten. In den allermeisten Haushalten stand nur ein einziges Gerät im Wohnzimmer. Aus der Früh- und Aufbauzeit des Fernsehens sind einige markante Sendungen und Serien besonders im Gedächtnis haften geblieben, an die hier erinnert wird.

Auf der Flucht. Darf man Sympathien für einen vermeintlichen Verbrecher haben? Man darf, denn die deutschen Fernsehzuschauer wussten ja, dass Dr. Richard Kimble, der Protagonist der US-Serie „Auf der Flucht", zu Unrecht des Mordes an seiner Frau Helen angeklagt worden war. Die Zuschauer verfolgten mit Spannung seine abenteuerliche Flucht, sein Abtauchen in immer neue Identitäten und die gnadenlose Jagd auf ihn. Von 1965 an waren die Episoden im ersten Programm zu sehen und boten stets Gesprächsstoff am nächsten Tag am Arbeitsplatz oder beim Einkauf.

Beatclub und Musikladen. Es war noch die Zeit von Nierentischchen und Sofalehnenschonern, als Radio Bremen den miefigen Zeitgeist immerhin für eine halbe, später sogar für eine ganze Stunde im Monat aus den klobigen Röhrenfernsehern vertrieb. Indes: Als Ansager Wilhelm Wieben 1965 die erste Sendung des Beatclubs ankündigte, verband er das aber gleich mit einer Entschuldigung: „Sie, meine Damen und Herren, die Sie Beat-Musik nicht mögen, bitten wir um Verständnis." Tatsächlich rockte und poppte es nun zum Schrecken der Alten aus der Kiste. Zur Freude der Heranwachsenden waren nun statt Heintje, Mireille Matthieu oder Peter Alexander im Beatclub Sony & Cher, Chuck Berry, Jimi Hendrix, The Who oder Deep Purple zu sehen und zu hören. Ungewöhnlich war auch die frische Moderation von Uschi Nerke. Von 1965 bis 1972 hatte die junge Generation erstmals das Gefühl, ein bisschen mehr ernst genommen zu werden. Das Sendungskonzept wurde ähnlich von 1972 bis 1984 mit dem „Musikladen" fortgesetzt. Auch hier gaben sich die Stars die Klinke in die Hand: Rod Stewart, ABBA oder Boney M. Und Uschi Nerke war auch hier anfangs als Moderatorin neben Manfred Sexauer dabei.

Bezaubernde Jeannie. Der liebenswürdigste Flaschengeist der TV-Geschichte war wohl die „Bezaubernde Jeannie" (Barbara Eden). Ihr „Meister" war der junge Larry Hagman, der später auch noch als J. R. in Dallas weltweit Furore machen sollte. Jeannie und der Astronaut erlebten harmlose Abenteuer miteinander, die freilich ab 1967 regelmäßig fast jeden zweiten Deutschen vor die Flimmerkiste lockten. 78 Folgen strahlte das ZDF aus.

Bonanza. Es war schon ein äußerst merkwürdiger Haushalt auf der Ponderosa-Ranch bei Carson City in Nevada, der auch das breite deutsche Fernsehpublikum zwischen 1967 und 1973 faszinierte. Wenn es ging, saß die Familie fast jeden Sonntagnachmittag traut vereint vor dem Fernseher, um mitzuerleben, was die Herren Cartwright so alles erlebten. Ja – Herren, denn Frauen spielten in der beliebten Westernserie eine untergeordnete bis gar keine Rolle. Vater Ben Cartwright (Lorne Greene) lebte in der TV-Serie zusammen mit seinen Söhnen Adam (Pernell Roberts), Hoss (Dan Blocker) und Little Joe (Michael Landon). Eine Mrs. Cartwright gab es aber nicht. Zu den vier Familien-Protagonisten gesellte sich noch der chinesische Koch Hop Sing (Victor Sen Yun). Trotzdem sah man die Cowboys nie mit Stäbchen essen. Die Deutschen liebten die Bonanza-Helden – und so traten diese ab und zu auch in deutschen Fernsehshows auf.

Und hier noch etwas Klugscheißer-Wissen für Bonanza-Fans: Wer weiß schon, wie der dicke Hoss mit richtigem Namen in der Serie hieß? Richtig, das weiß eigentlich fast niemand: Eric Cartwright.

Columbo. Kennzeichen: ein zerknautschter Trenchcoat-Mantel und ein uraltes, rostiges Peugeot-403-Cabrio, das der hiesige TÜV sofort aus dem Verkehr ziehen würde. So tauchte Inspektor Columbo vom Los Angeles Police Departement von 1988 bis 2003 auf den deutschen Bildschirmen auf und wurde schnell zu einem Publikumsliebling. Peter Falk verkörperte den unkonventionellen Ermittler. Vermeintlich unausgeschlafen und oft mit zerzauster Frisur und im stets etwas gebeugten Gang löste Columbo auch die schwierigsten Mordfälle mit Hintersinn und dem Blick auf kleinste, scheinbar nebensächliche Details.

Daktari. Man nehme: einen schielenden Löwen (Clarence) und eine freundliche Schimpansin (Judy). Damit hat man schon zwei Zutaten für eine erfolgreiche Serie, mit der das ZDF von 1969 an Afrika-Fans auf die Fernsehcouch bannte. Marshall Thompson verkörperte dabei den Tierarzt Dr. Marsh Tracy auf der Wameru-Tierstation. Dort hatte er in den Episoden immer gegen böse Wilderer zu kämpften. Und in Deutschland kämpften derweil die Kinder und Ehefrauen, die die Serien sehen wollten, gegen den bösen Papa und Gatten. Denn das ZDF hatte den Sendetermin zeitgleich gegen die populäre ARD-Sportschau gesetzt. Da war klar, wer meistens den Kampf um die zumeist einzige Glotze im Haus gewann. Übrigens: Der schielende Löwe Clarence wurde ab und zu von einem Artgenossen gedoubelt. Und gedreht wurde auch nicht in Afrika, sondern in einem Wildgehege in Kalifornien.

Dallas. Als Dallas 1981 erstmals über die Bildschirme flimmerte, lernten die Deutschen, dass im texanischen Ölgewerbe Lug und Intrigen an der Tagesordnung sind und alle Mittel – vor allem die unlauteren – anscheinend recht sind, wenn es um die Mehrung von Macht, Geld und Einfluss geht. Dazu gesellten sich die zwischenmenschlichen Intrigen: Die Serie Dallas verdeutlichte mit ihren Spielhandlungen, dass das Böse immer und überall ist. Larry Hagmann spielte den Ober-Bösen J. R. Ewing, der all seine Ziele mit fiesen Tricks durchzusetzen versuchte. Der kleinere Bruder Bobby wurde von Patrick Duffy verkörpert. Und Linda Gray glänzte als J. R.s leidende Ehefrau. Auch Priscilla Beaulieu-Presley, die Ex-Frau des „King", spielte in der Serie eine Hauptrolle. Bis heute pilgern Dallas-Fans noch zur Southfork Ranch in Parker, Texas, dem fiktiven Wohnsitz der Ewings.

Dalli Dalli. Wenn Hans Rosenthal in die Luft sprang und dazu „Das war spitze", ausrief, wusste man, dass gerade wieder Dalli in der Glotze lief. Das ZDF hatte die Spiel- und Rateshow zwischen 1971 und 1986 153-mal aufgelegt. Die Studio-Kulisse mit den charakteristischen sechseckigen Waben inspirierte später offensichtlich Architekten, Urnenwände mit diesem Muster auf Friedhöfen anzulegen. Der Spielerlös kam in Not geratenen Familien zugute.

Moderator Hans Rosenthal war indessen nicht nur ein oberflächlicher Spiele-Onkel und Grüß-Gott-August: Als die 75. Dalli-Dalli-Sendung 1978 am 9. November ausgerechnet auf den 40. Jahrestag der Reichspogromnacht von 1938 fiel, bat der jüdischstämmige Rosenthal um eine Verschiebung der Sendung. Das ZDF lehnte ab. Hans Rosenthal akzeptierte schweren Herzens, aber er moderierte in schwarzer Trauerkleidung.

Der Goldene Schuss. Die Show ist ins TV-Geschichtsbuch eingegangen: „Der Goldene Schuss" vom 25. August 1967 war die erste Live-Sendung, die in Deutschland in Farbe ausgestrahlt wurde. Und sie war übrigens auch die erste Sendung, die vom Schweizer Entertainer Vico Torriani moderiert wurde, nachdem das ZDF kurz zuvor den langjährigen Präsentator, den Niederländer Lou van Burg, geschasst hatte. In den moralinsauren 60er Jahren hatte es „Onkel Lou" tatsächlich gewagt, sich außerehelich mit einer Assistentin einzulassen. Das war dem Sender Grund genug, um den populären Showmaster rauszuschmeißen. Ob Onkel Lou oder Vico Torriani: Der Goldene Schuss war zwischen 1964 und 1970 eine der beliebtesten Unterhaltungsshows im Land. Die Gewinner konnten auf einen Beutel mit Goldmünzen hoffen, den es mit einer Armbrust abzuschießen galt.

Der Große Preis. Es war das große Familienquiz in den 70er und 80-er Jahren. 219-mal moderierte Wim Thoelke zwischen 1974 und 1992 die Show, die auch mit den Zeichentrickfiguren Wum (ein Hund) und Wendelin (ein Elefant) einen running gag hatte, den Loriot beisteuerte. Wie schon die Vorgängersendung Drei mal Neun stellte sich auch Der Große Preis in den Dienst der Aktion Sorgenkind (heute: Aktion Mensch). Jeweils drei Kandidaten traten mit ihren jeweiligen Fachgebieten gegeneinander an und konnten bis zu 10.000 Mark gewinnen. Mit Wim Thoelke moderierte ein ZDF-Urgestein die Donnerstagabend-Schau einmal monatlich. Thoelke war vor der Quizmasterzeit bereits als Nachrichtensprecher und als populärer Moderator des Aktuellen Sportstudios eine bekannte Größe auf dem Bildschirm. Nach dem Abgang von Wim Thoelke ging auch Der Große Preis bald sang- und klanglos ein.

Der Kommissar. Diese Serie wurde nie bunt: Alle 97 Folgen von Der Kommissar wurden zwischen 1968 und 1975 mit Schwarz-Weiß-Film gedreht. Erik Ode verkörperte den Münchner Kommissar Herbert Keller und Fritz Wepper tauchte erstmals als Assistent Harry Klein auf – so wie später auch bei Horst Tappert als Derrick. Ode ermittelte ein bisschen stoisch und unaufgeregt, aber immer erfolgreich. Die Rollen in den Episoden passten gut in die Zeit: Assistentin Rehbein(chen) war natürlich da, um Kaffee für die Herren zu kochen, und es war auch völlig selbstverständlich, dass Kommissar Keller seinen jungen Assistenten Harry duzte, während der ihn siezte. Das Who is Who der damals bekannten Schauspieler war in den Kommissar-Folgen zu sehen. Etwa Bernhard Wicki, Ruth Leuwerick, Will Quadflieg, Lilli Palmer, Johannes Heesters oder Sascha Hehn.

Derrick. Es ist einer der populären TV-Irrtümer: Angeblich sagt ja Oberinspektor Stephan Derrick (Horst Tappert) zu seinem Assistenten Klein (Fritz Wepper): „Harry, hol schon mal den Wagen." Tatsächlich ist dieser Satz in keiner einzigen der 281 Episoden je so gefallen. Nichtsdestotrotz war Harry Klein eigentlich immer der, der für den Dienst-BMW zuständig war. In der Analogzeit war Derrick eine der populärsten Krimireihen. Der stets adrett im Maßanzug gekleidete Oberinspektor ermittelte relativ unaufgeregt – aber erfolgreich. Und erfolgreich war auch der Export der Serie: Keine wurde öfters verkauft. Derrick wurde in aller Welt in über 100 Ländern ausgestrahlt. Damit wurden Tappert und Wepper zu den bekanntesten Botschaftern

Deutschlands. Von 1974 bis 1998 wurden die Folgen, die in München spielen, produziert. Als das Ende kam, wurde Protagonist Derrick im Spiel nicht in den Ruhestand entlassen, sondern zu Europol versetzt und befördert.

Die Leute von der Shiloh Ranch. Westernserien waren „in" in den Siebzigern. Genau 171-mal strahlte das ZDF zwischen 1970 und 1980 „Die Leute von der Shiloh Ranch" aus, eine Familiensaga, die um 1890 in Wyoming spielte. Hochkarätige US-Schauspieler gaben sich auf der Fernsehranch ein Stelldichein: Robert Redford ebenso wie Ryan O'Neal oder Charles Bronson.

Die Schwarzwaldklinik. Für die einen war die Serie „Die Schwarzwaldkinik" eine unrealistische Kitschschmonzette, die nichts mit dem realen Gesundheitswesen zu tun hatte. Für die anderen war sie leichtes Bilderbuchkino, bei dem man abschalten und ein bisschen träumen konnte. Und für die Touristiker im Schwarzwald, vor allem im Glottertal, war sie ein absoluter Glücksfall, denn auf einmal kamen Touristen in Scharen, um die vermeintliche Wirkungsstätte von Professor Doktor Brinkmann und Co. zu sehen. Wen interessierte da schon, dass die angebliche Klinik eigentlich nur ein Sanatorium der LVA Württemberg war und lediglich für Außenaufnahmen diente? Oder dass die Innenaufnahmen in einem Hamburger Studio 700 Kilometer entfernt gedreht wurden? Niemanden. Zwischen 1985 und 1989 war Deutschland im Schwarzwaldklinik-Fieber und Klaus-Jürgen Wussow als Professor Brinkmann und Sascha Hehn als Dr. Brinkmann Junior waren offensichtlich die richtigen Therapeuten, um die Nation zu kurieren. Die Mischung aus Arztroman, Heimatfilm und Soap Opera machte Die Schwarzwaldklinik zum großen Quotenrenner in den 80er Jahren. Dass im Vor- und im Abspann übrigens gar kein Schwarzwaldhügel zu sehen war, sondern ein Alpenberg bei Oberammergau, tat dem Erfolg keinen Abbruch. Die 70 Episoden der Serie verkauften sich bestens und wurden in 38 Ländern ausgestrahlt.

Die seltsamen Methoden des Franz Josef Wanninger. Eine der beliebtesten Vorabendserien der 60er und 70er Jahre drehte sich um den kauzigen Münchner Kriminalinspektor Wanninger, der mit bajuwarischer Bauernschläue insgesamt 112 Kriminalfälle löste. Beppo Brehm verkörperte einen Polizisten, der auch vermeintlich unlösbare Fälle lösen konnte. Immer mit dabei: Maxl Graf als Assistent Fröschl. Wurden die ersten 27 Folgen noch schwarz-weiß abgedreht, so wurde es ab 1970 bunt in der Münchner Polizeiinspektion. Wegen des großen Erfolges wurden zwischen 1978 und 1982 noch einmal weitere 60 Wanninger-Episoden produziert.

Die Unverbesserlichen. Schauspielerin Inge Meysel hatte in den 60er und 70er Jahren einen Titel weg: Sie galt als „Mutter der Nation". Dies resultierte nicht zuletzt aus ihrer glänzenden Rolle in der ARD-Serie Die Unverbesserlichen. Diese schilderte zwischen 1965 und 1971 die Entwicklung einer kleinbürgerlichen Berliner Familie mit ihren Höhen und Tiefen. Guter Geist der Film-Familie Scholz war Inge Meysel, die eine fürsorgliche und doch resolute Mutter und Ehefrau repräsentierte. An ihrer Seite spielten Joseph Offenbach als Ehemann, Monika Peitsch als Tochter, Gernot Endemann als Sohn und die unvergessene Agnes Windeck als Oma Elisabeth Köpcke. Die Deutschen liebten die Reihe und warteten alljährlich (!) mit Spannung auf die Fortsetzungen. Inge Meysel war indessen im wahren Leben alles andere als ein angepasstes Muttchen: Sie engagierte sich bereits 1925 gegen die Todesstrafe, und auch der Kampf gegen den Abtreibungsparagraphen 218 war ihr in den 70er und 80er Jahren ein sehr persönliches Anliegen.

Die 2: Was passiert, wenn man einen etwas prolligen Geschäftsmann aus der New Yorker Bronx und einen versnobten schottischen Großgrundbesitzer zusammenbringt? Dann hat man die Ausgangssituation für die bis heute kultige Krimiserie „Die 2". Dass sie besonders in Deutschland von 1972 an zum absoluten Renner wurde, lag weniger an den hochkarätigen Schauspielern Roger Moore, der Lord Brett Sinclair verkörperte, sowie Tony Curtis, der den New Yorker Danny Wilde spielte, sondern vor allem an den frechen und flapsigen Sprüchen, die Rainer Brandt den Akteuren in der deutschen Synchronisation in den Mund legte. So unterschieden sich die deutschen Dialoge häufig vom (eher langweiligen) Original. „Na, Meisterchen, schon fit im Schritt?", ließ Brandt Dany Wilde etwa sagen oder: „Danke, Euer Lordschuft." Der geniale Wortwitz kam an – noch viele schwärmen heute von „Die 2".

Disco. Der Name war Programm: Disco. Zwischen 1971 und 1982 näselte sich Ilja Richter durch die Musiksendung, die vor allem bei Teenagern sehr beliebt war. „Licht aus – Spot an" hieß es zunächst samstags, nach 1978 montags. Seichte Sketche, gespielt von Ilja Richter und dessen Schwester Janina, waren Lückenfüller zwischen den Auftritten von damals bekannten Rock- und Pop-Größen.

Einer wird gewinnen. Thomas Gottschalk hatte einen großen Lehrmeister, wenn es um das Überziehen von Sendezeiten ging: Nicht nur der Wetten-dass-Moderator war ein Spezialist für überlange Sendungen. Hans-Joachim Kulenkampff war ihm in dieser Hinsicht sogar noch um Längen voraus. So freuten sich die Heranwachsenden durchaus, wenn sie samstagabends mit ihren Eltern „Einer wird gewinnen" anschauen durften, denn sie konnten sicher sein, dass sie dann erst besonders spät ins Bett kommen würden. 89-mal flimmerte die Quizsendung zwischen 1964 und 1987 über den Bildschirm und in fast allen Sendungen wurde Kulenkampff schließlich von Butler Martin (Martin Jente) mit sarkastischen Bemerkungen verabschiedet. Die Deutschen liebten den eloquenten Showmaster, der in „EWG" immer mehrere Kandidaten aus den europäischen Ländern begrüßte. Auch die populären Künstler der Analogzeit waren gern gesehene Gäste bei Kulenkampff: Udo Jürgens genauso wie Juliette Greco, Opernsänger Hermann Prey ebenso wie der Boxer Karl Mildenberger. 1984 verblüffte Hans-Joachim Kulenkampff nicht nur sein Publikum, sondern die ganze Crew der Sendung: Er hatte es in 22 Jahren seit der Erstausstrahlung von „EWG" tatsächlich zum zweiten Mal geschafft, eine Livesendung sogar neun Minuten vor dem vorgesehenen Zeitpunkt zu Ende zu bringen. Damit hatte niemand gerechnet. Er verabschiedete sich schelmisch: „Jetzt überlegt mal, Kinder, was ihr die neun Minuten machen wollt." Das wusste tatsächlich niemand – so wurde das Licht in der Halle ausgeschaltet, und auch auf dem Bildschirm blieb es neun Minuten lang dunkel.

Ein Herz und eine Seele. Ein chauvinistischer Kleinbürger, der seinen linksliberal orientierten Schwiegersohn als „anarchistischen Drecksack" oder als „Komsomolzen" titulierte, der seine Frau Else regelmäßig als „dusslige Kuh" beschimpfte und wusste, dass Bundeskanzler Willy Brandt natürlich „ein Spion von Honecker" sei. Autor Wolfgang Menge überzeichnete das Bild des Reihenhaus-Kleinbürgers Alfred Tetzlaff so, dass man trotzdem häufig genug den Nachbarn (und manchmal ein bisschen auch sich selbst) mit aller Spießbürgerlichkeit erkennen konnte. Von 1973 an grantelte Heinz Schubert als Ekel Alfred Tetzlaff in unnachahmenswerter Weise auf dem Bildschirm über die „Ostzone", Bonner Politiker und die mangende Moral seiner Tochter Rita. Kongeniale Widerparts in der ersten Staffel von „Ein Herz und eine Seele" waren Elisabeth Wiedemann als naive Gattin Else, Hildegard Krekel als selbstbewusste Tochter Rita und Diether Krebs als aufmüpfiger Schwiegersohn. Die zweite Serienstaffel mit Helga Feddersen und Klaus Dahlen wird von vielen nur als extrem schwacher Abklatsch des Originals betrachtet.

Ein Platz für Tiere. Eine größere Auszeichnung für eine Sendereihe konnte es kaum geben: Loriot (Vicco von Bülow) höchstselbst persiflierte den vormaligen Frankfurter Zoodirektor Bernhard Grzimek mit einer fiktiven Sendung „Ein Herz für Tiere", in der er eine – erfundene – Steinlaus präsentierte. Tatsächlich war es ein Markenzeichen von Bernhard Grzimek, immer wieder Tiere aus seinem Zoo ins Fernsehstudio mitzubringen und sie dem staunenden Publikum zu zeigen. Ein Verdienst des Professors mit der markant-näselnden Stimme war es in jedem Fall, die Deutschen für den Tierschutz zu sensibilisieren. „Ein Herz für Tiere" avancierte zu einer der beliebtesten Fernsehserien zwischen 1956 und 1987. Nach dem Tod von Bernhard Grzimek wurde die Serie eingestellt.

Flipper. „Man ruft nur Flipper, Flipper, gleich wird er kommen, jeder kennt ihn, den klugen Delfin." Und jeder Analogmensch hat noch die Melodie im Ohr, wenn diese Zeilen erscheinen. Obwohl die Kinderserie bereits 1966 durch das ZDF in die Wohnzimmer kam, ist sie bis heute unvergessen: ein menschenfreundlicher Delfin, der an der Küste Floridas Gaunern und Ganoven nachstellt und Menschen aus Seenot rettet. Dazu adrette Darsteller, die das Saubermann-Amerika der 60er Jahre darstellten. Groß und Klein gefiel das – und so hätte mancher gerne Flipper für den heimischen Fischteich adoptiert. Allein für die erste Serienstaffel wurden übrigens fünf Delfine gebraucht. Und für die waren die Dressuren und die Filmarbeiten reiner Stress und keinerlei Vergnügen.

Glücksrad. Als die Analogzeit langsam zu Ende ging, machte eine aus den USA adaptierte Spielshow Furore auf den deutschen Bildschirmen. „Glücksrad" hieß das Glücksspiel, das in der ersten Staffel von 1988 bis 2002 mehrmals pro Woche über den Bildschirm flimmerte. Seither wissen wir, dass Maren Gilzer und Sonya Kraus „Buchstabenfeen" waren, weil sie brav lächelnd die Buchstaben an der Ratewand umdrehten. Moderatoren der ersten Staffeln waren Peter Bond, Frederic Meisner und Thomas Ohrner.

Graf Yoster. Ein gepflegter Aristokrat lässt sich im Rolls Royce von seinem Diener und Chauffeur Johann durch Europa kutschieren und löst dabei auch noch Kriminalfälle im noblen Reichen- und Adels-Milieu. Das war das Rezept der Serie Graf Yoster, mit der die ARD von 1967 bis 1976 einen Quotenhit im Vorabendprogramm landete. Lukas Ammann spielte den distinguierten Grafen Yoster und Wolfgang Völz dessen pfiffigen, immer vorlauten Diener Johann. Dass die Handlungen eigentlich Quatsch waren, merkt man heute an einem kleinen Detail: Graf Yosters Nobelkarosse war – vermeintlich – mit einem Funktelefon ausgestattet. Nur das hätte in den 70ern bei Auslandstouren überhaupt nicht funktioniert...

Hätten Sie's gewusst? Immer wieder wurde gesagt, Heinz Maegerlein sei „der Unvermeidliche" im Deutschen Fernsehen gewesen, denn es hatte den Anschein, dass der Sportreporter omnipräsent sei. Er prägte nicht nur Sportübertragungen mit solch herrlich missverständlichen Sätzen wie „Tausende standen an den Hängen und Pisten". Von 1958 bis 1969 war Heinz Maegerlein immer wieder samstags mit seiner Rateshow Hätten Sie's gewusst auch als Quizmaster zu sehen. Die machte das Wort „Bedenkzeit" erst richtig populär, denn diese konnten die Kandidaten erbitten. Über den Höchstpreis in der Show kann man heute höchstens schmunzeln: Es war eine knutschkugelige BMW-Isetta.

Internationaler Frühschoppen. Der Internationale Frühschoppen mit Werner Höfer gehörte zum Wochenende wie die Sportschau, die Badewanne oder der Sonntagsbraten. 34 Jahre lang, von 1953 bis 1987, moderierte Werner Höfer die Diskussionsrunde mit Journalisten aus mehreren Ländern. Die analysierten sonntags nicht nur die Politik, sondern pafften im Kölner WDR-Studio auch so unerbittlich, dass man fürchten musste, die eigene Glotze würde gleich abbrennen. Der Internationale Frühschoppen wurde 1987 aus dem Programm genommen, als bekannt wurde, dass Werner Höfer 1943 die Hinrichtung eines Pianisten ausdrücklich begrüßt hatte.

Klimbim. „...dann mach ich mir nen Schlitz ins Kleid und find es wunderbar..." Was von Ingrid Steeger mehr lasziv gestöhnt als gesungen wurde, begeisterte von 1973 bis 1979 das Fernsehpublikum. Klimbim war herrlich freches Anarchofernsehen mit nackten Busen, absurden Sketchen und frechen Sprüchen. Im Mittelpunkt stand die Klimbim-Familie, allesamt durchgeknallte Charaktere, mal arbeitsscheu, mal vertrottelt, mal überdreht und schrill. Zur besten Sendezeit nach der Tagesschau lief Klimbim immer dienstags. Nach den steifen und verklemmten 60er Jahren hatte die ARD bewiesen, dass sie nun auch Comedy beherrschte. Das Publikum freute es.

Kottan ermittelt. Ein depperter Polizeipräsident, der entweder gegen Stubenfliegen oder einen Kaffeeautomaten kämpfte (wobei letzterer immer gewann), jede Menge Wiener Schmäh und schräge Typen sowie noch schrägere Ermittlungsmethoden: Das waren die Zutaten für die Ösi-Krimiserie „Kottan ermittelt". Lukas Resetarits spielte zwischen 1977 und 1983 den meistens schlecht gelaunten Wiener Polizeimajor Adolf Kottan, Kurt Weinzirl glänzte als Polizeipräsident. Zu Kottan gesellte sich der nicht minder schräge, immer etwas devote Assistent Schrammel (Curth Anatol Tichy). Während in der Bundesrepublik noch Kanzler Helmut Schmidt regierte, zeigten die österreichischen

Fernsehmacher, dass man Publikum mit satirischen Sprüchen begeistern kann. Für viele sind die Kottan-Episoden mit Resetarits noch heute Kult.

Lassie. Sieht man heute einen Langhaarcollie, heißt es bei vielen: „Oh, ein Lassie". Es sind Nachwirkungen der seit den 50er Jahren hoch populären Fernsehserie Lassie. Besonders die Film-Herrchen Timmy (Jon Provost) und Jeff (Tommy Rettig) sind etlichen Zuschauern von einst noch gut im Gedächtnis. Für die Serie wurden zahlreiche Hunde trainiert und eingesetzt, auch wenn es den Anschein hatte, dass es nur eine/n Lassie gibt. Noch etwas für Besserwisser: Der Name Lassie kommt aus dem Schottischen und bedeutet dort einfach nur „Mädchen".

Mit Schirm, Charme und Melone. So stellten sich die Deutschen in den 60er und 70er Jahren wohl einen typischen britischen Geheimdienstagenten vor: Patrick Macnee verkörperte ab 1969 auf dem Bildschirm den stets gut gekleideten Agenten John Steed, der sich mit Schirm und Melone-Hut gegen das typische englische Lausewetter feite. Den Charme brachte Diana Rigg als gertenschlanke und attraktive Assistentin Emma Peel ins Spiel. Die war ihrer Zeit auch modisch deutlich voraus: Mit ihren hautengen Ledersuits sprengte sie die damaligen Konventionen – es war immerhin die Zeit, als Mädchen zu karierten Wollröcken noch Kniestrümpfe trugen.

Ohnsorg-Theater. Man kann es sich kaum noch vorstellen, aber von den 50er bis in die 70er Jahre saß die ganze Familie regelmäßig vor dem Fernseher, wenn Übertragungen aus dem Hamburger Ohnsorg-Theater angesagt waren. Und in den Tagen danach sprach die halbe Nation im nachgemachten Hamburger Platt mit spitzem Stein (ohne sch ausgesprochen) von der Handlung der leichten (und seichten) Boulevardkomödie. Das

Ensemble mit Heidi Kabel, Henry Vahl, Werner Riepel und Heidi Mahler gehörte zu den absoluten Fernsehlieblingen in der Analogepoche.

Pan Tau. Nur Kinder konnten ihn sehen, für Erwachsene blieb er unsichtbar. Er konnte auch auf der Tragfläche eines fliegenden Flugzeugs stehen. Zudem konnte Pan Tau, der freundliche Märchenonkel aus Prag, zaubern. In den 70er Jahren war die tschechische Kinderserie eine der Favoritinnen im Fernsehen. Ungewöhnlich: Pan-Tau-Filme wurden sowohl im DDR- wie auch im BRD-TV gezeigt. Hauptdarsteller Otto Simanek in seinem charakteristischen Stresemann-Anzug war gleichermaßen ein Liebling der Kinder hüben wie drüben.

Rauchende Colts. Hat eigentlich irgendjemand mal gezählt, wie viele böse Buben (und auch ein paar gute) in der Serie Rauchende Colts erschossen wurden? Die Waffen saßen jedenfalls locker in den Episoden, in denen James Arness von 1977 an 70 mal Matt Dillon, den Marshal von Dodge City, darstellte. Nicht nur Arness war ein großer Star in den Rauchenden Colts. Beliebt war auch Countrysänger Ken Curtis als schräger und verschmitzter Hilfssheriff Festus. Für den jungen Burt Reynolds war die Serie ein wichtiges Karrieresprungbrett: er spielte den Hufschmied Quint Asper.

Raumpatrouille Orion. Die Episoden starteten stets mit der berühmten Stimme aus dem Off. Immer wieder samstags hörten Analogmenschen sie von 1966 an alle zwei Wochen samstags nach der Tagesschau: „Was heute noch wie ein Märchen klingt, kann morgen Wirklichkeit sein. Hier ist ein Märchen von übermorgen: Es gibt keine Nationalstaaten mehr. Es gibt nur noch die Menschheit und ihre Kolonien im Weltraum. Man siedelt auf fernen Sternen." Danach startete ein neues Abenteuer von Commander Allister McLane (Dietmar Schönherr) und Sicherheitsoffizier

Tamara Jagellovsk (Eva Pflug) am Rand des Universums. Auch wenn die Tricks, mit denen das fiktive Leben auf dem Raumschiff Orion dargestellt wurde, uns heute naiv und unbeholfen vorkommen, war „Raumpatrouille – Die phantastischen Abenteuer des Raumschiffs Orion" (so lautete der korrekte lange Name der Serie) ein absoluter „Straßenfeger" – mehr als jeder zweite Deutsche hockte seinerzeit vor dem Glotzkasten, wenn es wieder schwarz-weiß in den Weltraum ging. Längst ist die bekannteste und älteste deutsche SciFi-Serie Kult. Man kann fast sicher sein, dass sie mindestens einmal jährlich auf irgendeinem TV-Kanal wiederholt wird.

Salto Mortale. In der Zirkus-Soap Salto Mortale versammelte sich zwischen 1969 und 1972 alles, was in der Filmszene Rang und Namen hatte. Mit Gustav Knuth, Hans Söhnker, Horst Janson, Hans-Jürgen-Bäumler, Joseph Offenbach, Ursula von Manescul, Margot Hielscher und Bum Krüger waren seinerzeit äußerst populäre Akteure zu sehen. In allen möglichen Metropolen Europas konnte man in das Leben der Schweizer Artistenfamilie Doria eintauchen. Gedoubelt wurde die Film-Trapez-Truppe natürlich von echten Artisten. Die Regie hatte dabei nicht immer gut aufgepasst, denn manchmal unterschieden sich die Haarfarben von Original und Fälschung doch eklatant...

Simon Templar. Bevor Roger Moore als James Bond vollends Weltruhm erlangte, war er schon ein gefragter Held in einer TV-Serie, die auch die deutschen Zuschauer in den Bann zog. Als Simon Templar interpretierte er einen britischen Lebemann und allseits begehrten Junggesellen, der überall auf der Welt knifflige Kriminalfälle löste. Dieses moderne Märchen kam gut an – viele junge Damen träumten von Simon Templar alias Roger Moore, die Herren eher von dessen weißem Volvo-Sportwagen mit dem einprägsamen Kennzeichen ST 1.

Spiel ohne Grenzen. Nie gab es schönere und größere Schmierseifen-Orgien als in den 60er und 70er Jahren beim „Spiel ohne Grenzen". Immer wieder mittwochs wurde es in den Sommermonaten leer auf den Straßen, wenn Städte aus ganz Westeuropa in fröhlichen, sportlichen und vor allem nassen und schmier(seifig)en Spielen gegeneinander antraten. Von 1965 bis 1973 moderierte der Luxemburger Camillo Felgen die populäre Show; an seiner Seite assistierte der junge Frank Elstner. Im „Spiel ohne Grenzen" konnte man wunderbar auch Sprachen lernen, denn es wurde live in mehrere Länder übertragen.

Stahlnetz. Die Intromusik ist unvergessen. Auch der markante Schriftzug mit den angerissenen Buchstaben hat bis heute hohen Wiedererkennungswert. Stahlnetz war quasi der Vorläufer des Tatorts im Fernsehen. 22 Folgen wurden zwischen 1958 und 1968 produziert. Die Drehbücher von Wolfgang Menge und die Regie von Jürgen Roland kamen an: Wenn Stahlnetz lief, war es auf den Straßen regelmäßig leer. Immer wurde betont, dass die Filme auf wahren Begebenheiten basierten. Als Ermittler konnte man in den Stahlnetz-Filmen unter anderem Hellmut Lange, Rudolf Platte, Wolfgang Völz, Eddie Arent oder Heinz Engelmann bewundern. Film-Bösewichte spielten Mady Rahl, Grit Boettcher, Henning Schlüter oder Dirk Dautzenberg. Ein Remake der Serie zwischen 1999 und 2003 reichte nicht mehr an die Popularität des alten Originals heran.

Tatort Duisburg – Schimanski. Mit dem bärbeißigen Tatort-Ermittler Horst Schimanski tauchte 1981 eine Figur auf dem Bildschirm auf, die so ganz anders war als die väterlich-ruhigen Kommissare Derrick oder Erik Odes Kommissar Keller mit ihren weißen Hemden und Krawatten. Götz George rüpelte, raste, soff, prügelte, ballerte, schrie und rammelte auch in den Folgen. Und die Kollegen von der Streifenpolizei nannte er gern „Trachtengruppe". Als Ruhrpott-Rambo machte Schimanski schnell Furore beim

Publikum und in den Medien und war bald der beliebteste aller Tatort-Kommissare. Den Kontrast zum meist schmuddelig gekleideten Duisburger Kripomann bildete Eberhard Feik als stets adretter Kollege Christian Thanner. Das Ermittler-Trio wurde durch den Niederländer Hänschen (Chiem van Houweninge) komplettiert. 29 Fälle löste Götz George im Rahmen der ARD-Tatortreihe, später gab es noch 17 eigenständige Schimanski-Krimis sowie zwei Kinofilme. Einen derart polarisierenden TV-Ermittler hat es nach dem Ende der Schimanski-Folgen nie wieder gegeben.

Tutti Frutti. Geil. Für die einen war es einfach nur Schweinekram, für die anderen war es mal was Erfrischendes im Fernsehen. Als Hugo Egon Balder 1990 die Erotik-Spielshow Tutti Frutti präsentierte, war die Nation gespalten: Die einen sahen sich darin bestätigt, dass Privatsender nur Niveauloses zeigen würden, die anderen freuten sich, dass nun sonntagabends regelmäßig nackte, knackige Busen in die Flimmerkisten einzogen. Nach italienischem Vorbild konnten die Kandidaten in den – zugegeben seichten – Spielchen Punkte kassieren, die dann wiederum eingesetzt werden konnten, damit Stripperinnen ein Kleidungsstück nach dem anderen ablegten. Einen Minislip oder Tanga behielten die Mädels aber immer an. Damit war RTL plus doch noch etwas prüder als das italienische Original, wo des Öfteren auch die allerletzte Hülle einer Stripperin fiel.

Verstehen Sie Spaß? Von diesen Quoten können die Nachfolger bis heute nur träumen: Mehr als 20 Millionen Zuschauer saßen in der 80er Jahren vor der Kiste, wenn Kurt Felix und seine Frau Paola Prominente mit der Kamera foppten und in mehr oder minder peinliche Situationen hineinmanövrierten. Was als 30-Minuten-Sendung anfing, entwickelte sich zur großen Samstagabend-Schau, in der Schadenfreude Trumpf war. Nach den Hoch-Zeiten des Ehepaars Felix versuchten sich noch Karl Dall, Harald Schmidt, Dieter Hallervorden, Cherno Jobatey, Frank Elstner, Guido Cantz und Barbara Schöneberger an dem Sendungskonzept. Die größten Quoten gab es freilich in der Analogzeit.

Was bin ich? „Welches Schweinderl hätten's denn gern?" Das war stets die Eingangsfrage von Moderator Robert Lembke an seinen Gast. Das Sendungskonzept war einfach: Mit maximal zehn Fragen sollten Hans Sachs (Oberstaatsanwalt aus Nürnberg), Annette von Aretin (TV-Ansagerin), Guido Baumann (Unterhaltungschef des Schweizer Fernsehens) und Schauspielerin Marianne Koch herausfinden, welchen Beruf der Lembke-Gast ausübte. Für jedes Nein kassierte der Gast fünf Mark in sein „Schweinderl". Immerhin 337 Sendungen von Was bin ich? moderierte Robert Lembke zwischen 1955 und 1989 mit bajuwarischem Charme. Am Ende jeder Folge galt es schließlich auch immer mit verbundenen Augen, einen Prominenten zu erraten. Unvergessen ist die Sendung, in der bei den Berufen eine Hausfrau zu erraten war. Als Guido Baumann („der Ratefuchs") an sie die Frage richtete: „Könnte Ihr Beruf auch von einem Mann ausgeübt werden?, antwortete Robert Lembke für sie absolut zeittypisch: „Sagen wir: nein."

ZDF-Hitparade. Von Januar 1970 an war samstags immer um 18.50 Uhr Hitparaden-Zeit. Und wenn einer das Prädikat „Schnellsprecher" verdiente, dann war es Dieter Thomas Heck: In abenteuerlichem Tempo las er im Abspann die beteiligten Crew-Mitglieder vor. Das war nicht das einzige Merkmal der in den 70ern und 80ern höchst populären Sendung. Erst in die Badewanne und dann die Hitparade – das war das Samstag-Standardprogramm in vielen Familien in dieser Zeit. In der Hitparade versammelte sich alles, was in der Schlagerszene Rang und Namen hatte. Von Roy Black über Katja Ebstein bis Costa Cordalis und

Bernd Clüver. Tragisch: 25 der ersten Hitparaden-Folgen können nie wieder gezeigt werden, weil sie auf fehlerhaftem Bandmaterial aufgezeichnet wurden und inzwischen als verschollen gelten. Und noch was am Rande: Moderator Dieter Thomas Heck hieß gar nicht Thomas und auch nicht Heck, sondern eigentlich Carl-Dieter Heckscher. Den „Thomas" hatten ihm in einer Umfrage die Leser der Bravo verpasst.

ZDF-Magazin und Der Schwarze Kanal. Wenn eine Sendung die westdeutsche Nation polarisierte und entzweite, dann war es zwischen 1969 und 1988 das ZDF-Magazin. Mit Gerhard Löwenthal moderierte ein stramm-rechter Eiferer, der die Ostpolitik von Kanzler Willy Brandt energisch bekämpfte. Erklärte Feinde waren für ihn das DDR-Regime, aber auch linksorientierte Studenten in Westdeutschland, die er pauschal als „marxistische Wirrköpfe" bezeichnete. Auch vor Falschbehauptungen schreckte er nicht zurück — etwa als er Stern-Herausgeber Henri Nannen in die Nähe von Kriegsverbrechen rückte. Als Löwenthal 1987 gegen seinen Willen vom ZDF in den Ruhestand versetzt wurde, war der eine Teil der Nation traurig, dass er gehen musste; der andere atmete erleichtert auf, weil er nun endlich vom Bildschirm verschwunden war. Gegenstück zum ZDF-Magazin war in der DDR von 1960 bis 1989 Der schwarze Kanal — es war eine Agitationssendung, die alles in der sozialistischen DDR über den grünen Klee lobte und die kapitalistische BRD als Schurkenstaat brandmarkte. Nie wäre es Moderator Eduard von Schnitzler eingefallen, das eigene Regime zu kritisieren oder etwas im Westen gutzuheißen. Mit dem Ende der DDR starb auch die aggressive Polemik des Schwarzen Kanals. In der DDR ging übrigens das Bonmot um, dass der Moderator eigentlich „Eduard von Schni" hieß. Dies sollte darauf hinweisen, dass die Ostdeutschen schon ab- oder umgeschaltet hatten, noch bevor der ganze Name von „Sudel-Ede" ausgesprochen war.

Mobilität anno dunnemals

Unterwegs in der 70er Jahren:
Von Pornohebeln und Saunakäfern

Mobilität in den 60er und 70er Jahren war für die damals Heranwachsenden noch so ganz anders als heute. Mal eben mit dem Billigflieger für 19 Euro nach Süditalien zum Baden oder zum Saufen nach Riga jetten? Denkste! Es gab andere Abenteuer...

Fahrräder der Jugendlichen:
Dreigangschaltung und Sturmglocken

Wir hatten – aufgepasst, Opa erzählt vom Krieg... – in den 60ern und 70ern als Höchstes der Gefühle ein Fahrrad mit Dreigang-Nabenschaltung. Nur ganz besonders Privilegierte konnten sogar schon mit einem Rennrad mit *10-Gang-Kettenschaltung* angeben. Zu den allgemein verbreiteten Fähigkeiten in der Analogzeit gehörte freilich, dass man den defekten Schlauch noch selbst flickte und dafür nicht die Fachwerkstatt konsultierte. In Sachen Lärm waren die Fahrräder aus der alten Analogzeit indessen allen heutigen Modellen überlegen, wenn sie mit einer *Radlaufglocke* ausgestattet waren. Die auch Sturmglocke genannten Dinger sahen aus wie ein Dynamo, lagen auch am Reifen an und erzeugten einen Höllenlärm wie 13 gleichzeitig bimmelnde Straßenbahnen. Offiziell wurden die Radlaufglocken zwar schon 1960 verboten – man hörte sie aber auch viele Jahre später immer noch. Und ein damaliger Teenager strahlt noch heute über ihre Auswirkungen: „Die alten Omas sind gehüpft wie die jungen Rehe..."

Kreidler, Zündapp,Honda und Co.:
Als das Mofa mit 80 „Sachen" rannte

„Halbstarke" – den Begriff hörte man damals allenthalben noch über die 16- bis 20-Jährigen – protzten indessen gern mit ihren Mofas oder Mopeds. Eine 50er *Kreidler*, eine *Zündapp* oder eine Knatter-*Honda* verursachen bei manchen heute noch Schnappatmung vor Verzückung. Mit den lauten, flotten Zweitaktern konnte man angeben und vor den Mädchen posen wie heute mancher altgewordene Porsche- oder Mercedesfahrer. Und noch heute werden Tipps gehandelt, wie man das *Mofa* am besten *tunen* konnte: ein paar Ritzel vorn und hinten austauschen, und schon rannte das Maschinchen mit 80 statt der erlaubten 25 Stundenkilometer. Und dann noch ein bisschen am Auspuff schrauben – und die Kiste lärmte wie ein Starfighter beim Start: Blöd nur, dass auch die Polizisten die Schneller- und Lautermachtricks kannten und so manches rasante Bürschchen bei Kontrollen aus dem Verkehr zogen.

Bonanzaräder –
die mit dem Bananensattel

Komische Fahrräder tauchten Ende der 60er Jahre im Westen auf. Die Dinger hatten lange, bananenförmige Sättel, Pseudo-Schraubenfedern an der Vorderradgabel und einen gigantischen Schalthebel an der doppelten Querstange, der bezeichnenderweise als „Pornohebel" bezeichnet wurde. *Bonanzaräder* nannten sich die Zweiräder – und bezeichnenderweise hieß auch die Eigenmarke des Neckermann-Versands für diese Räder Bonanza. Mädels sah man eher selten auf solchen Choppern, die – natürlich – ihren Ursprung in den USA hatten. Trotz des spektakulären Aussehens waren die Hingucker nicht wirk-

lich praktisch: Sie waren schwer, hatten keinen Gepäckträ-
ger, waren klobig und wenig geländetauglich, obwohl die
Werbung etwas Anderes suggerierte. Mit dem Aufkommen der BMX-Räder war die kurze Epoche der Bonanzaräder schnell wieder zu Ende. Ruhet sanft.

Trampen Mit dem
Daumen im Wind zum Ziel

Auch das *Trampen* ist inzwischen ziemlich out. Doch in der
60er und 70er Jahren des 20. Jahrhunderts sah man sie an
fast jeder Autobahnauffahrt: Anhalter, die den Daumen
in den Wind hielten oder auf Pappkartons samt Zielan-
gaben signalisierten, dass sie von Autofahrern mitgenommen werden wollten. Der Autor dieser Zeilen hat damals
die wohl einmalige Statistik geführt, in welchen Automo-
dellen er als Tramper mitfahren durfte. Das kaum über-
raschende Ergebnis für die 70er Jahre: Rund 65 Prozent
aller Tramperfahrten, im Insiderdeutsch: „Lifts", erfolgten
im seinerzeit noch allgegenwärtigen VW-Käfer. Unvergessen ist der Tramp-Trip in einem VW-Käfer von Bayern
über die DDR-Transitautobahn A 9 nach West-Berlin. Die
Heizung des Käfers ließ sich bei 30 Grad Außentempera-
tur nicht ausschalten, so dass Fahrer und Beifahrer-Tramp
trotz geöffneter Seitenfenster buchstäblich gegrillt in der
Frontstadt des Kalten Krieges ankamen.

Und heute bezahlen wir teuer für Sauna-Wellnesstem-
pel...

Kam einem ein Käfer entgegen, hatte man also durchaus
gute Karten. BMW- und Mercedesfahrer neigten hingegen eher nicht dazu, Tramper mitzunehmen. Ob es am
Standesdünkel lag? Zur Ehrenrettung der automobilen

Oberklasse sei aber vermerkt, dass in der Sterz-Trampsta-tistik sogar ein langer schwarzer Mercedes 600 vermerkt ist, dessen Chauffeur den Jugendlichen mehr als 100 Kilometer zu einem Bockbierfest kutschierte. Dass das Reisen per Anhalter weitgehend verschwunden ist, liegt freilich auch am Sicherheitsrisiko. Vor allem auf junge Frauen gab es immer wieder Übergriffe, so dass – zu Recht - vor dieser Reiseform gewarnt wurde. Safety first.

Interrail –
das Leben in vollen Zügen genießen

Und wie herrlich war es, das Leben in vollen Zügen zu genießen. Wortwörtlich. *Interrail* war seit Mitte der 70er Jahre das Zauberwort, das Jugendliche aus ganz Europa im großen Maßstab auf die Gleise und zusammen brachte. Mit dem Interrail-Ticket (anfangs war es noch ein Heftchen), konnte man nämlich im Ausland umsonst Bahn fahren; im Heimatland gab es immerhin 50 Prozent Nachlass auf den Fahrkartenpreis. So waren die Züge zwischen dem Polarkreis im Norden und Griechenland oder Sizilien im Süden stets rappelvoll mit langhaarigen Interrailern. Überall sah man ihre riesigen Rucksäcke mit den außenliegenden Alu-Gestellen. Viele nutzten Interrail, um fremde Städte und Länder kennenzulernen; andere genossen es einfach nur, in den Waggons auf Achse zu sein: Von Narvik bis nach Neapel in drei Tagen – das Ticket machte es möglich. Die Verständigung unterwegs klappte bestens mit Händen und Füßen. Auf den Google-Translator konnte man noch nicht zurückgreifen, höchstens auf das Langenscheidt-Wörterbuch. Eine schönere Form der Horizonterweiterung als Interrail konnte es nicht geben.

In der Eisenbahn: Nach unten offene Plumpsklos und Beförderungsfälle

Bei allem Gezeter über die Deutsche Bahn: Zumeist sind die Züge heute wesentlich schneller unterwegs als vor 1990. Hingegen waren die Deutsche Bundesbahn (West) und die Deutsche Reichsbahn (Ost) Staatsbahnen mit Strukturen, die über 150 Jahre aufgebaut worden waren. Typisch für die *Beamteneisenbahn* in Ost und West: Reisende hießen nicht neudeutsch „Kunden", sondern sie waren „*Beförderungsfälle*". Und oft genug kam man sich als Fahrgast auch genauso vor; wurde man von den rechthaberischen Beamten doch oft genug herablassend behandelt. Auf den Gleisen herrschte noch Ordnung: Graffiti-verschmierte Waggons waren die absolute Ausnahme und nicht – wie heute – die Regel. Ganz ohne Zweifel verkehrten die Züge pünktlicher in der Analogzeit – trotz antiquierter Bahntechnik und Abläufen ganz ohne Computer.

Freilich: Manche Annehmlichkeit, an die man sich inzwischen gewöhnt hat, gab es in der analogen Eisenbahn nicht. Stationsanzeigen und –ansagen im Zug konnte man nicht erwarten: Es gab sie schlicht nicht. *Fahrkarten* hießen einfach noch Fahrkarten und nicht etwa Tickets und die waren klein, braun und aus Pappe. Die gab es selbstverständlich noch am von morgens bis abends besetzten Fahrkartenschalter am Bahnhof und nicht etwa an einem Servicepoint oder in einer Bahnagentur. Am Fahrkartenschalter holte man natürlich auch Fahrplanauskünfte ein, wenn man verreisen wollte und nicht selbst zuhause ein dickes *Kursbuch* im Schrank stehen hatte. Kursbuch? Das war quasi die analoge Bahn-App im Vor-Computer-Zeitalter. Ungefähr 1500 Seiten dick und trotz dünnem Papier anderthalb Kilogramm schwer und gespickt mit hunderten Fahrplan-Tabellen mit allen Abfahrts- und Ankunftszeiten aller deutschen Bahnhöfe. Sogar Abfahrtszeiten von Bergbahnen und Schifffahrtslinien enthielten die Wälzer der Bundesbahn und der Reichsbahn der DDR. Es waren wahre Paradiese für Zahlenfetischisten. Zum allerletzten Mal erschien das gedruckte Kursbuch 2008 – längst hatten CDs und die Fahrplan-Apps im Internet dem Monsterbuch den Rang abgelaufen.

Dennoch: Die zwangsweise Beschäftigung mit Kursen, Tabellen, Abfahrtszeiten und Landkarten vor einer Bahnreise stärkte zweifelsohne die Geografiekenntnisse in der Analogzeit. Sich einfach blind auf ein Navi oder eine Navi-App verlassen – nein, das ging nicht.

Auch das Erscheinungsbild der Züge hat sich innerhalb von ein, zwei Generationen grundlegend gewandelt. Bestand ein Zug bis zum Ende der Staatsbahnzeit fast ausnahmslos aus einer Lokomotive mit ein paar angehängten Personenwagen (meistens dunkelgrün oder pseudosilbern), so verkehren heute auf fast allen Haupt- und Nebenbahnen windschnittige, zigarrenförmige Triebwagenzüge in allen möglichen Farbvariationen. Auch die alten roten *Schienenbusse* (die in der DDR liebevoll auch „Ferkeltaxen" genannt wurden) sind durch die modernen Schienenzigarren verdrängt worden. Die kleinen roten Flitzer gibt es nur noch im Museumsbetrieb.

Andere Bahn-Klassiker gibt es ebenfalls nicht mehr, auch wenn sie in der Alltagssprache überlebt haben: Der *Schaffner*, der die Fahrkarten bei der Kontrolle mit einer speziellen Zange entwertete, indem er ein Loch in die braune Pappe drückte, ist zum Zugbetreuer mutiert. Gar nicht schade ist, dass es anderes aus der alten Bahnzeit nicht mehr gibt: etwa die *nach unten offenen Toiletten*, bei denen die braunen Hinterlassenschaften einfach zwischen die Gleise plumpsten. Wenigstens in Bahnhöfen war deshalb die Benutzung der Zugtoiletten verboten.

Der *Personenzug* ist auch ein Uraltrelikt und heißt nun Regionalbahn; der *Eilzug* wurde zum Regionalexpress aufgewertet. Und der *D-Zug* (= Durchgangszug) und ab den 80ern der *Interregio*, früher ein Synonym für komfortables und schnelles Reisen mit der Bahn, segneten ebenfalls das Zeitliche. Ihre legitimen Nachfolger nennen sich nun IC oder ICE. Immerhin in einem noch manchmal gehörten Seufzer ist die alte Bahnzeit heute noch präsent: „Eine alte Frau ist doch kein D-Zug…"

Und welcher Junge will heute noch *Lokführer* werden? In den 60er und 70er Jahren war das durchaus noch ein gefragter Traumberuf. Der Wertewandel im Hinblick auf die Eisenbahn machte sich zum Ende der Analogzeit und vor allem danach auch in den Kinderzimmern bemerkbar. War früher bei fast jedem Jungen (West) eine *Märklin*- oder *Fleischmann*-Lok an Weihnachten auf dem Weihnachtswunschzettel, so sind *Modellbahnen* heute nur noch etwas für erwachsene Liebhaber, die sich das recht teuer gewordene Hobby leisten können. Gerade an dieser Spielzeugart kann man den Wandel von der analogen zur digitalen Welt besonders gut nachvollziehen: Drehte man früher am Trafo, um die Lok analog langsamer oder schneller oder vorwärts und rückwärts fahren zu lassen, so wird die moderne Modellbahn inzwischen digital per PC gesteuert.

Gemütlicher und pünktlicher war sie, die gute, alte Bahnzeit. Dafür erfahren wir heute durch Digitalansagen auf jeder noch so unbedeutenden Nebenbahn von einer Computerstimme, welche Verspätung der Zug gerade hat und welche Anschlüsse man am Zielbahnhof wohl nicht mehr erreicht. Wenigstens eins hat die fortschreitende Digitalisierung indessen positiv bewirkt: Die Reisenden müssen nun nicht mehr an jeder Station die legendären Ansagen der analogen DB-Englisch-Legastheniker anhören: *„Sänk ju for Trävelling wiss Deutsche Bahn."*

Als Briefe und Pakete noch mit der Eisenbahn verreisten

Und wenn wir schon bei der Bahn sind: Wer erinnert sich daran, dass mit der *Bahnpost* bis 1997 auch in Deutschland Briefe und Pakete mit der Eisenbahn verreisten? Die Post hatte in den D-Zügen zwischen den Metropolen spezielle Bahnpostwagen eingestellt. In denen wurde Nacht für Nacht die Post sortiert, damit sie am Bestimmungsbahnhof schnellstmöglich zugestellt werden konnte. Sogar spezielle *Post-Intercitys* gab es, die statt mit Passagieren mit Postsendungen und Tempo 200 durch die Republik rasten. Aus und vorbei: Der Bau von neuen und vollcomputerisierten Briefverteilungszentren auf der grünen Wiese brachte das schnelle Ende des Bahnpostverkehrs, den es immerhin seit 1840 in Deutschland gegeben hatte. Seit den 90ern werden Päckchen, Einschreiben und Briefe nur noch in Lkw auf der Straße transportiert.

Bezeichnend für den ökonomischen Ansatz der Post, für den die Ökologie auf der (Bahn-) Strecke blieb: Die allermeisten modernen Briefverteilzentren wurden ohne Gleisanschluss geplant.

Der Wuermeling für Kinderreiche: Bahn fahren mit dem Karnickelpass

Man sagt den Kaninchen ja nach, dass sie besonders fortpflanzungsfreudig seien (kein Wunder, wenn die männlichen Tiere Rammler heißen...). So war es kaum ein Wunder, dass Berechtigungsausweise für kinderreiche Familien für besonders günstige Bahnkarten schon bald nach ihrer Einführung im Dezember 1955 ihren Beinamen weghatten: *„Karnickelpass"* nannte sie der Volksmund oder einfach nur *„Würmeling"*. Denn eingeführt wurde der Karnickelpass auf Initiative des damaligen Bundesfamilienministers Franz-Josef Wuermeling. Den Wuermeling gab es während der gesamten Analogzeit bis 1999 und er hat seinem Erfinder weit über dessen Tod hinaus ein Denkmal gesetzt.

Autos in der Analogzeit: Unterwegs in dünnen Blechkisten

Es ist spannend, sich einmal ein typisches Auto aus der Analogzeit anzuschauen und es mit den heutigen Modellen zu vergleichen.

Wer noch ein Auto aus den 60er Jahren und den frühen 70ern vor sich hat, sucht dort *Sicherheitsgurte* vergebens. Denn die *Anschnallpflicht* gibt es in Deutschland erst seit 1974. Doch erst seit 1984 werden Verstöße dagegen auch mit Bußgeldern geahndet. Der Druck auf den Geldbeutel wirkte: Mittlerweile sind mehr als 90 Prozent der Autofahrer angeschnallt unterwegs. Kein Wunder, dass der Sicherheitsgurt zu den besten Erfindungen aller Zeiten gerechnet wird, weil er doch im Lauf der Jahre unzählige Menschenleben gerettet hat. Auch wenn die wenigen Ignoranten das noch immer leugnen.

Seit 1999 sind auch *Kopfstützen* Pflicht in allen Autos in Deutschland (in den USA übrigens bereits seit 1969). Gut so – denn schwere Kopfverletzungen sind seither bei Unfällen deutlich weniger geworden. Sicherheit für Kinder im Auto ist erst seit 1963 ein Thema. Da stellte *Storchenmühle* als erster Hersteller weltweit einen speziellen *Kindersitz* vor. In Deutschland sollte es freilich noch 30 Jahre dauern, bis Kindersitze zur Pflicht wurden, wenn man die Kleinen im Pkw mitnehmen möchte. Die *Isofix-Sitze* wurden sogar erst nach dem Ende der Analogzeit 2001 eingeführt.

Eine *Airbagpflicht* gibt es hingegen bis heute nicht, auch

wenn die Luftsäcke, die sich bei einem Zusammenprall auslösen, bei den allermeisten Modellen bereits zur Grundausstattung gehören. Erfunden wurden die lebensrettenden Airbags bereits 1951 vom Münchner Walter Linderer. Richtig serienreif war die Technik ab den 70er Jahren. Die USA waren auch hier den Deutschen in Sachen Sicherheitstechnik voraus, denn dort darf bereits seit 1997 kein Auto mehr ohne Airbag zugelassen werden.

Und wer erinnert sich noch an die *Klimaanlage* der frühen Jahre? Das war die *Fensterkurbel*. Bei heißem Wetter hieß es einfach: Scheibe runter. Das war's. Klimaanlagen gibt es für Pkw erst seit den späten 60er Jahren. Auch hier waren die Amerikaner Vorreiter.

Zu den modernen Helferlein, die man in den Autos aus der Analogzeit vergeblich sucht, gehören natürlich auch die *Navigationssysteme*. Wer früher von A nach B fahren wollte und sich nicht auskannte, hatte selbstverständlich eine *Straßenkarte* oder einen *Autoatlas* an Bord. Und vor Ort war es üblich, Passanten nach der richtigen Adresse zu fragen. Das klappte fast immer.

Kaum zu glauben: Navis, die auf Satellitenunterstützung bauen, gibt es gerade erst einmal seit dem Anfang der 90-er Jahre. Das erste Navigationsgerät mit Sprachansage wurde 1992 vorgestellt. Als erster europäischer Hersteller bot BMW ein Navigationsgerät optional für die 7er Edel-Modelle an.

Auch ohne Dieselskandal sind moderne Autos viel spritsparender unterwegs als die Vorfahren aus der Analogzeit. Man muss es so drastisch sagen: Umweltschutz war früher kein Thema für die Hersteller und auch nicht für Otto Normalautofahrer. Das hat sich erst seit den 80er Jahren gewandelt.

Wer also einen VW-Käfer, Opel Kadett, Renault 5 oder einen Ford Escort aus der Analogzeit verklärt und ihm nachtrauert, sollte sich vor Augen führen, was für dünne und unsichere Blechkisten das in Wirklichkeit waren und wie ihre schmutzigen Motoren die Umwelt verpesteten.

P.S. Einen kleinen Nachruf verdient auch noch der *Türknopf*, mit dem früher die Autotür verriegelt werden konnte (ja, immer nur die eine). Autoknacker freuten sich, dass sie mit einem Draht leicht den Knopf hochziehen, die Tür öffnen und den Wagen leerräumen konnten. Aus und vorbei: Klassische Türpins gibt es nicht mehr.

Eine Zentralverriegelung ist halt doch eine feine Sache.

Schnell und Schick: die Weißen Mäuse der Autobahnpolizei

Oft kommt es auf die Symbolik an: So waren die kleinen weißen Porsche-Flitzer, die erstmals in den 60er Jahren auftauchten, nicht wirklich praktisch im Polizeialltag, doch sie sandeten Signale gleich mehrerer Art aus: zum einen, dass die Autobahnpolizei mit der Zeit ging und auch für schnelle Verfolgungsjagden gerüstet war. Zum anderen waren die „*Weißen Mäuse*", wie sie bald überall tituliert wurden, auch Sympathieträger für die Ordnungshüter. Tatsächlich waren sie schnell und schick mit ihrem weißen Anstrich. Damit unterschieden sie sich auffällig von den anderen Streifenwagen, die bis in die 70er Jahre hinein in der alten Bundesrepublik generell noch tannengrün blieben. Blau-weiße Polizeiautos tauchten übrigens zum ersten Mal anfangs der 90er Jahre in Hamburg auf. Grüne Streifenwagen sind inzwischen überall „out".

Die Diskussion um Tempolimits ist alt:
Freie Fahrt für freie Raser

Manche halten ja das unbegrenzte Rasen auf Deutschlands Autobahnen für ein unveräußerliches Menschenrecht, obwohl Deutschland damit fast ein Solitär weltweit ist. Das Land ist damit in bester Gesellschaft von Nepal, Myanmar, Burundi, Bhutan, Afghanistan, Nordkorea, Haiti, Mauretanien, Somalia und dem Libanon. Auch wenn es viele vergessen haben (oder es nie wissen wollten): Es gab tatsächlich schon einmal ein *generelles Tempolimit* im Land: Vier Monate lang waren von November 1973 an nur 100 Stundenkilometer auf deutschen Autobahnen erlaubt. Damit reagierte die Bundesregierung auf die Auswirkungen der Ölkrise, als sich die Spritpreise innerhalb kürzester Zeit extrem verteuerten. Doch die Bonner Politiker hatten die Rechnung ohne den mächtigen ADAC gemacht: Der verteufelte die Tempo-Einschränkungen und startete die Kampagne *„Freie Fahrt für freie Bürger"*. Auch wenn längst nicht alle ADAC-Mitglieder den Slogan guthießen, zeitigte die Kampagne doch Erfolg: Die Politiker knickten ein; in Deutschland wurde keine dauerhafte verbindliche Höchstgeschwindigkeit auf Autobahnen eingeführt. Was nach 1973 kam, war die unverbindliche *Richtgeschwindigkeit 130.*

Die Kochtopffrisur
von Frollein Meier im grauen Lappen

Jeder, der in der Vor-Computer-Zeit in Westdeutschland Auto fahren wollte, brauchte und hatte ihn: den *grauen „Lappen".* Die Allermeisten hatten eine Fahrerlaubnis der Klasse 3, die zum Führen „eines Kraftfahrzeugs mit Antrieb durch Verbrennungsmaschine" (so der amtliche Text) berechtigte. Der Name Lappen kam für den *Führerschein* nicht von ungefähr, denn das unförmige Dokument enthielt einen sehr hohen Textilanteil und fühlte sich fast an wie ein gestärktes Stofftaschentuch. Die rechte Innenseite zierte – natürlich – ein Schwarz-Weiß-Passbild. Da in Deutschland Führerscheine mit Ablaufdatum erst sehr spät eingeführt wurden, war es immer ein großer Partygag, den alten grauen Lappen herauszuholen und die Uralt-Fotos zu bestaunen. Da amüsierten sich alle, wie Herr Schmidt als 18-jähriger Schnösel aussah, oder welch unmögliche Kochtopffrisur das Frollein Meier dereinst mal hatte. Manchmal kam es deswegen zu Irritationen bei Fahrzeugkontrollen, weil Polizisten einfach nicht glauben wollten, dass das Konterfei im Lappen tatsächlich die Person darstellen sollte, die am Steuer saß.

Spätestens am 18. Januar 2033 schlägt das allerletzte Stündchen für die grauen Lappen, denn bis dahin benötigt wirklich jeder eine Plastikkarte mit Ablaufdatum.

Im Transit durch die DDR: Kontrolle mit dem Gänsefleisch-Satz

Wenn wir ins Ausland fahren wollten, ganz gleich, ob mit Zug, Fahrrad, Motorrad oder Auto, war es selbstverständlich in der Analogzeit, dass man an der Grenze kontrolliert wurde. Freizügigkeit? Schengen-Abkommen? Diese Worte existierten nicht im analogen Wortschatz. An der Grenze zeigte man brav den Ausweis oder den Pass und selbstverständlich freute man sich, wenn die Zöllner nicht den geschmuggelten Stroh-Rum aus Österreich oder die billigen Zigarettenstangen aus Luxemburg entdeckten. Jeder *Grenzübertritt* war immer auch ein bisschen ein Abenteuer, weil man nie wusste, ob die Kontrolle lasch oder rigide ausfallen würde. Berühmt-berüchtigt für ihre deutsche Gründlichkeit waren die *DDR-Grenzer*, die jedes Fahrzeug filzten, selbst wenn man nur im Transit zwischen der alten BRD und West-Berlin unterwegs war. Legendär ist noch immer der Gänsefleisch-Satz, den man als Westler im breitesten Sächsisch zu hören bekam, wenn man es ausnahmsweise mal mit einem freundlichen und gutgelaunten DDR-„Grenzorgan" zu tun hatte: „Gänsefleisch mal'n Goffaraum aufmachn?"

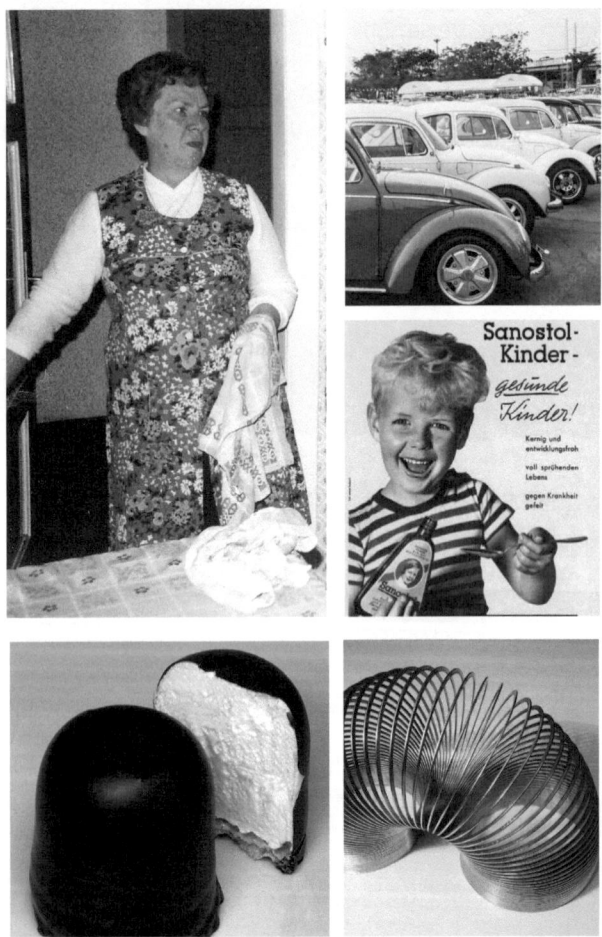

Ausgestorben und untergegangen

Warum Gabriele sterben musste – vom Ende der Schreibmaschinen

Ach, wie ist's heute einfach, ein Manuskript zu erstellen: Word oder ein anderes Office-Programm am PC aufrufen, ein paar Formatierungseinstellungen vornehmen – und los geht's. In der Analogepoche war das freilich noch etwas anders. Das mechanische Textsystem hieß *Schreibmaschine*. Privilegiert waren die, die schon ein elektrisches Exemplar hatten. Schriftart, -größe und -grad waren selbstverständlich nicht frei wählbar. Es sei denn, man hatte bereits eine komfortable Schreibmaschine mit *Kugelkopf* oder *Typenrad*. Bei den klassischen mechanischen Exemplaren waren die Lettern auf den Typenhebeln vorgegeben. *Typenhebel*? Ja, das waren die Dinger, die mit mehr oder weniger Fingerkraft bewegt wurden und dann auf das Papierblatt einhämmerten. Beliebte und verbreitete Schriftarten waren Courier, Letter Gothic oder Times. Besonders verliebt waren die Deutschen in Gabriele – das war das legendäre und meistverkaufte Schreibmaschinenmodell von Triumph-Adler. Am Bildschirm sehen, was man schreibt – nein, das ging natürlich nicht. Man musste schon auf das Blatt schauen, das auf der Walze im Wagen eingestellt war. Immerhin: Man konnte bei den Schreibmaschinen-Oldies üblicherweise zwischen zwei Schriftfarben wählen. Hatte man ein zweifarbiges Farbband mit Schwatz und Rot, konnte man entsprechend an der Maschine wählen. Mit jedem getippten Buchstaben bewegte sich der Wagen ein bisschen weiter nach rechts. War er am Ende angekommen, machte es klar vernehmbar „pling", und nun musste man den Wagen mit dem großen Hebel wieder in die Ausgangsposition bewegen, bevor man weiterschreiben konnte. So ging das Zeile für Zeile.

Wollte man mehr als nur einen Ausdruck, half *Kohlepapier*, das die Anschläge auch noch auf ein weiteres Blatt übertrug. Und wenn man sich vertippt hatte, half üblicherweise *Tipp-Ex* – eine weiße Korrekturpampe, mit der man das falsche Zeichen übermalte, den Wagen eine Position zurückbewegte und an die gleiche Stelle die richtige Zahl oder den richtigen Buchstaben setzte. Wenn man all dies beschreibt, fühlt man sich in die Zeit der Dampfloks zurückversetzt. Und so wie die schwarzen Ungetüme von den Gleisen verschwunden sind, so gibt es im Alltag längst auch keine mechanischen oder elektrischen Schreibmaschinen mehr. Moderne Textprogramme waren einfach komfortabler und bedeuteten den Tod für Gabriele und ihre Kolleginnen. Tschüss Gabriele – rest in peace.

Fotografie in der Analogzeit:
Als Bildermachen noch Hexenwerk war

„Du hast den *Farbfilm* vergessen, mein Michael", sang 1974 die damals 19-jährige Nina Hagen und landete damit einen Hit sowohl in Ost- als auch in Westdeutschland. Und schon ein Jahr zuvor setzten auch Simon & Garfunkel mit dem Titel *„Kodachrome"* der analogen Fotografie musikalisch ein Denkmal. Im Nachhinein kann man es auch als Abgesang werten. Kameras mit klassischen Filmen sieht man kaum noch; innerhalb weniger Jahre hat die Digitaltechnik die Fotografie revolutioniert und grundlegend verändert. Die großen Player von einst gibt es nicht oder fast nicht mehr. *Kodak* und *Agfa*, einstmals die führenden Fotofilmhersteller, sind nur noch ein Schatten ihrer einstigen Größe; *Fuji-Film* hat seine Tätigkeit fast gänzlich auf andere Geschäftsfelder verlagert. 2003 wurden erstmals mehr Digitalkameras verkauft als von den analogen „Kollegen". Vorbei die Zeiten, als man mit einem handelsüblichen *Film maximal 36 Aufnahmen* am

Stück machen konnte. War der „voll", musste man wieder ein neues *Filmdöschen* öffnen und einen Film in die Kamera einlegen sowie diesen bis zum Anschlag vorspulen, bevor es weitergehen konnte. Und waren die Aufnahmen gemacht, hatte man noch lange keine Bilder: Der Film musste zuerst ins Labor, um dort entwickelt zu werden und um Abzüge herzustellen. Wollte man weitere Fotos vom selben Film, wiederholte sich das Prozedere.

Weil das in der digitalen Fotografie alles viel, viel schneller geht und auch die Bildqualität schnell die angestammte Technik überflügelte, starb die analoge Fotografie etwa von der Jahrtausendwende an einen sehr schnellen Tod. Und wenn man den Kindern heute erzählt, dass man einst noch selbst in der *Dunkelkammer* stand, um einen *Schwarz-Weiß-Film* zu entwickeln, schauen die einen mit großen fragenden Augen an: Was ist eine Dunkelkammer? Ganz einfach: es war ein hermetisch abgedunkelter Raum, in dem man zunächst den Film aus der Kamera entnehmen und dann in totaler Dunkelheit auf eine spezielle Spirale aufspulen musste. Die kam wiederum in eine lichtdichte Dose, in die abschließend die Entwicklerflüssigkeit eingefüllt wurde. Weitere Arbeitsschritte waren das ordentliche Fixieren, Stoppen und Wässern sowie dann das Trocknen des Negativstreifens. Erst jetzt konnte man darangehen, Fotoabzüge auf Papier zu machen. Dazu benötigte man bis zum Ende der analogen Fotografie beim Selbermachen einen *Vergrößerer* – also einen Projektor, der das Negativ auf das Fotopapier übertrug. Es bedurfte einer Menge Fingerspitzengefühls, Erfahrung und Zeit, bis man nach *Entwickeln, Fixieren*, Wässern und Trocknen letztendlich ein eigenes Foto in Händen halten konnte.

Und wieviel schneller geht das heute? Bildermachen ist kein Hexenwerk mehr. In Sekundenschnelle kann man heute perfekte Fotos selbst daheim ausdrucken oder die Fotos jederzeit mit Freunden teilen – ganz ohne Qualitätsverlust. Obendrein sieht man jederzeit in den Metadaten, wann und mit GPS-Daten sogar, wo das Foto aufgenommen wurde. Jedes aktuelle Smartphone liefert heute bessere Fotos als die letzte Generation der analogen Kameras. So muss Nina Hagen nun auch nicht mehr über ihren schusseligen Freund singen:

„Du hast den Farbfilm vergessen, mein Michael, nun glaubt uns kein Mensch, wie schön's hier war, haha, Du hast den Farbfilm vergessen, bei meiner Seel' alles blau und weiß und grün und später nicht mehr wahr".

Heute müsste sie singen: „Du hast die SD-Karte vergessen, mein Michael."

Klingt aber nicht so poetisch.

Warum keine Nachrichten mehr über den Ticker laufen

Die Kästen sahen aus wie eine Mischung aus großer mechanischer Büroschreibmaschine, Wählscheibentelefon und Uropas Musiktruhe. Sie standen bis zum Ende der Analogzeit in großen Zeitungsredaktionen, Nachrichtenagenturen, in Ministerien, aber auch bei der Bundesbahn, der Post und der Bundeswehr und machten im Betrieb einen Höllenlärm: Die Rede ist von *Fernschreibern* – quasi den Urahnen der modernen Kommunikation. Immerhin ließen sich mit den *Telex*-Geräten seit den 30er Jahren Texte über ein spezielles Postnetz mit bis zu 400 Anschlägen pro Minute von A nach B übermitteln. Ein lächerlicher Wert, gemessen an den aktuellen Datenübertragungsraten – dennoch war der Fernschreiber ein wichtiger Schritt hin zur modernen Mediengesellschaft, weil mehrere Empfänger gleichzeitig erreicht werden konnten und die

Nachrichten – zumindest in der letzten Generation der Te-
lexgeräte – sogar gespeichert werden konnten. Natürlich
noch nicht auf modernen Speicherchips, das Speicher-
medium war vielmehr ein Lochstreifen. Doch gegen moderne Medien konnten die Pappkartonkärtchen mit den
vielen Löchern nicht bestehen. In früheren Zeiten wurden
die Telegramme üblicherweise auch per Telex von einer
Postdienststelle zur anderen übermittelt.

Aber Totgesagte leben länger. Ein bisschen hat der Fernschreiber trotz allem im Sprachgebrauch überlebt: Noch
immer heißt es, dass eine eilige Nachricht „über den Ti-
cker" läuft. Diese Redewendung basiert auf den immer
laut tickenden Telex-Maschinen.

Fotoautomaten haben eine Menge gesehen: Der erste Zeuge zarter Küsse

Gucken Sie doch mal in Ihrer Fotokiste. Da finden sich
unter „Jugendsünden" bestimmt noch einige Fotos aus
dem *Fotoautomaten*. Gewitzte werden nun einwenden,
dass es die Boxen doch immer noch an Bahnhöfen und
am Flugplatz gibt und sich mit ihrer aktuellen Digitaltechnik in die Jetztzeit gerettet haben. Jedoch drehen
sich die Erinnerungen hier um deren Vorfahren, die noch
ganz analog arbeiteten und nach ein paar Minuten fertige
Schwarz-Weiß-Foto-Streifen auswarfen. Die rochen noch
essigscharf nach der Fixierflüssigkeit. Wie viele Bilder davon tatsächlich in einem Dokument landeten – vom Schü-
lerausweis bis zum grauen Führerschein – müsste einmal
wissenschaftlich untersucht werden. Die Rückfrage im
Freundeskreis ergab freilich, dass wohl das Gros in den
besagten Fotokisten noch immer irgendwo ein Dasein
fristet. Ernst gucken? Das machte man für ein oder zwei
Aufnahmen. Doch dann wurde (und wird?) geblödelt, was

das Zeug hielt. Die verrücktesten Grimassen sind zweifelsohne in Fotoautomaten entstanden. Und wer hat's als Erster gesehen, wenn man mit der neuen Freundin mal rumknutschte? Natürlich der Automat.

Die kleine quadratische Revolution auf der Agfa Clack

Fotografieren in dunklen Räumen – das war in früheren Zeiten nicht so einfach: Da musste man rechnen mit Foto-Verschlusszeiten und Filmempfindlichkeiten. Und Blitzgeräte waren eher den Profis und den ambitionierten Amateuren vorbehalten. Doch dann kam von Mitte der 60er Jahre an eine kleine quadratische Revolution auf den Markt: der *Blitzwürfel*. Der konnte auch mit vergleichsweise einfachen Fotoapparaten kombiniert werden. Freilich: Es war ein Wegwerfprodukt, denn der Würfel taugte für genau vier Auslösungen. Wollte man öfters blitzen, musste man einen neuen Würfel aufstecken.

Immerhin: So eignete sich plötzlich auch die einfache „Agfa Clack" dazu, um halbwegs vorzeigbare Bilder im Dunkeln zu machen.

Als die Seife mit dem Magnet noch in der Luft schwebte

In den öffentlichen Toiletten sind sie nahezu verschwunden: die *Magnet-Seifenhalter*. Spender mit flüssiger Seife haben ihnen den Garaus gemacht – so bleiben sie vor allem als Relikte aus der Analogzeit in Erinnerung. Man brauchte zwei Komponenten, um die Seifen scheinbar schweben zu lassen. Zum einen war das der Wandhalter; zum anderen brauchte man das magnetische Gegenstück, das in ein Stück Seife gedrückt wurde. So hielt sich der Saubermacher in luftiger Höhe. Wirklich hygienisch war die Nutzung nicht, denn man konnte ja nie mit Gewissheit sagen, wer der Vornutzer der Magnet-Seife war, ob nicht vielleicht zuletzt ein „Ferkel" daran gegrapscht hatte. So sind die Magnet-Seifenhalter inzwischen – wenn überhaupt – fast nur noch in privaten Haushalten zu finden.

Mit der neuen Währung kam das Ende der Parkuhren

Man nannte sie „Groschengräber", und die Beatles hatten einer ihrer Betreuerinnen sogar einen Song gewidmet: „Lovely Rita" sangen die Pilzköpfe aus Liverpool über die „Meter Maid", also das „Parkuhren-Mädel". Seit den 50er Jahren gab es die Parkuhren in Deutschland. Doch sie starben hier 2002 einen recht unprätentiösen Tod, weil sich nach der Umstellung von D-Mark auf Euro die Anpassung der mechanischen Maschinen an die neuen Münzen nicht mehr lohnte. Die Parkuhr-Tarife folgten stets der allgemeinen Preisentwicklung. In Duisburg, der ersten deutschen Stadt mit *Parkuhren*, konnte man anfangs für 10 Pfennig noch eine ganze Stunde parken. Im benachbarten Düsseldorf war es auf der Königsallee 1980 aber schon 30-mal teurer: Drei Mark kostete es nun, wenn man das Auto an der Parkuhr eine Stunde abstellen wollte. In den 80ern begann auch bereits der Abstieg der robusten Uhren, als immer mehr Städte und Gemeinden auf den Trichter kamen, dass Ticketautomaten und Parkzonen ein viel günstigeres Mittel zum Eintreiben der Parkgebühren seien.

Nach der Euroeinführung lohnte es sich nicht mehr, die Groschenfresser auf die neue Währung umzustellen. Eher selten sind Versuche geblieben, digitale Nachfolger zu installieren, die sogar mit Kreditkarten gefüttert werden konnten. Altruistische Städte gibt es auch nicht mehr. Kaum zu glauben, aber wahr: In der Anfangszeit der Parkuhren spendeten einige Städte ihre Parkeinnahmen sogar für wohltätige Zwecke. Gegen solch eine Idee würde heute jeder Stadtkämmerer sein Veto einlegen. Wer die Oldtimer noch immer in Aktion erleben will, muss in die USA reisen. Weil es dort nie eine Währungsumstellung gab, sind Parkuhren dort in einigen Städten noch immer im Einsatz.

Die entscheidenden Seiten fehlten immer – die Telefonbuch-Wälzer

Mal ehrlich: Wer nutzt eigentlich noch das gedruckte *Telefonbuch*, um einen Anschluss zu finden? Es dürfte wohl eine absolute Minderheit sein. Unvergessen ist indessen, wie in der Analogzeit Telefonbücher in jeder Telefonzelle auslagen – oder besser: aushingen. Man musste die aufgehängten Wälzer erst wenden, um darin blättern zu können. Viele Ältere werden es noch wissen: Die entscheidenden Seiten fehlten im Telefonbuch fast immer. Sie waren oft genug herausgerissen. So scheiterte die Suche nach der richtigen Telefonnummer mitunter recht schnell. Es blieb dann meistens nichts anderes übrig, als doch die netten Damen von der *Telefonauskunft* anzurufen (natürlich gebührenpflichtig), um zur gewünschten Nummer zu gelangen. Die Geschichte der gedruckten Telefonbücher begann in Deutschland übrigens bereits 1881 – mit sage und schreibe 185 der in Berlin „Betheiligten bei der Fernsprecheinrichtung".

Heute werden Telefonnummern in rund 125 regionalen

Ausgaben mit einer Auflage von etwa 30 Millionen Exemplaren publiziert. Eine *Eintragspflicht*, wie sie in der Analogzeit noch gang und gäbe war, gibt es längst nicht mehr. Die Persönlichkeitsrechte genießen heute einen anderen Stellungswert. Die Telefonbuchverlage bieten ihre Datensätze inzwischen – natürlich – auch online an. So kann man mit dem Smartphone oder dem PC heute viel schneller als früher eine gewünschte Nummer finden. Die Telefonverbreitung nahm in der letzten Phase der Analogzeit rapide zu: Hatten 1960 gerade mal vier Prozent der Bundesbürger ein eigenes Telefon, so waren es 1990 bereits zehnmal so viele. Die Statistik sagt auch, dass 1971 erstmals mehr Telefonate geführt als Briefe verschickt wurden.

Mobiltelefonie, die in den 90er Jahren aufkam, veränderte das Kommunikationsverhalten noch einmal einschneidend: Gibt es heute noch jemanden, der nicht mindestens ein Smartphone mit sich herumträgt?

Namen, die auf der Strecke blieben: Beerdigt auf dem Markenfriedhof

Ganz klar: Wenn wir in der Analogzeit tanken wollten, fuhren wir selbstverständlich zur *Fina*- oder zur *Caltex*-Tankstelle. Suchen Sie heute mal eine. Sie werden keine mehr finden. Fina und Caltex sind ebenso untergangen wie andere einstmals in der Analogzeit bekannte Marken und Produkte. Ein Kondolenzbesuch auf dem Friedhof der Marken.

Horten-Kaufhäuser. Fast jede Groß- und Mittelstadt hatte einst ein Horten-Kaufhaus. Die waren auch ganz leicht zu erkennen, denn viele hatten Fassaden mit den typischen *„Horten-Kacheln"*. Die quadratischen Elemente aus Keramik oder Aluminium machten die Kaufhäuser unverwechselbar. Architektur-Enthusiasten waren die monotonen Fassaden indes schon immer ein Dorn im Auge, weil sie keinerlei Rücksicht auf die umliegende historische Bebauung nahmen und wie die Faust aufs Auge passten. Sei's drum: Einige Horten-Fassaden stehen inzwischen sogar unter Denkmalschutz. Die Kaufhaus-Marke Horten hatte ihre größte Zeit in den 60er bis 80er Jahren. Eigner Helmut Horten begann seinen rasanten Aufstieg in der Nazizeit, als er arisierte jüdische Kaufhäuser übernahm. In der Nachkriegszeit errichtete er einen Konsumtempel nach dem anderen, was ihm in der Boulevardpresse den Titel „Kaufhaus-König" einbrachte. 1968 zog der Milliardär in die Schweiz und verkaufte sein Imperium Die Marke Horten landete letztendlich bei Kaufhof. Doch mit dem Ende der Analogzeit kam auch das Aus für die Horten-Kaufhäuser. Die letzten mit diesem Namen wurden 2004 geschlossen.

Raider-Schokoriegel. „Aus Raider wird Twix". Die Älteren erinnern sich noch an die aufwendige Werbekampagne von 1991, als die Schokokeksriegel mit der Karamellfüllung, die immer so schön die Zähne verklebte, den Namen wechselten. 1976 waren die Raider-Stangen in Deutschland eingeführt worden und schnell eine feste Größe in den Süßwarenregalen geworden.

Goldpfeil. Wer etwas auf sich hielt und den entsprechenden Geldbeutel hatte, kaufte sich in der Analogzeit selbstverständlich einen Koffer oder eine Handtasche von Goldpfeil. Der Offenbacher Lederwarenhersteller galt als Inbegriff für Qualität und Solidität. Goldpfeil expandierte weltweit und unterhielt sogar eigene Filialen an der Firth Avenue in New York und am Rodeo Drive in Beverly Hills. Freilich schrieb das Unternehmen seit den 90er Jahren rote Zahlen und geriet in wirtschaftliche Schieflage. 2008 meldete EganaGoldpfeil Insolvenz an. Tchibo erwarb 2011 zwar noch die Markenrechte – doch seit 2011 werden sie nicht mehr genutzt.

Hertie-Warenhäuser. Von Bamberg über Hamburg und Karlsruhe bis nach Würzburg: Hertie-Warenhäuser gab es im ganzen Land. In der Spitze waren es in den 80-er Jahren noch 123. Doch auch für Hertie gilt, dass Größe kein Schutz vor Niedergang ist. Die Wurzeln des Konzerns reichten bis 1882 zurück: In Gera hatte Oscar Tietz die Firma mit dem Kapital seines Onkels Hermann gegründet. Dessen Anfangsbuchstaben begründeten auch den Firmennamen. Schnell wuchs das Unternehmen. In der Nazizeit wurde Hertie „arisiert", also den jüdischen Eigentümern weit unter Wert entzogen. Unter neuen Eigentümern, aber mit altem Namen startete der Konzern nach dem Krieg durch. Doch Mitte der 80er Jahre gingen die Umsätze zurück – erste Kaufhäuser wurden geschlossen. 1993 übernahm die Karstadt AG Hertie für 1,65 Milliarden Euro. Doch Karstadt geriet selbst ins Trudeln. Dies bedeutete auch den Tod für die Marke Hertie. 2015 wurden die letzte Warenhäuser mit diesem Namen geschlossen.

Hetzel-Reisen. Das Stuttgarter Unternehmen galt als Erfinder von erschwinglichen Charter- und Kurzflugreisen und hatte seine größte Zeit zwischen den 60er und den 90er Jahren. Mit einer Propellermaschine ging es 1960 erstmals nach Barcelona – und bald darauf überall hin zu attraktiven Zielen rund um das Mittelmeer. Auch Mallorca machte Hetzel-Reisen bei vielen Deutschen erst populär. So verwundert es auch nicht, dass auch heute noch eine Straße an der Platja de Muro nach Else Hetzel benannt ist. Bis zu 300.000 Deutsche verreisten bis 1996 jährlich mit Hetzel. Mitten in der Sommersaison 1996 ging der schwäbische Reiseveranstalter dann aber überraschend in Konkurs und sorgte für die bis dahin größte Pleite in der deutschen Tourismuswirtschaft. Auf dem Höhepunkt der Arbeitslosigkeit war vielen Deutschen die Reiselust vergangen. Als daraufhin Hetzels Ägypten-Geschäft zusammenbrach, war es um den einstigen Flugreisespezialisten geschehen.

Sunkist-Tetrapacks. Jedes Kind kannte in den 70er Jahren die Sunkist-Tetraeder. Es waren ungewöhnliche pyramidenförmige Trinkpäckchen, die man auch prima zum Schulausflug oder ins Freibad mitnehmen konnte. Sie enthielten kohlensäurefreie Orangenlimonade, die ziemlich süß und künstlich schmeckte. Die Marke Sunkist gibt es zwar noch immer, aber die kultigen Dreieck-Verpackungen sind auf der Strecke geblieben. Die Erinnerungen kehren zurück, wie man mit den beigefügten Röhrchen die innere Plastikhaut durchstoßen musste. Und wie die Sunkist-Tetrapacks dann meistens endeten: mit einem lauten Knall. Denn wenn die Trinkpäckchen leer waren, gab es nichts Schöneres, als sie noch einmal aufzupusten und dann feste draufzuspringen. Peng!!

Kaiser's Kaffee Geschäft. Eine lachende Kaffeekanne war das Markenzeichen von Kaiser's Kaffee Geschäft, das 1905 bereits 900 Filialen in ganz Deutschland hatte. Auch nach dem Zweiten Weltkrieg expandierte der Einzelhandel-Konzern, der schließlich mit Tengelmann fusionierte. 1996 strukturierte die Unternehmensgruppe Tengelmann ihre Supermarktsparten um: Bis dahin waren Kaiser's und Tengelmann mit jeweils eigenem Marktauftritt in ganz Deutschland vertreten, nun sollten die Kaiser's Kaffee Geschäft AG nur noch im Norden und die Emil Tengelmann GmbH im Süden Deutschlands operieren. In Süddeutschland wurden daraufhin alle Kaiser's-Filialen in Tengelmann-Filialen, in Norddeutschland alle Tengelmann-Filialen in Kaiser's-Filialen umgewandelt. 2017 wurden die Filialen an die Edeka-Gruppe übertragen. Bis April 2017 wurden 64 Filialen vereinbarungsgemäß an den Konkurrenten REWE weiterveräußert. 2018 war Deutschlands einstmals größter Lebensmittelhändler Kaiser's Kaffee Geschäft Geschichte. Der Tod war in Raten gekommen.

Wega. Wega-Hifi-Geräte und -Fernseher galten in der Analogzeit als so schick und fortschrittlich, dass Geräte sogar in die ständige Sammlung des Museums (MoMa) of Modern Art in New York aufgenommen wurden. Doch dieser Ruhm schützte das schwäbische Unternehmen nicht davor, im japanischen Sony-Konzern aufzugehen. Das anerkannt gute Wega-Design kam noch eine Zeitlang aus Deutschland, die Technik war indessen „Made in Japan". Sony baute noch bis 2004 auf die Marke Wega. Besonders hochwertige Fernseher wurden unter dem Label verkauft. Seither ist Wega Geschichte. Der einstige Stern im Hifi- und TV-Himmel ist inzwischen verglüht.

Hoechst AG. In der Analogzeit war die Hoechst AG, die sinnigerweise in Frankfurt-Höchst angesiedelt war, einer der größten Konzerne in der Bundesrepublik. Bis zu 180.000 Menschen waren in den 90er Jahren beim größten Pharma- und Chemiehersteller des Landes beschäftigt. Vorreiter war Hoechst in vielerlei Hinsicht: Bereits 1957 führte das Unternehmen eine Computeranlage ein. Mit Trevira und Perlon brachte Hoechst Kunstfasern auf den Markt, die die Hemden und Blusen zwar knitterfrei, aber auch schweißtreibend machten. Erfolgreich waren die Farbwerke Hoechst allemal: 1970 erreichte die Dividende der 50-Mark-Aktie unglaubliche zehn D-Mark. Anfangs der 70er Jahre galt die Hoechst AG als Marktführer im Pharmabereich. 1999 kam es indessen zu einer entscheidenden Fusion: Hoechst ging mit der französischen Rhone-Poulenc zu Aventis zusammen. Der Sitz des damals zweitgrößten Pharmaherstellers der Welt lag freilich nicht mehr in Frankfurt-Höchst, sondern in Straßburg. 2004 kooperierte Aventis wiederum mit dem französischen Arzneimittelriesen Sanofi-Synthelabo. So entstand das größte Pharmaunternehmen Europas. Der Name Hoechst blieb dabei aber auf der Strecke. Die heutige

Hoechst GmbH spielt im Konzern nur noch eine untergeordnete Rolle. Vor allem Anlagefonds haben von der Zerschlagung des einstigen deutschen Vorzeigeunternehmen profitiert.

Bleibt die Frage, ob logischerweise nicht auch der Frankfurter Stadtteil Höchst in Frankfurt-Aventis umbenannt werden sollte.

Ehemalige Zeitschriften. Es war einmal... Nein, jetzt erzählen wir kein Märchen, sondern die reale Geschichte von namhaften Zeitschriften, die in der Analogzeit auf der Strecke geblieben sind. Mit bis zu 1,7 Millionen Exemplaren pro Woche war *Quick* einst die zweitgrößte Illustrierte nach dem Stern in der Bundesrepublik. Unvergessen sind für viele aus der Quick-Frühzeit noch die Nick-Knatterton-Comics oder die Aufklärungsartikel von Oswalt Kolle. Weil das Anzeigenaufkommen immer weiter zurückging und die Auflage auf nur noch 700.000 Exemplare gesunken war, stellte der Bauer-Verlag die Quick 1992 ein. Ebenfalls eine Millionenauflage erreichte zu ihren besten Zeiten in den 70er Jahren die *Revue*. Sie nannte sich zunächst Weltillustrierte und war von großen Bildberichten geprägt. Die Revue ging schließlich zusammen mit der Neuen Illustrierte in der Neuen Revue auf. Die präsentierte sich seit den 80er Jahren indessen nicht mehr als Zeitschriften-Generalist, sondern eher als Erotik- und Society-Schmonzette. Von 1961 an erschien die Jugendzeitschrift *Twen* monatlich auf dem Markt. Sie machte sich vor allem mit ihrem Einsatz für die sexuelle Revolution einen Namen. Das bekannteste Twen-Covergirl war Uschi Obermaier, die auch mit der Kommune 1 Furore machte. Das Hausblatt der 68er Bewegung wurde freilich schon 1971 eingestellt. Auf dem Markenfriedhof liegt seit 1969 auch die Frauenzeitschrift *Constanze*, die in der Brigitte aufging. Immerhin 550.000 Exemplare verkaufte Constanze mit ihrer letzten Ausgabe. Und noch eine Überraschung: 1956 waren fast 42 Prozent der Leser der Frauenzeitschrift Männer. In den Zügen der Deutschen Bundesbahn lag bis 1990 *Die Schöne Welt* in 200.000 Exemplaren aus. Klar, dass sie vor allem Reisegeschichten rund um die Bahn enthielt. Das lange Jahre populäre deutsche Comic-Gegenstück zu Micky Maus, *Fix und Foxi*, ist auch nur noch ein Schatten einstiger Größe. Die letzten regelmäßig erscheinenden Hefte gab es 1994. Wiederbelegungsversuche nach 2000 blieben auch ohne Erfolg. 2010 wurde Fix und Foxi erneut eingestellt.

Faxe gehen als Übergangstechnologie in die Geschichte ein

Es galt als fortschrittliches Kommunikationsmittel zum Ende der Analogzeit – dennoch kann man dem Fax prophezeien, dass es eine untergehende Technologie ist, der es in absehbarer Zeit so ergehen wird wie dem Fernschreiber: Das *Fax* wird überflüssig werden und aussterben. Dabei war es phantastisch, als sich das Fax etwa seit den frühen 80er Jahren immer mehr durchsetzte. Über einen Telefonanschluss konnten nun beispielsweise Zeitungsredaktionen Manuskripte schnell von einem Ort zum anderen übermitteln. Auch Behörden konnten ihr sprichwörtliches Schneckentempo ein bisschen erhöhen. Freilich: die erste Generation der Faxgeräte war noch sehr unkomfortabel. Es musste anfangs spezielles, bläuliches Thermopapier verwendet werden, das beim Bedrucken furchtbar stank. Erst als es möglich wurde, normales Papier zu verwenden, trat das Fax noch einen Siegeszug an. Gab es 1981 gerade mal 4400 Faxanschlüsse in der Bundesrepublik, so waren es 1993 bereits 1,1 Millionen. Selbst viele private Haushalte hatten sich inzwischen mit dem *Fernkopierer* ausgestattet.

Und heute? Sollen Dokumente übermittelt werden, erfolgt dies meist als gescannter Mailanhang. Dies geht fixer und die Qualität übertrifft die der Faxe bei weitem. So haben die Faxgeräte in den vergangenen Jahren extrem an Bedeutung verloren. In vielen Unternehmen wurden sie bereits ausgemustert.

Auffällig ist hingegen, dass vor allem Arztpraxen noch immer mit Begeisterung Faxgeräte nutzen, wenn sie Arztbriefe oder Patientendaten übermitteln. Die Ärzte beweisen sich in dieser Hinsicht als echte Traditionalisten und Anhänger einer aussterbenden Übergangstechnologie.

Berufe, die vor der Digitalzeit auf der Strecke blieben

Geldbriefträger. Erinnern Sie sich noch an Walter Spahrbier? Ja, das war der Geldbriefträger, der in Peter Frankenfelds Fernsehshow „Vergissmeinnicht" und anschließend bei Wim Thoelkes „Drei mal Neun" und „Der große Preis" als Geldbriefträger die glücklichen Gewinner präsentierte und damit zu einem der bekanntesten TV-Nebendarsteller in der Fernseh-Analogzeit aufstieg. Geldbriefträger? Im Zeitalter von Onlinebanking, einer vollständigen Abdeckung der Haushalte mit Girokonten, Money Transfer, Western Union, PayPal, GooglePay und Geldautomaten in fast jedem Nest und Kryptowährungen ist dieser Beruf inzwischen ausgestorben. Dabei freuten sich viele Omchen im Analogzeitalter auf die „Geldboten in der Deutschen Bundespost" (so der amtliche Titel), denn die brachten regelmäßig die Rente ins Haus. 2002 war es aber vorbei mit diesem Postservice. Übrigens: Bis in die 80er Jahre hinein trugen die Geldbriefträger zum Schutz gegen böse Buben sogar noch Pistolen bei sich. Ob Walter Spahrbier jemals von der Waffe Gebrauch machen musste, ist indessen nicht überliefert.

Dampflokheizer. Immerhin in der Sprache lebt er noch weiter: Denn Chauffeur heißt übersetzt eigentlich nichts anderes als Heizer. Doch außer bei Museumseisenbahnen ist auch dieser einstmals weit verbreitete Beruf längst verschwunden. Im Oktober 1977 fuhr der letzte offizielle Dampfzug bei der Deutschen Bundesbahn (West); im Bereich der Deutschen Reichsbahn (Ost) dauerte es sogar noch bis nach der Wiedervereinigung im November 1994, ehe man den Dampfloks auch hier endgültig das Rauchen abgewöhnte. Die Dampflokheizer wurden aber trotz des Technologiewandels nicht gleich arbeitslos, sondern wurden zunächst noch als Beimänner auf schnellen Diesel- oder E-Loks eingesetzt. 1996 war dann auch damit Schluss. Sie mussten noch einmal umlernen.

Schriftsetzer. Hätte man einem Schriftsetzer 1970 · erzählt, dass es 20 Jahre später seinen Beruf (fast) nicht mehr geben würde, hätte er dem ungläubig widersprochen, denn nahezu alle Druckerzeugnisse wurden noch mit Bleilettern gesetzt. In den Maschinen- und Mettagesälen aller Zeitungen dampften und ratterten noch die mächtigen Setzmaschinen, die die Blei-Zeilen auswarfen. Handsetzer bauten Buchstabe für Buchstabe akkurat die Überschriften zusammen. Und dann revolutionierten Computer innerhalb weniger Jahre alles: der Fotosatz löste in kürzester Zeit die Bleitechnologie ab, die sich jahrhundertelang bewährt hatte. Freilich war auch der Fotosatz nur eine Übergangstechnologie, die bereits nach wenigen Jahren wiederum durch das Desktop-Publishing (DTP), also die Druckvorbereitung am Computer, abgelöst wurde. Viele Schriftsetzer lernten um und waren fürderhin im neuen Berufsfeld der Mediengestalter tätig. Sie zählten also zu den ersten, die „irgendwas mit Medien" machten.

Tankwart. Einer der schönsten und bekanntesten Filme der 30er Jahre des 20. Jahrhunderts war „Die Drei von der Tankstelle". Und diese drei von der Tankstelle (Heinz Rühmann, Willy Fritsch und Oskar Karlweis), die sich im Film allesamt in die attraktive Lilian Cossmann (Lilian Harvey) verliebten, gingen einer Profession nach, die heute weitgehend ausgestorben ist: Tankwart. Der füllte nicht nur den Sprit nach, sondern kontrollierte den Reifendruck, putzte die Scheiben, guckte nach den Zündkerzen und hatte meistens noch einen flotten Spruch drauf. Den Service gab es für ein Trinkgeld. Von 1952 an war der Tankwart sogar ein Ausbildungsberuf mit dreijähriger Lehrzeit und Prüfung vor der Handwerkskammer. Kaum zu glauben: Selbstbedienungstankstellen gibt es in Deutschland (West) erst seit 1972, inzwischen beherrschen sie aber längst fast vollständig den Markt; klassischen Tankservice gibt es in Deutschland eher als Ausnahme, im Ausland findet man ihn noch etwas häufiger.

Kohlenmann. Inzwischen heizen weniger als zwei Prozent der deutschen Haushalte mit festen Brennstoffen wie Kohle oder Briketts. Und so gibt es auch kaum noch die kräftigen Männer, die wie früher alltäglich, Brennstoffe zentnerweise ins Haus brachten. Die waren stets schwarz im Gesicht und auf der Brust – eine eigenartige Mischung aus Schweiß und Kohlenstaub. Keine Ahnung, ob die Kohlenmänner auch Vorbild waren für den „Schwarzen Mann", der angeblich die Kinder holte, wenn sie nicht artig waren. So waren sie, die Erziehungsmethoden noch in den 60er und 70er Jahren. Zentralheizungen, die komfortabel mit Gas, Öl oder Fernwärme betrieben werden, haben den klassischen festen Brennstoffen und damit auch dem Beruf des Kohlenmanns den Garaus gemacht. Werden Kinder eigentlich immer noch vor dem „Schwarzen Mann" gewarnt?

Bankbeamter. Im Zeitalter von Onlinebanking erscheint es wie ein Anachronismus, dass man einst zum Bank- oder zum Postschalter gehen musste, um eine Überweisung zu tätigen. Doch das ist wirklich noch gar nicht so lange her. Noch vor einer Generation war es üblich, eine Überweisung auf Papier selbst auszufüllen oder ausfüllen zu lassen und den Durchschlag des Formulars dann brav zuhause wieder abzuheften. Und noch anachronistischer kommt es einem vor, dass es richtige Bankbeamte gab. Bis in die 80er Jahre des 20. Jahrhunderts hinein waren sie weit verbreitet – vor allem bei den Sparkassen und bei den Postscheckämtern. Am Sparkassenschalter wurde man dann noch vom beamteten Sparkasseninspektor bedient, und über den Kredit entschied der beamtete Sparkassenoberamtsrat oder der Direktor. Bis heute hat sich im Volksmund der Begriff des Schalterbeamten im Bankwesen gehalten – es gibt sie aber auch bei den Sparkassen und an den Postschaltern längst nicht mehr. Bankwesen kann man sich heute ohne Onlinebanking nicht mehr vorstellen. Ohne Bankbeamte aber durchaus.

Weißnäherin. An anderer Stelle haben wir schon über Aussteuer und Mitgift berichtet. Und genau hier kommt die Weißnäherin ins Spiel, die man heute vergebens sucht. Wenn eine Frau Aussteuer in die Ehe einbrachte, bestand diese häufig aus Bettwäsche und Tischdecken – vorzugsweise aus weißem, schwerem Leinen oder Baumwolle. Für die Herstellung von Bettdecken, Laken, Kissen und Tischdecken sorgte dann die Weißnäherin. Und heute? Bräute bringen schon längst keine Aussteuer mehr mit in die Ehe. Weiße Laken und Decken sind auch „out". Bunte Wäsche und Decken gibt es vergleichsweise günstig in jedem Kaufhaus oder Möbelhaus und regelmäßig auch bei den Discountern.

Sattler. Der Vater des Autors übte noch den ehrbaren Beruf des Sattlers aus, der heute nahezu ausgestorben ist. Natürlich gibt es noch die – wenigen – Sattler, die ganz klassisch Sättel für Pferde herstellen. Doch schon als der Stern der Pferde im Alltagsleben zu sinken begann, wandelte sich das Berufsbild der Sattler: Sie stellten nun vor allem Sitzmöbel für Haushalte, aber auch für Autos her.

Vor allem bei der Renovierung hochwertiger Sofas oder Sessel sind die Kenntnisse der Spezialisten noch immer gefragt. Doch moderne Sitzmöbel werden längst ohne Sattler industriell gefertigt. So ist auch dieser Beruf auf der „Roten Liste" gelandet.

Wagner. Wagner heißen zwar viele Menschen im Land, aber Wagner oder Stellmacher gibt es kaum noch. Die Stellmacherei (auch Wagnerei) ist eine Werkstatt, in der Räder, Wagen und andere landwirtschaftliche Geräte aus Holz herstellt wurden. Beim Kutschenbau war der Wagner für die Karosserie zuständig, der Radmacher dagegen fertigte die Räder, deren Herstellung allein vergleichbaren Aufwand und Fachwissen benötigte wie die der Karosserien. Mit dem Aufkommen der Eisenbahn im 19. Jahrhundert waren die Fertigkeiten der Stellmacher als Waggonbauer begehrt. Ihre Kenntnisse benötigte man später auch im Karosseriebau der Autohersteller. Seit der Einführung der Fließbandfertigung ist die Bedeutung der Stellmacherei und Wagnerei gesunken. Besonders im bäuerlichen Umfeld war der Stellmacher in der DDR noch bis zur Wende ein üblicher Beruf, auf den vor allem in Landwirtschaftlichen Produktionsgenossenschaften und Volkseigenen Betrieben allerlei holzverarbeitende Aufgaben zukamen. Aber als Namen leben viele Wagner ja fort.

Werkzeugmacher. Seit 1987 gibt es in Westdeutschland keine Werkzeugmacher mehr. Zumindest nicht mehr unter diesem Namen. Seither werden die Spezialisten, die vor allem in der Industrie arbeiten und dort für die Herstellung von Formen, Vorrichtungen und Messwerkzeugen zuständig sind, als Werkzeugmechaniker ausgebildet. In der DDR ging man einen anderen Weg: Hier nannten sich die Angehörigen dieses Berufs seit 1970 „Facharbeiter für Fertigungsmittel", ehe 1986 die Rolle rückwärts kam und die alte Berufsbezeichnung Werkzeugmacher wieder eingeführt wurde. Aber nur kurz, denn 1990 war mit der deutschen Einheit mit dieser Berufsbezeichnung auch in Ostdeutschland wieder Schluss. Wo früher gefeilt, geschliffen und geraspelt wurde, haben längst hoch präzise Maschinen die händischen Fähigkeiten der Werkzeugmacher abgelöst. Heute heißen die Spezialisten in diesem Berufsfeld der Metallindustrie Industriemechaniker oder Mechatroniker. Auch Promis erlernten den einst ehrenwerten Beruf: Gelernte Werkzeugmacher waren beispielsweise Musikantenstadl-Moderator Karl Moik und Tatort-Kommissar Richy Müller.

Grenzbeamte. Klar doch – natürlich wissen wir, dass es immer noch Grenzbeamte gibt: Bundespolizisten, die die Personaldokumente überprüfen, und Zöllner, die für den ordnungsgemäßen Warenverkehr zuständig sind. Warum die Grenzbeamten aber hier auf der Liste der verschwundenen Berufe auftauchen, hat einen anderen Grund: Man sieht sie kaum noch, die klassischen Grenzwächter. Dem Schengener Abkommen sei Dank, dass die Zöllner und die Grenzpolizisten an den deutschen Landesgrenzen weitgehend verschwunden sind und für Otto Normalverbraucher fast nur noch an den Flughäfen beim Flug in den Urlaub erkennbar sind. Eigentlich hört man nur noch dort die Frage: „Haben Sie etwas zu verzollen?" Bis 1990, dem Inkrafttreten des Schengener Abkommens zur Aufhebung der Binnengrenzen war dies aber durchaus auch bei den Grenzübertritten nach Frankreich, Österreich oder Dänemark üblich. So wundert man sich heute schon, wenn zu besonderen Anlässen – etwa einem G-20-Gipfel oder einem Fußball-Länderspiel – vorübergehend doch wieder Grenzkontrollen stattfinden. Innerhalb der EU sind die Grenzkontrollen aber regulär abgeschafft. Dennoch hat der Zoll mit der Bekämpfung der Schwarzarbeit, mit der Erhebung der Kfz-Steuer und vielen anderen Aufgaben innerhalb der Finanzverwaltung immer noch genug zu tun.

Straßenbahnschaffner. Als 1975 in München zum letzten

Mal eine Straßenbahn mit einem Schaffner fuhr, fand dies mit einem großen Andrang von Fahrgästen statt: Zeitungen und sogar das Fernsehen berichteten darüber. Einige ließen sich sogar Autogramme von Münchens letztem Nahverkehrsschaffner geben. Auch in anderen Städten sollte es nicht mehr lange dauern, bis dieser Beruf endgültig verschwand. Tatsächlich waren vielerorts in den 60er und frühen 70er Jahren noch Omnibusse und Straßenbahnen mit Schaffnern unterwegs. Sie verkauften und entwerteten nicht nur Fahrscheine, sie halfen den Passagieren auch beim Einsteigen und assistierten dem Fahrer beim Rangieren und gaben gerne Auskunft. Die Rationalisierung machte sie überflüssig: Fahrkarten gab es fortan nur noch an Automaten; für das Abstempeln waren die Fahrgäste nun selbst zuständig. Kontrollen der Tickets gibt es in den Bussen und Bahnen seither nur noch stichprobenartig. Freilich ist in den schaffnerlosen Fahrzeugen die Schwarzfahrerquote deutlich angestiegen. Vielleicht feiern aber auch die ausgestorbenen Straßenbahnschaffner hierzulande wieder fröhlich Urständ? In Rotterdam gibt es jedenfalls seit einigen Jahren wieder eine „Konducteurstram", in denen Schaffner den Gästen ein hohes Sicherheitsgefühl vermitteln.

Hausierer. Sie waren schon zum Ende der Analogzeit recht selten geworden, aber ab und zu klingelten doch noch Hausierer an der Tür. Die einen präsentierten Kurzwaren; andere wollten für ein paar Pfennige oder Mark handgemalte Künstlerkarten loswerden. Im Gedächtnis ist auch noch, dass in manchen Fluren von Häusern Schilder hingen, dass hier Betteln und Hausieren verboten sei. Und heute? Hausierer mit Bauchläden sind verschwunden. Dafür landen regelmäßig kiloweise Prospekte von Supermärkten aller Art in den Briefkästen. Schöne neue Konsumwelt. Immerhin: Die klingeln nicht mehr unvermittelt an der Haustür.

Es war einmal:
Welche Autos von den Straßen verschwanden

Wer an untergegangene Automarken denkt, dem fallen spontan wohl die DDR-Produkte Trabant und Wartburg ein. Doch auch auf den Straßen der alten Bundesrepublik hat sich das Bild seit der Analogzeit kolossal verändert. Bis 1970 konnte man noch Autos sehen, über die man heute höchstens noch bei Oldtimer-Korsos lächelt. Einen großen Schmunzelfaktor hatte schon immer das *Goggomobil*. Niedlich waren die kleinen Wägelchen aus Dingolfing (ja, da werden heute BMW-Limousinen gebaut). Niedlich war auch der Name: Erfinder Hans Glas nannte seinen Enkel Goggo und damit hatte er auch gleich den Namen für seine Kleinwagen kreiert. Gewaltige 15 PS entwickelte der 250-Kubik-Zweizylindermotor, was Tempo 100 beim windschnittigen Coupé ermöglichte. Die Limousine schaffte das höchstens bergab mit Rückenwind und der Goggo-Transporter noch nicht einmal dann. 1969 lief das letzte Goggomobil vom Band; das Mutterunternehmen Glas, das auch Autos unter diesem Namen auf den Markt brachte, war bereits 1966 von BMW übernommen worden.

Bereits 1963 war auch die Automarke Borgward vom Markt verschwunden. *Borgward*, mit fast 23.000 Mitarbeitern einstmals der größte Arbeitgeber in Bremen, legte1961 eine veritable Pleite hin, und damit verschwand vor allem die legendäre Isabella – für viele das schönste Coupé, das in Deutschland in der Nachkriegszeit gebaut wurde. Mit bis zu 75 PS war die schicke Isabella fast schon ein Sportwagen. Auch für die „Brot- und-Butter-Autos" *Lloyd* LP 600, Lloyd Alexander und die schnittige Lloyd Arabella war mit dem Borgward-Konkurs das Ende gekommen.

Und der war dann auch mal weg: der *Messerschmitt Ka-*

binenroller. Der sah aus wie ein Bomber aus dem Zweiten Weltkrieg ohne Flügel. Er hatte in der Standardversion drei und als „Tiger" sogar vier Räder. Der Einstieg erfolgte, indem man die Plexiglashaube zur Seite wegklappte. Zwei Passagiere konnten halbwegs bequem hintereinander sitzen – einen Kofferraum, der den Namen verdient, hatte das Wägelchen aber nicht. Die Produktion lief 1964 aus. Glücklich, wer damals noch einen Kabinenroller kaufte und in die Garage stellte, denn die werden heute zum Vielfachen ihres Einstandspreises gehandelt. Das gilt auch für die Besitzer einer *Zündapp Janus.* Diese Wägelchen sahen vorn und hinten fast gleich aus und hatten Einstiegstüren am Bug und an der Rückseite. Die Heckpassagiere fuhren entgegen der Fahrtrichtung und guckten nach hinten raus. Die Produktion des Janus wurde zwar bereits 1958 eingestellt; Man sah ihn aber vereinzelt noch bis in die 70er Jahre auf den Straßen.

Wer ein Überbleibsel der einstmals so bedeutenden Automarke *NSU* haben will, geht am besten zur Frankfurter Börse, denn bis heute wird dort die Audi-Aktie unter dem Kürzel NSU gehandelt. Kein Wunder, denn die Premium-Marke des VW-Konzerns ist eigentlich nichts anderes als ein Nachfolgeunternehmen von NSU. In den Wirtschaftswunderjahren hatten vor allem die kleinen Flitzer aus Neckarsulm eine große Fangemeinde. Der NSU-Prinz machte zunächst Karriere als kleines Familienwägelchen, später war er als erstes eigenes Auto bei Führerscheinneulingen beliebt, denn er war leicht, sparsam und wendig. Die Krone im Prinz-Programm war dann freilich ab 1967 der NSU 1200 TT, der aus einem 1,2-Liter-Motor getunt bis zu 100 PS kitzeln konnte. Die leichten Wägelchen waren irre wendig und verzeichneten deshalb auch bei Rallyes große Erfolge. Dass man am Neckar vor den Toren Heilbronns ganz phantastische Autos bauen konnte, die ihrer Zeit weit voraus waren, bewies NSU auch mit dem berühmten RO 80. Die keilförmige Karosserie sah in der Hochzeit des da schon antiquierten VW-Käfers aus wie von einem anderen Stern. Und mit dem ersten Serien-Wankelmotor hatte der RO 80 auch ein ganz besonderes Aggregat unter der Haube, das sich im harten Alltagsbetrieb leider nicht sehr bewährte.

1969 war es mit der Selbständigkeit von NSU vorbei: das Unternehmen wurde mit der Auto Union aus Ingolstadt zur Audi NSU Auto Union AG im VW-Konzern verschmolzen. 1985 kam auch das Aus für den Namen; seither heißt es nur noch Audi AG. Für viele ehemalige Fans wird NSU aber immer ein Mythos bleiben.

Ebenfalls in Audi aufgegangen ist auch die einstmals große Marke *DKW*. Zwar kennen viele noch das Kürzel, aber wem ist schon bekannt, dass es zunächst für **D**ampf**k**raft-**w**agen stand? Mit Dampf wurden die DKW-Modelle in der Nachkriegszeit natürlich nicht mehr betrieben – es waren solide Zweizylinder-Pkw. Vor allem damals junge Männer erinnern sich gern an DKW, machten doch viele auf der Militärversion „DKW Munga" den Führerschein beim „Bund". Ein Problem hatte die Auto Union mit ihrer Marke DKW freilich: sie war relativ kapitalschwach. 1958 wurde das Unternehmen, immerhin der fünftgrößte Automobilhersteller in Deutschland, deshalb zunächst an Daimler-Benz verkauft. 1966 kam der nächste Eigentümerwechsel: Die Auto Union ging an den Volkswagen-Konzern über. Dies bedeutete letztlich auch das Aus für DKW. Das letzte DKW-Modell F 102 ist aber quasi der Urahn der modernen Audi-Flotte. Ein bisschen DKW ist aber auch in jedem modernen-Audi-Modell noch sichtbar: Die vier Ringe im Logo stammen von der einstigen Stammfirma Auto Union.

Mit dem Ende der analogen Epoche verschwanden auch bekannte ausländische Automarken von den Straßen in

Deutschland. *DAF* etwa – ja, die Holländer bauten auch mal Pkw, die ganz besonders bei Hausfrauen beliebt waren, denn der DAF 44 bot zwischen 1967 und 1974 die seltene Kombination von einem Kleinwagen mit einem Automatikgetriebe an. Einst weit verbreitete *Simca*-Personenwagen sieht man ebenfalls längst nicht mehr. Dass eigentlich der französische Simca 1100 und nicht etwa der deutsche VW-Golf (mit italienischem Design) Trendsetter war und das Zeitalter der Kompaktlimousinen, der Golf-Klasse, einläutete, haben viele schon vergessen. Als Peugeot 1978 die traditionsreiche französische Marke kaufte, wurde sie zunächst in Talbot umbenannt. 1986 war aber auch mit den *Talbot*-Fahrzeugen Schluss – wie Simca wurde auch diese Marke vom Eigner Peugeot beerdigt. Britische Autos hatten ebenfalls ihre Fans auf dem Kontinent. Mit dem Beginn des Digitalzeitalters wurde aber der letzte *Austin* ausgeliefert. Einst populäre Modelle wie der Allegro oder der VW-Golf-Konkurrent Maestro waren nur noch Geschichte. Der große Rover SD1 war 1977 sogar das europäische „Auto des Jahres". Klassische englische Marken wie *MG* wurden immer seltener. Immerhin pflegt der *Mini* als Neuauflage das Briten-Image mit ein bisschen Etikettenschwindel, denn seit 2001 gehört Mini zur BMW-Gruppe.

Der Strukturwandel machte natürlich auch vor der Lkw -und Bus-Branche nicht Halt. Und so sind Lastwagen von *Krupp, Magirus-Deutz, Büssing, Hanomag, Henschel* und *Faun* oder Busse von *Kässbohrer* heute Relikte aus einer untergegangenen Epoche ebenso wie auch die *Lanz-Traktoren ("Bulldogs")*. Wer in der Analogzeit aufwuchs, kannte die Namen aber noch und sah die Laster im Einsatz.

Aber auch ganz Neues und Schräges tauchte seinerzeit auf den Straßen auf. Ganz typische automobile Vertreter der 60er bis 80-er Jahre waren die *Buggys* auf der Basis des VW-Käfers. Auf das Käfer-Chassis wurde einfach eine GfK-

Kunststoff-Karosserie aufgesetzt. Wie es der englische Name Buggy (= verrückt) sagt, waren die Fahrzeuge eher große Spielzeuge und absolute Lieblinge der Hippie-Generation. Man sah die Buggys zunächst an den Sandstränden von Kalifornien und später auch auf den Landstraßen in Deutschland. Weil sie in der Regel kein festes Dach hatten und die Heizung sinnlos verpuffte, waren die Kit Cars aber reine Schönwettermobile und nur wenig alltagstauglich. Weil die Sicherheitsvorschriften immer strenger wurden, kam das De-facto-Ende für die Buggys bereits in den 80-er Jahren. Heute sieht man die Spaßmobile höchstens noch in Filmen oder im Museum.

Schön sinnlos – Rallyestreifen, Fuchsschwänze und Klorollenhüte

Der berühmteste Pkw der Erde trug die Nummer 53 auf den Seiten und er hatte breite Rallyestreifen vom Bug bis zum Heck. Der VW-Käfer Herbie begeisterte von 1968 an ein Millionenpublikum auf der ganzen Welt. Nicht nur das Auto mit den übersinnlichen Kräften aus den Disney Studios wies Accessoires auf, die vor allem jüngere Männer in der späten analogen Phase gerne nachahmten. Dinge, über die man heute höchstens noch schmunzelt. Wie zum Beispiel die Rallyestreifen. Die sollten dem eigenen Simca 1000, der Citroen Ente oder dem Opel Kadett ein besonders sportliches Aussehen verleihen. Es war ausschließlich optischer Popanz, denn auch mit Rallyestreifen liefen Käfer und Co. keinen Kilometer schneller. Was der tiefere Sinn von *Fuchsschwänzen an den Autoantennen* war, erschließt sich heute nicht mehr. Ab den 60ern galt es einfach als schick, Autos so aufzumotzen, dass sie vor allem die angebeteten Damen beeindrucken sollten. Fuchsschwänze fallen wohl unter die männliche Balzkategorie: „Ich habe den längsten." Auch die in den 6o-er und 70er Jahren noch verbreiteten *Weißwandreifen* waren eigentlich völlig sinnfrei – aber irgendwie doch schön. Dies galt auch für die kleinen *Blumenvasen*, die seinerzeit so manches Cockpit zierten. Pragmatisch gebärdeten sich da schon etliche ältere Autofahrer – und ganz gleich, ob Ford 17M („die Badewanne"), Opel Kapitän oder Mercedes 220: Häufig sah man auf der *Hutablage* – ja, die hieß damals wirklich so – einen grob *gehäkelten Hut*, unter dem gar nicht dezent eine *Klopapierrolle* „versteckt" wurde. Die Autoinsassen outeten sich mit dem Utensil für den Fall der Fälle als Buschpinkler und Waldkacker – man war gerüstet! Die Klorolle hatte ab und zu noch einen Nachbarn: den *Wackeldackel*. Auch der war nett anzusehen, aber sinnfrei: in jeder Kurve und bei jedem Schlagloch wackelte der nur mit einem Draht aufgehängte Kopf des Dackels verständnisvoll. Wenigstens die mitfahrenden Kinder freute es. Unter die Rubrik „ziemlich schwachsinnig" fällt aus heutiger Sicht auch, dass besonders reinliche Fahrzeugbesitzer noch bis in die 70er hinein ihr „heilix Blechle" tatsächlich mit einer *Straußenfeder* abstaubten. Kein Stäubchen sollte den glänzenden Lack bedecken.

Halbwegs sinnvoll waren immerhin die zusätzlichen *Fern- oder Nebelscheinwerfer*, die die Spät-Analogen an ihre Stoßstangen schraubten. Fabrikate wie *Cibié* oder *Lucas* sind bei vielen unvergessen. *Stoßstange*? Was ist das denn, wird nun vielleicht der eine oder andere fragen. Das waren wirklich noch verchromte Metallstangen an der Front und am Heck des Autos, die so manchen Rempler schluckten. Aus und vorbei – es gibt sie längst nicht mehr. Und *Spritzlappen* gehörten bis in die 80er hinein ebenfalls zur Ausstattung vieler Autos. Inzwischen sind sie verschwunden – und kaum jemand weint ihnen nach. Noch so ein Autoutensil von anno dunnemals: Wer hat zuletzt einen Pkw mit *Jalousien an der Heckscheibe* gesehen? Eine Zeitlang in den 60er und 70er Jahren galten die Vorhänge als schick. Praktisch waren sie in jedem Fall, wenn man mit der Freundin ein bisschen im Auto rumschmusen und nicht gleich gesehen werden wollte.

Autos mit mörderischer Technik: Schalten mit dem Revolver

Wenn junge Leute heute ihre Fahrerlaubnis erwerben, haben sie einige praktische Stunden im Fahrschulauto hinter sich. Da machen sie üblicherweise Bekanntschaft mit zwei unterschiedlichen Schaltungsvarianten. Anfangs starten sie auf einem Automatikwagen; später lernen sie meistens weiter auf einen Schalt-Pkw mit dem Schalthebel an der Mittelkonsole. Doch wenn man ihnen erzählt, dass es in der Analogzeit auch Fahrzeuge mit einer *Revolverschaltung* gab, gucken sie meistens doch erstaunt. Vor allem französische Modelle waren mit dieser besonderen Variante ausgestattet. Den Namen hatte die Revolverschaltung von der Form des Schalthebels: der saß wie eine umgedrehte Pistole rechts neben dem Lenkrad und lugte aus dem Armaturenbrett heraus. Prominenteste Vertreter dieser Gattung waren die „Ente", also der *Citroen 2 CV*, und der *Renault R 4*. Wer eines dieser Autos fahren wollte und bislang nur einen Wahlhebel in der Mitte kannte, musste mächtig umlernen, denn man musste am Revolverhebel drücken, ziehen und drehen, um zum richtigen Gang zu gelangen. Manchmal knatterte es dabei so mächtig, dass einige behaupteten, die Revolverschaltung habe den Namen von der Lärmkulisse. Gänzlich verschwunden sind inzwischen auch die *Lenkradschaltungen* in den Autos. Der Opel Rekord und einige Borgward-Modelle waren bekannte Vertreter dieser Bauart. Wer sich nun eine Borgward Isabella im Museum anschaut, staunt über das zierliche, zerbrechlich wirkende Schalthebelchen, mit dem die Gänge eingelegt wurden. Jeder Blinkerhebel in einem aktuellen Kleinwagen wirkt nun massiver und stabiler.

Kennzeichen für französische Autos im Dunkeln: gelbe Scheinwerfer

Autos aus Frankreich erkannte man in der Analogzeit nicht nur an den Kennzeichen, sondern auch an den *gelben Scheinwerfern.* Bis 1993 waren sie dort sogar Pflicht. Ob gelbes oder weißes Licht besser war – darüber wurde seinerzeit durchaus gestritten, doch für deutsche Autos blieb das gelbe Licht bei den Hauptscheinwerfern nach der Straßenverkehrszulassungsordnung tabu. Gelbe Nebelscheinwerfer waren freilich auch hierzulande erlaubt.

Lexikonbände blieben auf der Strecke: der Tod von Brockhaus und Co.

Sie waren bis zum Ende der Analogzeit der Stolz im Bücherschrank und kündeten von einem gewissen Bildungsinteresse: die *Lexikonbände.* Und jetzt? Nur Nostalgiker unter den Bekannten haben sie immer noch in der Bücherwand stehen. Und da stauben die Oldtimer nun vor sich hin mit ihren Etiketten auf dem Buchrücken, die einst einen Ruf wie Mercedes oder BMW hatten: Brockhaus, Meyers, Encyclopedia Britannica, Lingen. Sogar der DGB brachte einst Lexika für wissbegierige Arbeitnehmer heraus. Nicht zu vergessen die Spezialausgaben für Kunst, Wirtschaft oder Medizin. Viele von ihnen sind auf der Strecke geblieben. Das Internet und speziell Wikipedia haben den Lexika weitgehend den Garaus gemacht. Die Inhalte von Wikipedia sind zwar nicht so exakt überprüft und verlässlich wie früher bei Brockhaus und Co., dafür hat das Online-Lexikon einen unschätzbaren Vorteil: Das Wissen der Welt ist heute immer und überall sekundenschnell verfügbar, es ist aktuell und kostenlos – und es belegt nicht etliche Meter im Bücherregal.

Pedoskope oder: das Ende der strahlenden Schuhverkäuferinnen

Es hatte immer etwas Geheimnisvolles an sich, wenn in den Kindertagen mal wieder der Kauf von neuen Schuhen anstand. Denn im Schuhgeschäft gab es zur Freude der Kids nicht nur die obligatorischen grünen *Lurchi-Hefte* (Comics um einen Salamander mit allerhand tierischen Freunden in schöner Schreibschrift) – nein, dort stand auch ein *Pedoskop*, das uns immer faszinierte. Kaum jemand weiß heute auf Anhieb zu sagen, was das ist, ein Pedoskop oder Flouroskop. Es war genaugenommen nichts anderes als ein Röntgengerät, mit dem vor allen Kinderfüße in den neuen Schuhen unter die Lupe genommen wurden. Durch Okulare an der Oberseite es Apparats konnte man wunderbar sehen, ob es noch genug „Luft" für die Zehen gab, denn die sparsamen Eltern wollten ja nicht in ein paar Wochen schon wieder neue Schuhe kaufen müssen. Das war auf den ersten Blick feine Technik, doch kaum jemand scherte sich bis in die 70er Jahre hinein um die gesundheitlichen Gefahren, die von den Pedoskopen ausgingen. Abgeschirmt waren die Apparate ja nicht. Und so bekam eine brave Schuhverkäuferin in der Analogzeit über die Jahre weit mehr schädliche Röntgenstrahlung ab als ein Radiologe in der Klinik. Das sollte sich erst ändern, als die *Flouroskope* in den USA verboten wurden – und 1973 war auch in der alten Bundesrepublik damit Schluss. Seither müssen Schuhe für Kinder wieder von außen befühlt werden, ob sie passen.

Strahlende Fußdurchleuchtungsapparate und bestrahlte Schuhverkäuferinnen gibt es nun nicht mehr. Gut so.

Firlefanz, Mumpitz, hanebüchen:
ein Besuch auf dem Sprachenfriedhof

Nicht nur die „bösen" Worte haben sich seit dem Ende der Analogzeit im Sinn von Political Correctness verändert. Es sind auch vermeintlich harmlose Worte auf der Strecke geblieben, die vor ein, zwei Generationen noch geläufig(er) waren. Etwa der *Firlefanz*, den heute kaum noch jemand in den Mund nimmt. Damit war überflüssiges und albernes Zeug gemeint. Und wer spricht heute noch von einem *Hanswurst*, wenn ein komischer Mensch gemeint ist? Wann sind Sie zum letzten Mal *frappiert* worden? Was, Sie verstehen das nicht? Dabei geht es doch nur um eine etwas altmodische Bezeichnung für das Verb überraschen. Ja, Sprache lebt – und sie überlebt sich teilweise auch. So ist heute auch kaum noch von *Mumpitz* die Rede, wenn Unsinn gemeint ist. Fast auf der Stecke blieb auch das schöne Wort *hanebüchen*, das man für haarsträubend oder empörend verwenden könnte. Mutti war es in er Analogzeit auch noch manchmal *blümerant*, also unwohl. Man könnte es auch mit *unpässlich* übersetzen, aber auch dieser Begriff klopft selbst schon an die Pforte des Sprachenfriedhofs. Für Analogmenschen war es auch noch völlig normal, auf einer *Chaiselongue* zu sitzen, das *Portemonnaie* zu öffnen (das der Duden seit der Rechtschreibreform auch als Portmonee zulässt) und dabei auf das *Trottoir* zu schauen. Ja, französische Lehnwörter waren „in" in früheren Jahren – so wie sich heute Anglizismen überall breitgemacht haben. Manchmal gab es auch noch *Mummenschanz*, also eine Verkleidungsorgie. Und *Schabernack* ist nicht nur ein Ortsteil von Güstrow, von Garz auf Rügen, von Meyenburg, Schöllkrippen oder Windeck – es ist auch eine reichlich veraltete Bezeichnung für einen Streich. Der war auch mit dem höchstens noch in der Mainzer Fastnacht gehörten *Kokolores* verbunden – also mit reichlich Unsinn.

Da Sprache immer im Fluss ist und sich ständig verändert, hört man auch einige Sprüche nicht mehr: „*Haste mal ne Mark?*" Erstens ist die D-Mark verschwunden, und zweitens müsste man angesichts der Inflation heute wohl fragen: „Haste mal nen Euro?" Wer heute behauptet, dass die *Platte einen Sprung hat oder hängt*, outet sich unfreiwillig als analoges Fossil, denn viele Digital Natives können mit dieser Aussage kaum noch etwas anfangen. Das gilt auch für die Behauptung, dass „das Lied nicht voll auf die Kassette draufgeht". Und wenn Mutti manchmal behauptete, dass „*eine alte Frau kein D-Zug ist*", klingt das nach gemütlicher Dampflokzeit. Analogmenschen wissen jedenfalls sofort, dass es nun etwas langsamer gehen sollte. Jedenfalls klang das irgendwie gemütlicher als die heute mögliche Aussage: „Eine alte Frau ist doch kein ICE." Sagt das überhaupt irgendjemand? Spannend ist es auch zu erfahren, ob junge Menschen heute noch wissen, was eine *Bedürfnisanstalt* ist. Ob sie ahnen, dass das einfach nur eine Toilette ist? Irgendwie passt das auch zum *feinen Pinkel*, der heute auch kaum noch geläufig ist. Zum *Schwofen* geht heute auch fast niemand mehr. Dass Mutti in ihren jungen Jahren mal ein „*steiler Zahn*" oder ein „*heißer Feger*" war, wollten wir in späteren Jahren kaum glauben. So verschwanden auch diese Begriffe in der *Mottenkiste.* Weiß eigentlich noch jemand, was das ist, eine Mottenkiste?

Doch bevor uns nun die Sprachnostalgie vollends übermannt, hören wir lieber auf. Nicht, dass *Thusnelda* noch analog telefonieren will und fragt: „*Haste mal 20 Pfennig?*"

Was die letzte analoge Generation bewegte

Uwe Barschels „Ehrenwort":
Ein Polit-Krimi, der das Land erschütterte

Es ist eines der berühmtesten Zitate aus der alten Bundesrepublik und bei vielen bis heute unvergessen: „Ich gebe den Bürgerinnen und Bürgern des Landes Schleswig-Holstein und der gesamten deutschen Öffentlichkeit mein *Ehrenwort* – ich wiederhole: Ich gebe Ihnen mein Ehrenwort! – ‚dass die gegen mich erhobenen Vorwürfe haltlos sind." Es war eine bodenlose Lüge des damals 43-jährigen Ministerpräsidenten von Schleswig-Holstein, *Uwe Barschel,* und einer der Höhepunkte eines Polit-Krimis, der Westdeutschland 1987 erschütterte.

Die Affäre nahm ihren Anfang im Landtagswahlkampf 1987, den Barschel (CDU) als amtierender Ministerpräsident gegen SPD-Herausforderer *Björn Engholm* führte. Es sollte einer der schmutzigsten Wahlkämpfe in der alten Bundesrepublik werden, denn mutmaßlich mit Wissen und auf Initiative Barschels wurde Engholm aus der Staatskanzlei heraus ausspioniert und denunziert. Eine Woche vor der Landtagswahl platzte die Bombe und der „Spiegel" machte die Vorgänge unter dem Titel *„Waterkantgate"* öffentlich. Kronzeuge dafür war der Journalist *Reiner Pfeiffer*, der für Uwe Barschel als Medienreferent arbeitete. So bloßgestellt, verlor die CDU die Wahl – die bisherige CDU-FDP-Regierung hatte keine Mehrheit mehr. Doch Barschel beteuerte weiterhin seine Unschuld an den unappetitlichen Vorgängen und gab sein legendäres „Ehrenwort".

Dramatisch ging es weiter: Bevor der Ministerpräsident

vor einem Untersuchungsausschuss in Kiel erscheinen sollte, flog er zunächst nach Gran Canaria und von dort aus nach Genf, wo er sich angeblich mit einem Entlastungszeugen treffen wollte. Ob es das Treffen gab, wurde nie geklärt – doch dafür fand ein „Stern"-Reporter den schleswig-holsteinischen Ministerpräsidenten einen Tag nach seiner Ankunft tot in der Badewanne eines Zimmers im Genfer Hotel „Beau Rivage" auf – das Hotel, vor dem schon Österreichs legendäre Kaiserin „Sisi" bei einem Attentat zu Tode kam. Die Behörden sprachen offiziell vom Selbstmord Uwe Barschels, doch es gab auch immer wieder Zweifel, ob der Politiker selbst Hand an sich gelegt hatte. Auch Björn Engholm kam nicht ungeschoren aus der Affäre heraus: Nachdem sich herausstellte, dass Engholm, der mit absoluter Mehrheit zum neuen Ministerpräsidenten des nördlichsten Bundeslandes gewählt worden war und bald auch SPD-Bundesvorsitzender und Kanzlerkandidat wurde, schon vor der Landtagswahl 1987 von den Machenschaften seines Widersachers erfahren hatte, trat er von seinen politischen Ämtern zurück.

„F 104 G" – die „Witwenmacher" der Luftwaffe fielen vom Himmel

Es gab eine Zeit, da wunderte man sich nicht, wenn im Radio oder im Fernsehen wieder mal der Absturz eines Kampfflugzeugs der Bundeswehr vermeldet wurde. Jeder kannte in den 60er und 70er Jahren das Kürzel „F 104 G" für den *Starfighter*. Der Volksmund hatte den einstrahligen, unsäglich lauten und bis zu 2200 Stundenkilometern schnellen Jets aber auch noch ganz andere Namen verpasst: „Sargfighter", „fliegender Sarg", „Erdnagel" und – am gebräuchlichsten – „Witwenmacher". Nicht ohne Grund, denn bei unglaublichen *269 Abstürzen* von Maschinen dieses Typs kamen 116 Piloten ums Leben. Es war nahezu ein Drittel der in Dienst gestellten F 104, das vom Himmel fiel. Der Grund für die unheimliche Serie lag in erster Linie daran, dass der als Schönwetterjäger konstruierte Starfighter mit Systemen für immer neue Aufgaben überlastet wurde und ihnen nicht gewachsen war. Schon die Beschaffung der Flugzeuge entwickelte sich zum Skandal: Entgegen des Rates von Experten bestellte Verteidigungsminister Franz-Josef-Strauß gleich 700 Exemplare des unausgereiften Starfighters. Bis heute wird spekuliert, ob Korruption im Spiel war. Die ersten Starfighter kamen 1960 zur westdeutschen Bundeswehr. Auch einige zivile Opfer waren bei den Starfighter-Abstürzen zu beklagen. Im Mai 1991 wurde das unselige Kapitel Starfighter bei der Bundeswehr beendet. Ein fahler Beigeschmack hängt den todbringenden „Witwenmachern" aber bis heute an.

Die Subventionspolitik und ihre Folgen: billige Butter für Mutti

Wer heute jemanden fragt, was „Butter aus Interventionsbeständen" ist, erntet höchstwahrscheinlich Achselzucken. Wir kannten sie freilich noch. Zwar auch weniger unter dem amtlichen Begriff, aber als *„Weihnachtsbutter"* ist sie durchaus noch vielen im Gedächtnis. Immer vor Weihnachten konnte Mutti nämlich Butter zu ungewöhnlich niedrigen Preisen einkaufen – und zwar für weniger als 2 Mark für das halbe Pfund. Der Hintergrund: Das Bundesernährungsministerium (ja, so etwas gab es auch einmal in der alten Bundesrepublik) bestimmte, dass vor den Feiertagen der *„Butterberg"* durch die Sonderverkäufe abgebaut werden sollte. Das Fettgebirge war entstanden, weil die landwirtschaftlichen Betriebe aufgrund einer verfehlten Subventionspolitik deutlich mehr Milch auf den Markt warfen, als tatsächlich gebraucht wurde. So lagerten in den Kühlhäusern von Flensburg bis Rosenheim gigantische Mengen an Butter und anderen Milchprodukten. 70.000 Tonnen Butter verramschte man deshalb allein 1979 zum Vorzugspreis etwa 50 Pfennig billiger als üblich. Neben der Weihnachtsbutter gab es in der Analogzeit auch noch die ebenfalls subventionierte „*Molkereibutter*" (ein blöder Name, denn jede Butter kam ja aus einer Molkerei). Es dauerte bis 2007, ehe die Butter-Überbestände in den Kühlhäusern abgebaut waren. Übrigens achtete der Staat darauf, dass sich Otto Normalverbraucher nicht an der Billigbutter bereicherte: Pro Familie durfte man höchstens vier Päckchen Weihnachtsbutter auf einmal einkaufen.

Nach dem Mauerbau: Kerzenlicht für die Menschen in der „Zone"

Die Älteren unter den Analog-Fossilen erinnern sich vielleicht noch: In den frühen 60er Jahren wurden in Westdeutschland regelmäßig *Kerzen in die Fenster* gestellt – als Zeichen der Verbundenheit mit den Menschen in der DDR. „Das Licht der Hoffnung darf nicht ausgehen", hieß es in einem Aufruf des „*Kuratoriums Unteilbares Deutschland*", das 1959 als überparteiliche Organisation in der alten BRD gegründet worden war. Der Aufstand in Ost-Berlin vom 17. Juni 1953 und der Mauerbau am 13. August 1961 hatten die Wut auf die kommunistischen Machthaber in der DDR auf einen neuen Höchststand ansteigen lassen. Abschätzig sprachen die Alten in der BRD noch immer von der „*Ostzone*". Doch je länger die Mauer stand, umso seltener wurden im Westen noch Kerzen in die Fenster gestellt.

Mal ehrlich: In der 70er und 80er Jahren hielt es kaum jemand diesseits und jenseits der innerdeutschen Grenze für wahrscheinlich, dass es zu einer Wiedervereinigung der so unterschiedlichen beiden deutschen Staaten kommen könnte. Die Ereignisse des Jahres 1989 haben wohl die kühnsten Träume in den Schatten gestellt.

Der WAAhnsinn von Wackersdorf und die „Gspinnerten"

Der zuständige Schwandorfer Landrat Hans Schuierer nannte die *Wiederaufarbeitungsanlage Wackersdorf (WAA)* „ein einziges Lügenpaket vom Anfang bis zum Ende". Sie war auch ein Symbol, wie in der alten Bundesrepublik noch Politik über die Köpfe der Bevölkerung hinweg gemacht wurde. Mit all seiner möglichen Macht (und das war eine ganze Menge) machte sich der bayerische Ministerpräsident *Franz-Josef Strauß (CSU)* in den 80-er Jahren dafür stark, in der 5000-Seelen-Gemeinde in der Oberpfalz eine Wiederaufbereitungsanlage für Kernbrennstäbe zu errichten. Bedenken hatte Strauß nicht, die Bevölkerung rund um Wackersdorf sei ja schließlich „industriegewohnt": Doch die Rechnung wurde ohne die Betroffenen gemacht. Bis zu 100.000 Menschen gingen mehrfach auf die Straßen, um gegen das Mammutprojekt zu protestieren. Als 1986 dann das Kernkraftwerk *Tschernobyl* in der Ukraine in die Luft flog, war es für viele vollends um die Reputation der Kernkraft geschehen: Die Sinnfrage für den 1985 begonnenen WAA-Bau wurde immer öfters gestellt. Zudem wurde die WAA immer teurer und teurer. Doch die bayerische Staatsregierung blieb hart und stur und ging unerbittlich gegen die immer zahlreicher werdenden Protestler vor. Sogar das bayerische Polizeigesetz wurde wegen Wackersdorf so geändert, dass Demonstranten bis zu 14 Tagen inhaftiert werden konnten. Die Kosten für die überörtlichen Polizeieinsätze verzwanzigfachten sich wegen der WAA innerhalb weniger Jahre. Nicht zuletzt deshalb machte der Slogan

„Stoppt den WAAhnsinn" die Runde in ganz Deutschland und darüber hinaus. Und als der bayerische Verwaltungsgerichtshof 1988 den Bebauungsplan für nichtig erklärte, war das tatsächlich der Anfang vom Ende des Projekts. Das erlebte Franz-Josef Strauß indessen nicht mehr mit: Er starb überraschend 1988. Ein Jahr später kam das Ende für den WAA-Neubau, für den bis dahin sage und schreibe 10 Milliarden Mark aufgewendet worden waren.

Strauß war übrigens sicher, dass nur *„Gspinnerte"* etwas gegen eine „ungefährliche Atomfabrik" haben könnten, „die kaum gefährlicher als eine Fahrradspeichenfabrik" sei. Welch ein Irrtum: Viele „Gspinnerte" machten dem WAA-Größenwahn ein Ende.

Grüne mischten das Parteigefüge auf: Müslifresser und Ökospinner

Und dann waren die „Pullover- und Sockenstricker", „Ökospinner" und „Müslifresser" auf einmal im Bundestag. Als 1983 erstmals *Grüne* in den *Bonner Bundestag* einzogen, bedeutete das eine Zäsur für das verkrustete westdeutsche Politikgefüge. Denn nach vielen Jahren waren CDU, CSU, SPD und FDP nicht mehr unter sich und mussten sich fortan mit unkonventionellen Ideen und ihren Vertretern auseinandersetzen. Auf einmal hatten Umwelt-, Friedens- und Anti-Atom-Initiativen eine Stimme im Parlament. *Petra Kelly, Gerd Bastian, Joschka Fischer* – das waren die grünen Gallionsfiguren in den frühen Tagen der erst 1980 gegründeten Partei: Sie gingen kritisch mit den etablierten Parteien um und stritten mit großer Hingabe auch innerhalb der Partei. Die Grünen waren in den Augen vieler *unartig und unangepasst.* Als sich die Grenzen zwischen Ost und West öffneten, hielten die Grünen nicht viel von Wiedervereinigung. Die Quittung folgte bei der ersten gesamtdeutschen Wahl, als die Grünen den Wiedereinzug in den Bundestag nicht schafften, dafür aber das Bündnis 90 aus Ostdeutschland. Beide Gruppierungen schlossen sich zusammen und fungieren seither als *Bündnis 90/Die Grünen*. 1998 zogen die Grünen zusammen mit der SPD erstmals in die Bundesregierung ein.

Längst sind die Grünen aus dem deutschen Politikbetrieb nicht mehr wegzudenken. Ökologie ist längst ein bestimmendes Thema, und Bürgerrechte genießen auch einen wesentlich höheren Stellenwert als noch vor den 80er Jahren. Ursprünglich grüne Ideen haben sich fest auch in anderen Parteien etabliert. Nur sockenstrickend sieht man die grünen Abgeordneten nicht mehr im Bundestag. Und von „Müslifressern" spricht auch niemand mehr.

Rote Armee Fraktion: 34 Morde und ein vergiftetes Klima im Land

„Killer-Krieg gegen den Staat" titelte der Spiegel im September 1977, als eine *Terrorwelle* in der alten Bundesrepublik ihren Höhepunkt erreichte. Es war die Zeit, die als *„Deutscher Herbst"* in die Geschichte einging. Das war geschehen: Die so genannte *Rote Armee Fraktion (RAF)* forderte in den 70er Jahren den Staat mit immer mehr terroristischen Anschlägen heraus. Die RAF bezeichnete sich selbst als *Stadtguerilla*. Sie zog eine furchtbare Blutspur hinter sich her: 34 tote Menschen und mehr als 200 Verletzte gingen schließlich auf das Konto der Links-Terroristen. 1968 begann die Geschichte der terroristischen Gruppe mit zwei Kaufhäusern in Frankfurt. Dies sollte ein Fanal gegen den Vietnamkrieg sein. Die nach ihren Protagonisten benannte Baader-Meinhof-Gruppe (viele bezeichneten sie auch abschätzig als Bande) machte bald Schlagzeilen durch Banküberfälle, Bombenanschläge, Entführungen und Morde. All diese Aktivitäten forderten das politische System in der Bundesrepublik heraus, das mit einem immensen Fahndungsaufwand gegen die in den Untergrund abgetauchten RAF-Terroristen agierte. Sogar das Strafrecht wurde geändert, um der Bedrohung zu begegnen: Die Mitgliedschaft in einer terroristischen Vereinigung, die Anleitung zu Straftaten und die öffentliche Aufforderung zu Straftaten wurden quasi als „Lex RAF" neu in den Strafenkatalog aufgenommen. Auch dass nun gegenüber Medien eine Nachrichtensperre verhängt werden konnte und die Kontakte zwischen Straf- und Untersuchungshäftlingen und ihren Verteidigern eingeschränkt werden konnten, resultierte aus der RAF-Zeit. Das Jahr 1977 markierte den Höhepunkt der Aktivitäten der Rote-Armee-Fraktion. Nicht nur, dass Generalbundesanwalt Siegfried Buback und zwei weitere Begleiter in Karlsruhe erschossen wurden, im Juli wurde Jürgen Ponto, der Vorstandsvorsitzende der Dresdner Bank, erschossen. Und schließlich folgten im September 1977 die Entführung und Ermordung des Arbeitgeberpräsidenten und Daimler-Benz-Vorstandsmitglieds Hanns-Martin Schleyer. Daraus resultierte die größte Polizeifahndung in der Geschichte der alten Bundesrepublik. Als dann auch noch die Lufthansa-Maschine „Landshut" entführt wurde und vier palästinensische Terroristen die Freilassung von RAF-Gesinnungsgenossen forderten, eskalierte die Lage vollends. Doch am achten Tag der Entführung wurden alle Insassen der entführten Maschine in Mogadischu/Somalia von Elitepolizisten der neuen Bundesgrenzschutz-Einheit GSG 9 befreit und drei von vier Entführern erschossen. Nur wenige Stunden später nahmen sich die im Gefängnis Stuttgart-Stammheim einsitzenden RAF-Terroristen Andreas Baader, Gudrun Ensslin und Jan-Carl Raspe das Leben mit Pistolen, die ihre Verteidiger zuvor in den Knast eingeschmuggelt hatten.

Nach diesen dramatischen Ereignissen des Jahres 1977 trat die RAF in den Folgejahren nur noch sporadisch –

aber noch immer mit Terror – auf. Attentate gab es unter anderem gegen höhere US-Militärs wie gegen General Alexander Haig (den im späteren amerikanischen Außenminister) und US-General Frederick Kroesen. Immer mehr RAF-Terroristen wurden in den 80er Jahren festgenommen. Etliche Terroristen fanden in der Folgezeit mit Hilfe der Stasi einen Unterschlupf in der DDR, was freilich erst nach dem Zusammenbruch der Deutschen Demokratischen Republik bekannt wurde. Erst 1998 gab die RAF ihre Selbstauflösung bekannt.

Das Widersprüchliche an der Rote-Armee-Fraktion: Vordergründig gaben ihre frühen Mitglieder an, anders als die faschistische Kriegsgeneration sein zu wollen, doch dann gebärdeten sie sich mindestens so anmaßend und faschistoid wie ihre Vorfahren. Auch schlimm: Viele Heranwachsende, die in den 70ern groß wurden, etwas längere Haare hatten und als „links" galten, wurden schnell – und meistens zu Unrecht – als „Sympathisanten der RAF" abgestempelt.

Auch wenn sie ihre abstrusen Ziele nie erreichten und sie keinerlei Rückhalt im allergrößten Teil der Bevölkerung hatten – eines war den RAF-Terroristen definitiv gelungen: Sie schafften es, das politische Klima in der alten BRD für viele Jahre zu vergiften.

Wie das BKA die RAF jagte: Als Terroristen durchs Raster fielen

Seit den RAF-Zeiten ist auch ein anderer Begriff allgemein bekannt: die *Rasterfahndung*. 1980 war sie sogar das Wort des Jahres. Die Rasterfahndung ist eng mit den Anfängen der Digitalisierung verbunden, denn im Rahmen der Terroristenfahndung wollte die Polizei den Gesuchten auf die Spur kommen, indem sie Datenbestände nach unterschiedlichsten Kriterien absuchte. 1979 hatte das Bundeskriminalamt (BKA) damit erstmals Erfolg, als es 18.000 Namen von Wohnungsinhabern daraufhin untersuchte, ob sie legal waren. Tatsächlich ging mit dieser Methode, die vom *BKA-Präsidenten Horst Herold* entwickelt worden war, ein gesuchter RAF-Täter ins Netz. Die digitale Technologie hatte erstmals die analogen Methoden in den Schatten gestellt.

Auch andere spektakuläre Kriminalfälle konnten mit Hilfe der Rasterfahndung aufgeklärt werden. Umstritten ist sie aber bis heute vor allem wegen der Frage, wie weit die Fahnder in die Persönlichkeitsrechte Unbeteiligter eingreifen dürfen.

Die Mauer in Berlin:
Kein Bestand vor der Geschichte

Dass die *Berliner Mauer* einmal 28 Jahre und 88 Tage stehen würde, konnte am *13. August 1961* niemand ahnen, als die Machthaber in Ost-Berlin damit begannen, den Westteil der alten Reichshauptstadt hermetisch abzuriegeln. Durch den 155 Kilometer langen Wall wurde West-Berlin von einem Tag zum anderen zu einer Millionenstadt ohne Hinterland – eine Insel inmitten der DDR. Die Berliner Mauer war für die SED-Regenten unter *Walter Ulbricht* die Ultima Ratio, um das weitere Ausbluten der DDR zu stoppen, denn immer mehr Menschen verließen Ostdeutschland, um im wirtschaftlich florierenden Westen, wo auch die persönlichen Freiheiten größer waren, ihr Glück zu suchen. Schon in den frühen 60er Jahren hatte die DDR den wirtschaftlichen Wettlauf gegen die BRD verloren.

In einer Nacht-und- Nebel-Aktion schafften es die DDR-Machthaber 1961 unter der Regie von *Erich Honecker,* dem späteren Staatsratsvorsitzenden, in Berlin 193 Straßen und 12 U-Bahn-Linien zu unterbrechen. Mit furchtbaren Konsequenzen für viele Familien, die durch die neue Grenze auseinandergerissen wurden. Niemand wusste, ob die bis dahin größte Provokation im kalten Krieg zwischen Ost und West einen Dritten Weltkrieg heraufbeschwören würde – doch die Westkräfte hielten sich in ihren Reaktionen 1961 zurück. Damit war nicht nur die Teilung Berlins, sondern die von ganz Deutschland besiegelt – in der Analogzeit war es für niemanden vorstellbar, dass sie mittelfristig überwunden werden könnte. Trotzdem: Weit über 100.000 Menschen versuchten zwischen 1961 und 1989, das ostdeutsche kommunistische Regime hinter sich zu lassen; mehr als 600 Menschen bezahlten dafür mit ihrem Leben. Mit seiner Mauer war Berlin mehr als 28 Jahre lang das sichtbare Symbol für die Teilung der Welt in einen kapitalistischen und einen sozialistischen Block, die sich unversöhnlich gegenüberstanden.

Für die stets klamme DDR war die Berliner Mauer eine teure Angelegenheit, denn sie musste dafür rund 400 Millionen Mark der DDR investieren. Zudem waren mehr als 11.000 „Grenzorgane" notwendig, Grenzsoldaten, die die Mauer rund um die Uhr hermetisch abriegelten und bewachten. Immerhin konnte die DDR mit ihrem selbst so bezeichneten „Antifaschistischen Schutzwall" den Exodus des eigenen Volkes stoppen. Vor der Geschichte hatte die Mauer, die nach Erich Honeckers Worten noch weitere hundert Jahre stehen sollte, aber keinen Bestand: Wenige Wochen nach der unvermittelten und dilettantisch versehentlich eingefädelten Maueröffnung am 9. November 1989 war auch das alte DDR-Regime am Ende, und weniger als ein Jahr später waren beide Teile Deutschlands wiedervereinigt.

Kalter Krieg, Eiserner Vorhang und dauernd heiße Konflikte

Auf beiden Seiten des *Eisernen Vorhangs* gab es in der Analogzeit festgefügte *Feindbilder*: Für die im Westen waren die *Sowjetunion* und ihre Satellitenstaaten das Reich des Bösen. Der *Warschauer Pakt* – das waren die „Roten". Auf der anderen Seite stand die *Nato*, das Militärbündnis der Westmächte unter der unbestrittenen Führung der USA. Der *Kalte Krieg* war so ein ständiger Begleiter für alle Heranwachsenden in der Analogzeit bis zum Zusammenbruch der kommunistischen Systeme. Das *Wettrüsten* und die *gegenseitige Bedrohung* beherrschten jahrzehntelang nach dem Ende des Zweiten Weltkriegs die Szene – und beide Seiten standen sich unversöhnlich gegenüber. Nahezu alle Mittel waren auf beiden Seiten recht, um die Position des Gegners zu schwächen. Fast bis zum Ende der Analogzeit schwelte der Konflikt. Allgemein wird das Ende des Kalten Krieges zwischen Nato und Warschauer Pakt mit dem Zusammenbruch und dem Zerfallen der Sowjetunion 1991 definiert.

Nirgendwo war der Konflikt der Machtbündnisse augenfälliger als in den beiden deutschen Staaten. Die DDR und die alte BRD bildeten quasi den harten Kern der Auseinandersetzung der Blöcke. Denn von voller Souveränität konnte weder im Osten noch im Westen die Rede sein. Die DDR galt als Vasall Moskaus, während die alte Bundesrepublik unter massivem Einfluss der USA stand.

Von Reformen hielten die deutschen Kommunisten in der DDR nicht viel und stellten sich mit ihrer Halsstarrigkeit schließlich sogar gegen die Sowjetmacht, die unter Michail Gorbatschow auf Reformen und Freiheiten in der Sowjetunion setzte. Die Alte-Herren-Genossen der DDR ignorierten auch den Ratschlag, den ihnen „Gorbi" anlässlich des 40. Republik-Geburtstags im Oktober 1989 in Ost-Berlin erteilte. „Wer zu spät kommt, den bestraft das Leben", schrieb Gorbi den SED-Machthabern ins Stammbuch.

Das Ergebnis ist bekannt: Nur wenige Wochen nach den mahnenden Worten Gorbatschows fielen in der DDR die Mauern – der Kalte Krieg war damit in Deutschland zu Ende. Gorbi hatte recht.

Der Neue-Heimat-Skandal: 200.000 Wohnungen für eine D-Mark

Dass auch gewerkschaftseigene Betriebe nicht vor Gaunereien gewappnet sind, erfuhr das staunende Publikum 1982, als der Spiegel offenlegte, dass führende Manager das riesige Wohnbauunternehmen *Neue Heimat* (NH) mit illegalen Privatgeschäften wie eine Weihnachtsgans ausgenommen hatten. Unter der Hand und über Treuhänder hatten sich Neue-Heimat-Chef *Albert Vietor* und Kollegen über Treuhänder mehrere hundert Wohnungen und andere lukrative Geschäfte zugeschanzt. *Der Deutsche Gewerkschaftsbund (DGB)*, dem Europas größter Wohnungsbaukonzern Neue Heimat gehörte, zog die Notbremse: Er schmiss zunächst die untreuen Manager raus. Und schließlich sollte die NH, die in besten Zeiten mehr als 400.000 Wohnungen in ganz Europa besaß, verkauft werden. Doch dabei agierte der DGB erneut dilettantisch, denn der Verkauf des überschuldeten Konzerns mit nunmehr noch 200.000 Wohnungen für nur eine symbolische D-Mark an einen Berliner Bäckermeister löste allgemein Kopfschütteln aus. Eine Wohnung wurde von den Gewerkschaften also im Schnitt für sage und schreibe 0,000005 DM verscherbelt. Obwohl der umstrittene Vertrag 1986 rückabgewickelt wurde, erhielt der Interessent vom DGB noch eine millionenschwere Abfindung. In der Folgezeit wurden die Neue-Heimat-Bestände vor allem an regionale Wohnungsbauunternehmen abgegeben. 1998 war das endgültige Aus für die Neue Heimat gekommen. Und obwohl die einst schillernde Neue Heimat in der Nachkriegszeit Millionen von Menschen mit Wohnungen versorgt hatte, wurde sie zum Synonym für Miss- und Vetternwirtschaft. Sie schürte auch das Vorurteil, das Gewerkschaften selbst nicht ordentlich wirtschaften können.

Hitler-Tagebücher und der „Stern“: Gier, Größenwahn, Katzenjammer

Blöd gelaufen: Da investierte die *Illustrierte Stern* in den 80er Jahren 9,3 Millionen D-Mark, um den journalistischen Scoop des Jahrhunderts zu präsentieren – und dann stellte sich alles nach ein paar Tagen als plumpe Fälschung heraus. Der Stern war größtmöglich blamiert und hat seine einstige Reputation nie wieder erreicht.

63 angebliche *Tagebücher des „Führers"* hatte der schlitzohrige und begnadete Fälscher Konrad Kujau dem Stern-Reporter *Gerd Heidemann* und dem Management des Stern-Verlags Gruner und Jahr untergejubelt. „Die Geschichte des Dritten Reiches muss teilweise umgeschrieben werden", behauptete euphorisch der damalige Stern-Chefredakteur Peter Koch, als im April 1983 die *Hitler-Tagebücher* mit riesigem Brimborium vorgestellt wurden. Gier und Größenwahn hatten die Hirne der Verantwortlichen vernebelt. Zwei Wochen nach der Vorstellung der vermeintlichen privaten Aufzeichnungen des Jahrtausendverbrechers Hitler folgte riesiger Katzenjammer beim Stern: Die Tagebücher waren als Fälschungen entlarvt worden. Die Folgen waren für die Illustrierte dramatisch: Die Auflage sank in der Folgezeit drastisch. Der Stern hatte

seinen zuvor untadeligen journalistischen Ruf verloren.

Immerhin bescherte der Skandal dem Kino- und Fernsehpublikum eine herrliche Film-Satire. Helmut Dietl verarbeitete die Vorgänge um die gefälschten Hitler-Tagebücher unter dem Titel *„Schtonk"*. Immer wieder fragt man sich beim Zugucken kopfschüttelnd: Was ist eigentlich Wirklichkeit, was ist erfunden?

Wir sind eine aussterbende Spezies

Wir sind die Letzten unserer Art. Die Allerletzten. Die letzten, die die Zeit bis zum Erwachsenwerden noch erlebten, bevor die Computer nahezu alles im Alltag bestimmten.

Dieses Buch führt aus ganz subjektivem Blickwinkel zurück in die letzte rein analoge Epoche, als die Kommunikation in versifften und verpissten Telefonzellen oder am gelben Briefkasten begann. Gerade etwas mehr als eine Generation ist das her – und seither hat sich die Welt verändert wie in vielen tausend Jahren zuvor nicht.

Auch uns als die letzten analogen Fossile wird es in gar nicht so ferner Zukunft nicht mehr geben – wir sind somit definitiv eine aussterbende Spezies. Eine, die freilich keinen Artenschutz für sich beanspruchen kann, weil wir uns längst mit Haut und Haaren der Digitalisierung ausgeliefert haben. Sie lässt sich nicht mehr stoppen. Digitalisierung beherrscht die Welt unabhängig von jeder Ideologie, von Religionen, Wirtschaftssystemen. Ohne Computer funktioniert heute buchstäblich nichts mehr. Mit Computer aber manchmal einiges auch nicht…

Wir haben uns auch in allerkürzester Zeit an die Annehmlichkeiten der Digitalisierung gewöhnt. In einen fremden Ort fahren ohne Navi und nur mit Landkarten? Wer wollte, ja wer könnte das noch? Mal eben ein schnelles Handybild gemacht, das niemand mehr anschaut? Muss sein. Ein Leben ohne Smartphones ohne den schnellen Blick auf Chats, Mails, die Wetter-App oder die Infos über die aktuelle S-Bahn-Verspätung? Inzwischen undenkbar. Chats in Sekundenschnelle in alle Welt per Facebook, Twitter oder Telegram? Unnötige Videos per Tiktok? Längst Alltag Nirgendwo auf der ganzen Welt – von einigen indigenen Völkchen in den Urwäldern vielleicht einmal abgesehen – gibt es noch Bereiche, die komplett digitalfrei sind.

Eine Rückkehr in die analoge Ära ist nicht mehr möglich. Hunderttausende Jahre analoger Menschheitsgeschichte haben endgültig ihr Ende gefunden, und wir haben ihr Ende und den Beginn von etwas ganz Neuem miterlebt. Dabei stecken wir in Sachen künstlicher Intelligenz nach nur einer Menschengeneration sogar noch in den Kinderschuhen. Und unsere Phantasie ist kaum groß genug, um zu erahnen, was da alles noch kommen kann und wird.

Die Digitalisierung hat innerhalb weniger Jahrzehnte wirklich alle Lebensbereiche erfasst. Kaum ein Lebensbereich funktioniert heute noch ohne Computer. Es erscheint schier unglaublich, wenn man bedenkt, dass das World Wide Web erst 1989 als Projekt der Forschungseinrichtung CERN bei Genf erfunden wurde und der Duden erstmals 1996 das Wort Internet auflistete. Seither haben Computerisierung und Digitalisierung einen schier unvorstellbaren Siegeszug in allen Bereichen vollzogen. Ob Schule, Beruf, Verkehr, Kommunikation, Handel oder Freizeit: Überall beherrschen und bestimmen Bits und Bytes den Alltag. Wir können ihnen nicht mehr entfliehen. Es stellt sich auch die Frage: Wie hätte sich die Welt ohne die Digitalisierung und die damit verbundene Globalisierung weiterentwickelt? Hätte es den Wertewandel in der Gesellschaft gegeben ohne die Kommunikationsmöglichkeiten der Digitalzeit? Wären Hass, Verleumdungen und „Fake News" weniger in der Welt verbreitet, wenn es die Digitalisierung nicht gegeben hätte?

Das kann dieses Buch nicht klären; es erinnert vielmehr noch einmal an die letzte Epoche der Analogzeit mit dem Fokus auf Dinge und Gewohnheiten die inzwischen verschwunden sind. Manchmal fragt man sich: Ist das wirklich erst 30, 40, 50 Jahre vorbei? Hat es das wirklich alles gegeben? Waren wir so spießig und altmodisch, wie es in der Rückschau scheint? War die Welt wirklich so schwarzweiß? Gab es tatsächlich die skurrilen Sachen und Begebenheiten im Analogzeitalter, die uns heute so seltsam erscheinen? Gäbe es sie ohne Digitalisierung immer noch?

Ja, es gab sie wirklich, und es war durchaus eine spannende und lebenswerte Zeit, bevor die Computer überall Einzug hielten. Manches war sogar besser als heute. Die schönste Erinnerung an die Analogzeit: Man war nicht immer und überall erreichbar. Fuhr man drei Straßen weiter oder ins Nachbardorf und hatte kein Telefon in der Nähe, war man „aus der Welt". Dies bedeutete Freiheit! Und ein handschriftlicher Brief war immer persönlicher als jede digitale Message.

Fast unglaublich erscheint es heute, dass man sich ohne Smartphones und ohne Social Media verabreden konnte und musste und dass die Mail der alten Zeit, die Postkarten und Briefe, in der Regel zwei Tage Laufzeit hatte. Doch trotz der heute so weitgehenden und schnellen Kommunikationsmöglichkeiten bleibt der Eindruck, dass man in der Analogzeit kommunikativer im direkten Umgang war. Small Talk im Omnibus oder im Zug war gang und gäbe. Es hatte nicht jeder schweigend sein Smartphone vor der Nase und den Kopfhörer im Ohr.

Doch, wie gesagt, den Weg zurück in dieses Zeitalter gibt es definitiv nicht mehr. So liegt es nun an uns, die wir die Analogzeit noch erlebten, den später Geborenen zu erzählen, wie sie war und uns selbst unter dem Motto „Weißt Du noch?" zu erinnern.

Denn wir sind die Letzten unserer Art.

Joachim Sterz

Der Autor

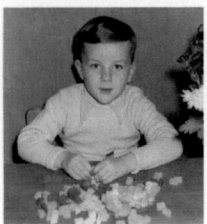  

1960 im Kindergarten   1977 mit Willy Brandt   2023 in der Pfalz

Joachim Sterz bezeichnet sich selbst als „analoges Fossil". 1955 geboren, wuchs er in einer kleinen süddeutschen Industriestadt auf. Nach kaufmännischer Lehre und Studium arbeitete er viele Jahre als verantwortlicher Redakteur bei namhaften Zeitungs- und Zeitschriftenverlagen. An einigen Büchern hat er mitgewirkt.

Erste Begegnungen mit der digitalen Welt hatte Joachim Sterz beruflich 1982 in einer Zeitungsredaktion („da stand ein großer Kasten und ein kleiner, schwarzer 13-Zoll-Bildschirm mit grüner Schrift. Das Ding konnte nicht mehr, als ein bisschen Text zu speichern, Online-Verbindungen gab es noch nicht."). Seither begleiten ihn viele elektronische und digitale Helferlein im Beruf und privat. Er möchte sie und das Internet nicht mehr missen, erinnert sich aber auch noch gern an die Zeit, als das Leben gänzlich analog war.

Heute lebt Joachim Sterz mit seiner Frau in der Pfalz.

Zu guter Letzt

Beinahe hätte es dieses Buch gar nicht gegeben, denn nach dem Ausbruch von Corona landete das zu etwa drei Vierteln fertiggestellte Manuskript mehr oder minder unbeachtet auf einer Festplatte.

Dabei hatte es euphorisch angefangen: Nach der Idee für das Projekt ging 2019 die Stichwortsuche rasant voran. Innerhalb weniger Monate war bereits ein großer Teil des Textes fertiggestellt. Doch Anfang 2020 stockte das Vorhaben abrupt: Nach dem Ausbruch von Corona interessierte sich kaum ein Verlag für die Texte. Zudem trug eine Erkrankung nicht dazu bei, das begonnene Buchprojekt fortzusetzen. Erst 2023 war es soweit: Aus den Tiefen der Festplatte kam „Omaschlüpferrosa" wieder zum Vorschein. Und nachdem der Verlag Badner-Buch an dem Werk Gefallen fand, ging es mit der Fertigstellung zügig voran: Noch fehlende Kapitel wurden ergänzt; das Manuskript noch einmal überarbeitet.

Herzlichen Dank an die Testleser, die wertvolle Anregungen einbrachten und einige Schnitzer zu verhindern wussten. Ein besonders dickes Dankeschön gilt dem Korrekturteam: „Wiki-Petra" Stammberger, Margrit Heyn, Michael Wessel und natürlich Jutta, der besten aller Ehefrauen (sorry Ephraim Kishon für das ungefragte Übernehmen dieser Phrase). Immer wieder musste Jutta sich fragen lassen: Stimmt das so? Oder: Wie war das bei in deinem Umfeld? Schließlich blicken wir auf unterschiedliche Milieus zurück. Danke auch an Dieter Piduch für das originelle Cover und Gestaltungsideen: Außenstehende können kaum ermessen, wie intensiv sich gestandene Männer über Form, Farbe und Beschaffenheit eines Omaschlüpfers auseinandersetzen können...

Übrigens: Ähnlichkeiten mit lebenden oder verstorbenen Personen wären rein zufällig. Die verwendeten Namen sind weitgehend frei erfunden; nur die im Buch erwähnten Nonnen hießen tatsächlich Sebalda und Obalda. Und das muss man wohl auch noch schreiben: Nachdruck oder Vervielfältigung – auch auszugsweise – dürfen nur mit Genehmigung des Verlags oder des Autors erfolgen.

Joachim Sterz

Inhalt

247

In der Schule: Lernen im Analogzeitalter 90

Mode und andere Verirrungen..............109

Als Werbung noch Reklame hieß............128

Was wir hörten, was wir guckten 138

Mobilität anno dunnemals 177

Ausgestorben und untergegangen 191

Was die analoge Generation bewegte...224

Wir sind eine aussterbende Spezies......239
Der Autor...242
Zu guter Letzt 244
Inhaltsverzeichnis 247

Bücher von hier

BADNER-BUCH • WWW.BADNER-BUCH.DE • TEL 07222-830860